ÁNGELES CAÍDOS

OCEANO
GRANTRAVESÍA

Ángeles caídos

Título original: *Angelfall*

© 2012 Susan Ee
© 2012 Feral Dream LLC

Diseño de portada: Estudio Sagahón
Diseño original de portada: Milica Acimovic
Imagen de portada: Michael Agustin Lorenzo
Traducción: Alejandro Espinoza

D.R. © Editorial Océano, S.L.
Milanesat 21-23, Edificio Océano
08017 Barcelona, España
www.oceano.com
www.oceano.es

D.R. © Editorial Océano de México, S.A. de C.V.
Eugenio Sue 55, Col. Polanco Chapultepec
Del. Miguel Hidalgo, C.P. 11560, México, D.F.
Tel. (55) 9178 5100 • info@oceano.com.mx

Primera edición: 2013
Segunda edición: mayo de 2016
Tercera edición: diciembre de 2016

ISBN: 978-942582-4-4
Depósito legal: B.18725-2014

IMPRESO EN ESPAÑA / *PRINTED IN SPAIN*

9003925031216

Susan Ee

ÁNGELES CAÍDOS

El fin de los tiempos

Libro primero

OCEANO
GRANtravesía

1

Puede parecer irónico, pero desde que comenzaron los ataques, las puestas de sol han sido más hermosas que nunca. A través de la ventana de nuestro edificio, el cielo arde como un mango maduro, con colores naranja, rojo y púrpura. Las nubes se encienden con los colores del atardecer, y casi me da miedo que todos los que estamos atrapados abajo también ardamos en llamas.

Con el calor moribundo del sol en mi rostro, trato de no pensar en nada más que en procurar que mis manos dejen de temblar, mientras termino de preparar mis cosas y cierro la cremallera de mi mochila.

Me pongo mis botas favoritas. Antes eran mis favoritas porque una vez recibí un cumplido de Misty Johnson por las tiras de piel bordadas a los lados. Ella es —o más bien fue— una porrista conocida por su buen gusto, así que mis botas se volvieron mi seña distintiva, aun cuando habían sido fabricadas por una compañía de botas para escalar. Ahora son mis favoritas porque esas mismas tiras de piel son un lugar ideal para guardar cuchillos.

Deslizo también algunos cuchillos para carne en el bolso trasero de la silla de ruedas de Paige. Dudo un poco antes de poner uno en el carrito de supermercado de mamá, que está aparcado en la sala, pero finalmente lo hago. Lo escondo entre un montón de biblias y una montaña de botellas vacías de refresco. Coloco algunas prendas encima mientras ella está distraída, con la esperanza de que no notará que está ahí.

Antes de que oscurezca por completo, empujo a Paige por el pasillo hacia las escaleras. Ella puede hacerlo sola, eligió una silla convencional en lugar de una eléctrica, y eso ha resultado una bendición, pero sé que se siente más segura cuando yo la empujo. El ascensor no es una opción estos días, a menos que estés dispuesto a arriesgarte a quedar atrapado cuando se va la electricidad.

Ayudo a Paige a levantarse de su silla y la cargo sobre mi espalda mientras nuestra madre baja la silla los tres pisos por las escaleras. No me gusta cómo se siente el cuerpo frágil y huesudo de mi hermana. Es demasiado ligera, incluso para una niña de siete años, y eso me da más miedo que todo lo demás.

Cuando llegamos al vestíbulo vuelvo a colocar a Paige en su silla. Le recojo un mechón de cabello oscuro detrás de su oreja. Con sus pómulos altos y sus ojos de medianoche, casi podríamos ser gemelas. Tiene un rostro de hada más marcado que el mío, pero en unos diez años se parecerá mucho a mí. Sin embargo, nadie nos confundiría, aunque las dos tuviéramos diecisiete años, como no se confunde lo suave con lo áspero, lo caliente con lo frío. Incluso ahora, aunque está muy asustada, las comisuras de sus labios me dedican el fantasma de una sonrisa. Está más preocupada por mí que por ella misma. Le devuelvo la sonrisa, tratando de irradiar seguridad.

Vuelvo a subir las escaleras para ayudar a mamá a bajar su carrito. Luchamos con el armatoste, haciendo un escándalo al bajar. Es la primera vez que estoy contenta de que ya no hay nadie en el edificio para escucharlo. El carrito está repleto de botellas vacías, las mantas de bebé de Paige, montones de revistas viejas y biblias, todas las camisas que papá dejó en el armario cuando nos abandonó, y cartones llenos de sus preciados huevos podridos. También llenó todos los bolsillos de su suéter y su abrigo con huevos.

Yo preferiría abandonar el carrito, pero la pelea que tendría con mi madre sería más larga y más escandalosa que ayudarla a bajarlo. Sólo espero que Paige esté bien durante el tiempo que tardemos en hacerlo. Quiero darme de patadas por no haber bajado el carrito antes, de modo que Paige estuviera en el piso de arriba, un poco más segura, en vez de esperarnos en el vestíbulo.

Cuando llegamos a la puerta de entrada del edificio, estoy sudando y tengo los nervios a flor de piel.

—Recordad —digo—, no importa lo que suceda, seguid corriendo por El Camino hasta llegar a la calle de Page Mill. Luego dirigíos a las colinas. Si nos separamos, nos encontraremos de nuevo en la cima de las colinas, ¿de acuerdo?

Si nos separamos no habría muchas esperanzas de que volviéramos a encontrarnos en ninguna otra parte, pero necesito mantener la esperanza porque ésta bien podría ser todo lo que tenemos.

Pego el oído a la puerta de entrada de nuestro edificio. No escucho nada. Ni viento, ni pájaros, ni coches, ni voces. Abro un poco la pesada puerta y me asomo.

Las calles están desiertas salvo por los coches abandonados en los carriles. La luz moribunda baña el hormigón y el acero con tonos de color grisáceo.

Los días pertenecen a los refugiados y a las pandillas de recolectores. Pero todos se retiran por la noche y dejan las calles vacías al caer el crepúsculo. Hay un gran temor por lo sobrenatural ahora. Tanto los predadores mortales como las presas parecen concordar con la idea de escuchar a su instinto y se esconden hasta el amanecer. Incluso las peores pandillas callejeras dejan la noche a las criaturas que pudieran deambular por la oscuridad de este nuevo mundo.

Por lo menos así lo han hecho hasta ahora. Pero en algún momento los más desesperados comenzarán a aprovecharse del amparo de la noche, a pesar de los riesgos. Espero que nosotras seamos las primeras, para ser las únicas allí afuera, por ninguna razón más que por no tener que alejar a Paige de su deseo de rescatar a cualquier persona en peligro que necesitara ayuda.

Mamá se agarra a mi brazo mientras observa los alrededores. Sus ojos brillan de miedo. Ha llorado tanto este año desde que Papá se fue que sus ojos están permanentemente hinchados. Tiene especial terror por la noche, pero no hay nada que yo pueda hacer al respecto. Comienzo a decirle que todo va a salir bien, pero la mentira se seca en mi boca. No tiene caso tranquilizarla.

Respiro profundamente y abro la puerta.

2

Me siento expuesta de inmediato. Mis músculos se tensan como si me fueran a disparar en cualquier momento.

Cojo la silla de Paige y la empujo fuera del edificio. Reviso el cielo, y luego nuestro alrededor, como un conejo que pretende escapar de sus predadores.

Las sombras oscurecen rápidamente los edificios abandonados, los coches y los arbustos moribundos que no han recibido agua en las últimas seis semanas. Un grafitero pintó con aerosol la imagen de un ángel enfurecido con alas enormes y una espada en la pared del edificio al otro lado de la calle. La grieta gigante que parte la pared atraviesa en zigzag el rostro del ángel y lo hace parecer un demente. Debajo de éste, un aspirante a poeta garabateó las palabras ¿QUIÉN NOS CUIDARÁ DE LOS GUARDIANES?

Me estremezco con el ruido metálico del carrito de mamá cuando lo saca a empujones hacia la acera. Nuestras pisadas crujen sobre cristales rotos, lo cual me convence más de que estuvimos resguardadas en el edificio más tiempo del que debíamos. Las ventanas del primer piso están rotas.

Y alguien clavó una pluma en la entrada.

No creo ni por un segundo que sea una pluma de ángel de verdad, aunque sin duda es lo que quiere aparentar. Ninguna de las pandillas es tan rica o poderosa. Todavía no, por lo menos. Sumergieron la pluma en pintura roja y gotea por la madera. Al menos espero que sea pintura. He visto el símbolo de esta pandilla en supermercados y farmacias en las últimas semanas, para prevenir a la gente que busca alimentos y medicinas. No pasará mucho tiempo antes de que los miembros de la pandilla lleguen a reclamar lo que haya quedado en los pisos de arriba. Pero nosotras no estaremos ahí. Por ahora están ocupados reclamando territorios antes de que las pandillas rivales lo hagan.

Cruzamos deprisa hacia el coche más cercano, buscando protección.

No necesito mirar atrás para saber que mamá nos sigue porque el escándalo de las ruedas del carrito me indican que se está moviendo. Echo un vistazo hacia arriba, luego en ambas direcciones. No hay movimiento en las sombras.

Tengo un destello de esperanza por primera vez desde que conformé el plan. Quizá ésta será una de esas noches en las que nada ocurrirá en las calles. No hay pandillas, no hay restos de animales masticados de los que encuentras por las mañanas, no hay gritos haciendo eco en la noche.

Siento más confianza mientras saltamos de un coche a otro, moviéndonos más rápido de lo que esperaba.

Nos dirigimos hacia El Camino Real, una de las arterias principales de Silicon Valley. El nombre es apropiado, si consideramos que nuestra realeza local —los fundadores y empleados de las compañías de tecnología más avanzadas en el mundo— probablemente se quedó atrapada en este camino como todos los demás.

Los cruces están atestados de coches abandonados. Nunca había visto un embotellamiento en este valle antes de las últimas seis semanas. Los conductores aquí siempre fueron de lo más educados. Pero lo que realmente me convence de que ha llegado el Apocalipsis es el crujido de los teléfonos celulares bajo mis pies. Sólo el fin del mundo llevaría a nuestros frikis ecoconscientes a tirar a la calle sus dispositivos móviles más modernos. Es casi un sacrilegio, aunque estos aparatos no valgan nada ahora.

Había considerado quedarme en las calles más pequeñas, pero las pandillas son más propensas a ocultarse donde están menos expuestas. Aunque es de noche, si los tentamos en su propia calle podrían arriesgarse a exponerse por un carrito de provisiones. A esa distancia, es poco probable que sean capaces de ver que sólo son unos trapos y botellas vacías.

Estoy a punto de asomarme por detrás de una camioneta para revisar por dónde hacer nuestro siguiente salto cuando Paige se estira hasta meterse por la puerta abierta y coge algo del asiento.

Es una barrita energética. Cerrada.

Estaba entre un montón de papeles, como si se hubieran caído de un bolso. Lo inteligente sería cogerla y correr, para luego comerla en un lugar seguro. Pero en las últimas semanas he aprendido que el estómago a veces le gana a la mente.

Paige abre el envoltorio y divide la barra en tres porciones. Su rostro brilla mientras nos pasa a cada una su parte. Sus manos tiemblan por la emoción y por el hambre. A pesar de ello, nos da los pedazos más grandes y se queda con el más pequeño.

Parto el mío por la mitad y le doy un trozo a Paige. Enseguida mamá hace lo mismo. Paige parece triste de que rechacemos su obsequio. Yo me pongo un dedo en los labios y le dirijo una mirada firme. Toma la comida que le ofrecemos a regañadientes.

Paige ha sido vegetariana desde que tenía tres años, cuando visitamos un zoológico. Aunque era prácticamente una bebé, logró hacer la conexión entre el pavo que la hizo reír y los emparedados que se comía. La llamábamos nuestra pequeña Dalai Lama hasta hace unas semanas, cuando comencé a insistirle que tendría que comer lo que fuera que encontráramos en la calle. Una barrita energética es lo mejor que podríamos encontrar estos días.

Nuestros rostros se relajan aliviados al morder la barrita crujiente. ¡Azúcar y chocolate! Calorías y vitaminas.

Uno de los papeles cae del asiento del copiloto. Miro de reojo el encabezado: «¡Regocijémonos! ¡El Señor ya viene! Únete a Nuevo Amanecer, sé el primero en llegar al Paraíso».

Es uno de los folletos de los cultos del Apocalipsis que comenzaron a brotar como granos en una piel grasienta después de los ataques. Tiene algunas fotos borrosas de la furiosa destrucción de Jerusalén, La Meca y el Vaticano. Parece hecho con prisas, como si alguien hubiera tomado algunas imágenes de las noticias y hubiera usado una impresora barata a color.

Devoramos nuestro almuerzo, pero yo estoy demasiado nerviosa para disfrutar el sabor dulce. Casi hemos llegado a la calle de Page Mill, la cual nos llevaría cuesta arriba por las colinas, hasta llegar a un área relativamente despoblada. Supongo que, una vez que lleguemos a las colinas, nuestras oportunidades de sobrevivir se incrementarán considerablemente. Es plena noche, la luna creciente ilumina tenebrosamente los coches abandonados .

Hay algo en el silencio que me pone los nervios de punta. Tendría que haber algo de ruido; quizá una rata escabulléndose o pájaros o grillos o algo. Hasta el viento parece tener miedo de moverse.

El sonido del carrito de mamá es especialmente fuerte en medio de este silencio. Me gustaría haber tenido tiempo para discutir con ella. Una sensación de urgencia me invade, como si sintiera la energía previa a un relámpago. Sólo necesitamos llegar a Page Mill.

Avanzo más rápido, zigzagueando de coche en coche. Detrás de mí, la respiración de mamá se vuelve más pesada y más jadeante. Paige está tan callada que casi sospecho que está conteniendo la respiración.

Algo blanco cae suavemente, flotando hasta aterrizar sobre Paige. Ella lo coge y se da la vuelta para enseñármelo. Su rostro está pálido, con los ojos desorbitados.

Es una pluma. Una pluma blanca. De las que a veces se salen de un edredón de pluma de ganso, tal vez un poco más grande.

Siento que la sangre me desaparece del rostro a mí también.

¿Cómo podemos tener tan mala suerte?

Normalmente sus blancos son las ciudades grandes. Silicon Valley es sólo una franja de oficinas pequeñas y suburbios entre San Francisco y San José. San Francisco ya fue atacada, de modo que si fueran a atacar algo en esta zona, sería San José. Es sólo un pájaro que ha pasado volando por aquí, eso es todo. Eso es todo.

Pero estoy jadeando de pánico.

Me obligo a mirar hacia arriba. Sólo veo el interminable cielo oscuro.

Pero luego sí veo algo. Otra pluma, más grande, cae flotando y se posa en mi cabeza.

Gruesas gotas de sudor se deslizan por mi frente. Salgo corriendo a toda velocidad.

El carrito de mamá cascabelea enloquecidamente detrás de mí, mientras trata con desesperación de seguirme. No necesita explicaciones o motivación para correr. Tengo miedo de que una de nosotras se tropiece, o de que se caiga la silla de Paige, pero no puedo detenerme. Tenemos que encontrar un lugar donde escondernos. Ahora, ahora, ahora.

El coche híbrido por el que apostaba queda aplastado por el peso de algo que le cae encima repentinamente. El ruido del choque casi hace que me salga el corazón por la boca. Por suerte, logra silenciar el grito de mamá.

Logro ver el destello de brazos dorados y alas blancas.

Un ángel.

Tengo que parpadear para asegurarme de que es real.

Nunca antes había visto un ángel, por lo menos no en vivo. Claro, todos vimos el vídeo de Gabriel con sus alas doradas, el Mensajero de Dios, siendo acribillado sobre la pila de escombros en la que se había convertido Jerusalén. O las imágenes de los ángeles atrapando un helicóptero militar en el aire y arrojándolo a la multitud en Pekín, con las hélices de frente. O ese video casero de la gente huyendo de un París en llamas, con el cielo repleto de humo y de alas angelicales.

Pero al ver la televisión, siempre podías decirte que no era real, aunque estuviera en todos los noticieros durante días.

Sin embargo, ahora no había modo de negar que esto era real. Hombres con alas. Ángeles del Apocalipsis. Seres sobrenaturales que pulverizaron el mundo moderno y asesinaron a millones, quizá incluso billones, de personas.

Y aquí está uno de estos horrores, justo frente a mí.

3

Casi tiro a Paige al dar la vuelta a toda velocidad para cambiar de dirección. Frenamos de golpe detrás de un camión de mudanzas aparcado. No puedo controlar la curiosidad y echo un vistazo desde nuestro escondite.

Cinco ángeles más descienden y rodean al de las alas blancas. A juzgar por sus posturas agresivas, se trata de una pelea de cinco contra uno. Está demasiado oscuro para observarlos con detalle, pero uno de ellos llama más la atención. Es un gigante, su estatura está muy por encima de la de los demás. Algo en la forma de sus alas me parece distinto, pero las doblan demasiado rápido al aterrizar y no logro observarlas bien para disipar la duda de si en realidad había algo diferente en él.

Nos agachamos y mis músculos se congelan, negándose a moverse de la relativa seguridad detrás del neumático del camión. Hasta ahora, parece que no se percatan de nuestra presencia.

De repente, una luz comienza a titilar y se enciende por encima del coche híbrido aplastado. Ha vuelto la electricidad y ese farol es uno de los pocos que no se ha roto todavía. Ese solitario pozo de luz es demasiado brillante y tenebroso, y resalta los contrastes más que iluminar en sí. Unas cuantas ventanas vacías se iluminan también a lo largo de la calle, ofreciendo la suficiente luz para dejarme ver a los ángeles un poco mejor.

Tienen alas de colores distintos. El que se estrelló contra el coche tiene las alas blancas como la nieve. El gigante tiene alas del color de la noche. Las de los otros son azules, verdes, naranja quemado y con rayas de tigre.

Todos van sin camisa, y sus formas musculosas se exhiben con cada movimiento. Lo mismo que sus alas, el tono de su piel varía. El ángel de las alas blancas como nieve tiene una piel ligeramente acaramelada. El de las alas de noche tiene la piel tan pálida como el cascarón de un huevo. El resto varían entre dorados y café oscuro. Estos ángeles parecen de los que han sobrevivido varias batallas. Sin embargo, su piel intacta es tan perfecta que las reinas de los bailes de graduación matarían a sus parejas con tal de tener una igual.

El ángel de alas nevadas rueda dolorosamente y cae del coche aplastado. A pesar de sus heridas, cae en posición de guardia, listo para atacar. Su gracia atlética me recuerda a la de un puma que una vez vi en televisión.

Me doy cuenta de que es un contrincante formidable por la manera cautelosa en que los otros se aproximan a él, a pesar de que está herido y de que ellos son más. Los otros son musculosos, pero parecen brutos y torpes comparados con él. Tiene el cuerpo de un nadador olímpico, firme y tonificado. Parece listo para pelear con ellos sin un arma, aunque todos sus contrincantes están armados con espadas.

Su espada está a unos metros del coche, donde acabó después de su caída. Como las espadas de ángel, es corta, con una hoja de medio metro, de doble filo y lista para cortar yugulares.

El ángel ve su espada y se abalanza hacia ella, pero el ángel Quemado le da una patada. La espada se aleja de su dueño dando vueltas por el asfalto, pero la distancia que se desplaza es sorprendentemente corta. Debe ser pesada como el plomo. De todos modos, está lo suficientemente lejos para que el ángel Nevado no tenga la más mínima oportunidad de recuperarla.

Me recoloco para ver la ejecución del ángel. No me queda ninguna duda de lo que está a punto de suceder. Aun así, el Nevado da muy buena pelea. Patea al ángel de las alas rayadas y logra mantenerse firme contra otros dos. Pero no puede pelear contra los cinco al mismo tiempo.

Al final, entre cuatro logran derribarlo, prácticamente sentándose encima de él. El gigante de las alas de noche se acerca. Lo acecha como el Ángel Exterminador, quien supongo que podría ser él mismo. Me da la impresión de que ésta es la culminación de varias batallas entre ellos. Presiento una historia entre ellos, por la manera cómo se miran el uno al otro, por la forma cómo el gigante extiende de un tirón una de sus alas blancas como la nieve. Le lanza una mirada al Rayado, quien levanta su espada por encima del Nevado.

Quiero cerrar los ojos para no ver este último golpe, pero no puedo. Mis ojos están pegados a la escena.

—Debiste aceptar nuestra invitación cuando tuviste oportunidad —dice el Nocturno, levantando el ala para alejarla del cuerpo del Nevado—. Aunque ni siquiera yo hubiera predicho este final para ti.

Asiente nuevamente en dirección del Rayado. La espada desciende con fuerza y corta el ala.

El Nevado suelta un alarido de furia. Las calles se llenan con los ecos de su rabia y agonía.

La sangre brota por todos lados, salpicando a los demás. Luchan por retenerlo, pues la sangre hace que su cuerpo resbale. El Nevado se da la vuelta y patea a dos de los matones con la rapidez de un rayo. Terminan rodando sobre el asfalto, doblados por la mitad. Por un breve instante, mientras los otros dos ángeles luchan por mantenerlo en el suelo, pienso que logrará liberarse.

Pero el Nocturno aplasta su bota sobre la espalda del Nevado, justo en la herida recién infligida.

El Nevado silba de dolor, pero no grita. Los otros aprovechan la oportunidad para retenerlo de nuevo en el suelo.

El Nocturno suelta el ala cortada. Cae en el asfalto con el ruido seco de un animal muerto.

La expresión del Nevado es de absoluta furia. Todavía tiene un poco de fuerza, pero se está desvaneciendo rápidamente, conforme pierde sangre. La sangre mancha su piel, cubre mechones de su cabello.

El Nocturno toma la otra ala y la extiende.

—Si fuera por mí, te dejaría ir —dice el Nocturno. Hay suficiente admiración en su voz para hacerme sospechar que lo está diciendo en serio—. Pero todos tenemos nuestras órdenes —a pesar de la admiración, no muestra arrepentimiento.

La espada del Rayado, colocada en la coyuntura del ala del Nevado, atrapa el reflejo de la luna.

Me estremezco a la espera de otro golpe sangriento. Detrás de mí, un diminuto gemido de aflicción se escapa del aliento de Paige.

El Quemado inclina su cabeza detrás del Nocturno. Mira justo en dirección a nosotras.

Me quedo congelada, agachada detrás del camión de mudanzas. Mi corazón se detiene durante un segundo, para luego triplicar su ritmo.

El Quemado se levanta y se aleja de la matanza. En dirección a nosotras.

4

Mi cerebro se paraliza de miedo. Lo único que se me ocurre es distraer al ángel mientras mi madre se lleva a Paige a un lugar seguro.

—¡Corred!

El rostro de mi madre se congela con los ojos desorbitados de terror. En su pánico, se da la vuelta y sale corriendo sin Paige. Debió suponer que yo iba a empujar la silla de ruedas. Mi hermana me mira, con los ojos aterrorizados en su rostro de hada.

Gira su silla y arranca a toda velocidad detrás de mamá. Paige puede manejar su silla, pero no tan rápido como si hubiera alguien empujándola.

Ninguna de nosotras sobrevivirá sin una distracción. Sin tiempo para considerar los pros y los contras, tomo la decisión en milésimas de segundo.

Corro a toda velocidad en dirección al Quemado.

Apenas oigo un rugido de furia lleno de agonía, en alguna parte en la calle. Han cortado la segunda ala. Probablemente sea demasiado tarde. Pero estoy en el lugar donde yace la espada del Nevado y no tengo suficiente tiempo para pensar en un nuevo plan.

Recojo la espada, que está casi debajo de los pies del Quemado. La cojo con ambas manos, esperando que pese mucho. Pero se levanta en mis manos tan ligera como el aire. La arrojo hacia el Nevado.

—¡Oye! —grito a todo pulmón.

El Quemado se agacha, igual de sorprendido que yo mientras la espada sale volando por encima de él. Es un plan desesperado y mal pensado de mi parte, especialmente porque es muy probable que el ángel blanco se esté muriendo desangrado en estos momentos. Pero la espada vuela más certeramente de lo que hubiera esperado y aterriza, con el mango encarado, en la mano estirada del Nevado, casi como si alguien la hubiera guiado hasta ahí.

Sin tomar una pausa, el ángel sin alas dirige su espada hacia el Nocturno. A pesar de sus fuertes heridas, se mueve rápido y furioso. Puedo entender por qué los otros tenían que ser tantos para poder acorralarlo.

La espada atraviesa el estómago del Nocturno. Su sangre sale a borbotones y se mezcla con el charco que ya estaba en la calle. El Rayado salta hacia su jefe y lo atrapa antes de que caiga.

El Nevado, tambaleándose para recuperar el equilibrio sin sus alas, sangra a chorros por la espalda. Logra atestar un nuevo golpe con su espada, haciendo un corte profundo en la pierna del Rayado mientras él sale corriendo con el Nocturno en sus brazos. Pero eso no los detiene.

Los otros dos, que retrocedieron en cuanto vieron que las cosas se estaban poniendo feas, se apresuran para ayudar al Nocturno y al Rayado. Abren sus alas mientras corren con los heridos, dejando un rastro de sangre en el suelo mientras se pierden en la oscuridad.

Mi estrategia de distracción ha sido un éxito rotundo. Me inunda la esperanza de que mi familia ya haya encontrado un nuevo escondite.

Pero mi mundo estalla de dolor cuando el Quemado me golpea con el dorso de la mano.

Salgo volando y caigo de golpe en el asfalto. Mis pulmones se contraen tanto que ni siquiera puedo pensar en respirar. Mi única reacción es enroscarme para tratar que entre un poco de aire en mi cuerpo.

El Quemado se dirige al Nevado, que ya no es blanco como la nieve. Titubea unos momentos con los músculos tensos, como si considerara sus posibilidades de ganarle a un ángel herido. El Nevado, sin alas y empapado en sangre, se sostiene débilmente sobre sus piernas, apenas capaz de mantenerse de pie. Pero su espada se mantiene firme, apuntando al Quemado. Los ojos del Nevado están encendidos con furia y determinación, que probablemente sean lo único que lo mantiene con vida ahora.

El ángel ensangrentado debe tener una reputación tremenda porque, a pesar de su condición, el Quemado, perfectamente sano y fornido, guarda de un golpe su espada en la funda. Me mira con desprecio y se va. Corre por la calle, y sus alas se abren para emprender el vuelo después de unos pasos.

Al segundo que su enemigo le da la espalda y se va, el ángel herido cae de rodillas en medio de sus alas cortadas. Parece que se está desangrando rápido y estoy segura de que será un cadáver más en unos cuantos minutos.

Por fin logro respirar profundamente. El aire me quema un poco al entrar en mis pulmones, pero mis músculos se relajan conforme se oxigenan de nuevo. Siento un fuerte alivio, relajo mi cuerpo y miro al fondo de la calle.

Lo que veo me conmociona por completo.

Paige está alejándose penosamente por la calle. Encima de ella, el Quemado detiene su ascenso, gira sobre ella como un buitre y comienza a descender.

Corro hacia ellos como una bala.

Mis pulmones gritan por un poco de aire, pero los ignoro. El Quemado me mira con una expresión petulante. Sus alas despeinan mi cabello mientras corro.

Tan cerca, tan cerca. Más rápido. Es mi culpa. Lo hice enfadar tanto que quiere herir a Paige por pura venganza. Mi culpabilidad hace que corra más frenéticamente a salvarla.

—¡Corre, mono! ¡Corre! —grita el Quemado.

Sus brazos se estiran y atrapan a Paige.

—¡No! —grito, mientras me abalanzo hacia ella.

—¡Penryn! —grita ella mientras la levantan por el aire.

Logro atrapar el dobladillo de su pantalón, mi mano se aferra al algodón con el destello amarillo cosido por mamá para protegerla contra el mal.

Por un momento, llego a creer que puedo recuperarla. Por un momento, la ansiedad de mi pecho comienza a relajarse con un alivio anticipado.

La tela se resbala de mi mano.

—¡No! —doy un salto para agarrar su pie. Las puntas de mis dedos rozan sus zapatos—. ¡Devuélvela! ¡No la necesitas! ¡Sólo es una niña! —mi voz se quiebra al final.

En un santiamén, el ángel está demasiado alto para escucharme. De todos modos le grito, persiguiéndolos por la calle, incluso después de que los gritos de Paige dejan de escucharse. Mi corazón casi se detiene al pensar en la posibilidad de que él la suelte desde esa altura.

El tiempo se extiende mientras me paro resoplando en la calle, observando cómo esa mota en el cielo desaparece poco a poco.

5

Mucho después de que Paige desapareciera entre las nubes, me doy la vuelta y busco a mi madre. No es que ella no me importe. Pero nuestra relación es más complicada que la típica relación madre-hija. El amor y la admiración que se supone que yo debería sentir por ella están manchados de negro y varios matices de gris.

No hay señales de ella. Su carrito está volcado y toda la chatarra que contenía está esparcida a un lado del camión en el que nos ocultábamos. Dudo un poco antes de gritar.

—¿Mamá? —cualquier cosa o persona que pudiera ser atraída por el ruido ya estaría ahí, observando desde las sombras.

—¡Mamá!

Nada se mueve en la calle desierta. Si los observadores silenciosos detrás de las ventanas oscuras a lo largo de la calle han visto hacia dónde se ha ido, ninguno se anima a decirme nada. Trato de recordar si quizá vi a otro ángel llevársela, pero todo lo que puedo ver son las piernas muertas de Paige mientras la levantan de su silla. Cualquier cosa podría haber pasado a mi alrededor en esos momentos y yo no me habría dado cuenta.

En un mundo civilizado, donde existen leyes, bancos y supermercados, ser paranoico-esquizofrénico es un grave problema. Pero en un mundo en el que los bancos y supermercados son usados por pandillas como estaciones de tortura, ser un poco paranoico puede ser una ventaja. La parte esquizofrénica, sin embargo, sigue siendo problemática. No poder distinguir entre la realidad y la fantasía no es ideal.

Existe una buena posibilidad de que mamá se haya escabullido antes de que las cosas se pusieran feas. Es muy probable que esté escondida en alguna parte, y lo más seguro es que vigilará mis movimientos hasta que se sienta lo suficientemente segura para salir.

Inspecciono la escena otra vez. Sólo veo edificios con ventanas oscuras y coches muertos. Si no hubiera pasado semanas asomándome en secreto desde una de esas ventanas, podría creer que soy el último ser humano en el planeta. Pero sé que allí, detrás del hormigón y el acero, hay por lo menos un par de ojos cuyos dueños consideran si valdría la pena salir a la calle para recolectar las alas del ángel, junto con alguna otra parte de él que pudieran cortar.

Según Justin, quien fue nuestro vecino hasta hace una semana, se dice que alguien ofrece una recompensa por recolectar partes de ángel. Toda una economía se está creando alrededor de pedazos de ángeles. Las alas alcanzan los precios más altos, pero por las manos, los pies, el pelo y otras partes más sensibles, también pueden pagar una buena suma, si puedes comprobar que realmente son de un ángel.

Un gruñido suave interrumpe mis pensamientos. Mis músculos se tensan inmediatamente, listos para otra pelea. ¿Ya están aquí las pandillas?

Otro quejido débil. El sonido no viene de los edificios, sino directamente delante de mí. Lo único frente a mí es el ángel sangrando y tirado boca abajo.

¿Todavía está vivo?

Todas las historias que he escuchado dicen que si le cortas las alas a un ángel, éste muere. Pero quizá es cierto del mismo modo que si le cortas el brazo a una persona, ésta se muere. Si la dejas abandonada, simplemente se desangrará hasta morir.

No hay muchas oportunidades para obtener un trozo de ángel. La calle podría llenarse de recolectores en cualquier momento. Lo más inteligente que podría hacer es huir mientras tengo posibilidades de hacerlo.

Pero si está vivo, es posible que sepa a dónde se llevaron a Paige. Camino hacia él, con el corazón latiendo fuerte con la esperanza de que así sea.

La sangre chorrea de su espalda y forma un charco en el asfalto. Le doy la vuelta descuidadamente, sin pensar dos veces antes de tocarlo. Incluso en mi estado frenético, puedo notar su belleza etérea, la suave elevación de su pecho. Imagino que su rostro sería clásicamente angelical si no fuera por todas las heridas.

Lo sacudo. Yace ahí, inmóvil, como la estatua de dios griego a la que se parece.

Le doy una bofetada fuerte. Sus ojos parpadean y, por unos instantes, me miran. Lucho contra el pánico urgente de salir corriendo.

—¿A dónde se dirigen?

Él emite un gemido, sus párpados se cierran. Le doy otra bofetada, lo más fuerte posible.

—Dime a dónde se dirigen. ¿A dónde la llevan?

Una parte de mí odia a la Penryn en la que me he convertido. Odia a la chica que abofetea a un ser moribundo. Pero guardo ese sentimiento en un rincón oscuro, donde pueda molestarme en otro momento, cuando Paige esté fuera de peligro.

Emite otro gemido, y me doy cuenta de que no será capaz de decirme nada si no detengo su sangrado y lo llevo a un lugar donde las pandillas no lleguen a cortarlo en pequeños trofeos. Él está temblando, probablemente en estado de shock. Lo vuelvo a poner boca abajo, y esta vez me sorprende su ligereza. Me dirijo hacia donde quedó el carrito de mi madre. Busco entre el desastre algunos trapos para envolverlo. Un botiquín de primeros auxilios está oculto en la parte de abajo del carrito. Dudo unos segundos antes de cogerlo. No me gusta desperdiciar provisiones de primeros auxilios en un ángel que de todos modos morirá, pero parece tan humano sin sus alas que me permito usar unas cuantas vendas esterilizadas para cubrir sus heridas.

Su espalda está cubierta con tanta sangre y mugre que no puedo ver lo graves que son sus heridas. Decido que no importa, siempre y cuando lo pueda mantener vivo hasta que me diga a dónde se llevaron a Paige. Envuelvo unas tiras de tela alrededor de su torso lo más fuertemente posible, tratando de poner la mayor presión posible en sus heridas. No sé si se puede matar a una persona con torniquetes demasiado apretados, pero sí sé que desangrarse es una de las formas más rápidas de morir.

Siento la presión de ojos invisibles a mis espaldas mientras trabajo. Las pandillas supondrían que estoy cortando trofeos. Probablemente están considerando si los otros ángeles van a regresar y si tendrían el tiempo suficiente para correr y quitarme los trozos de las manos. Tengo que vendarlo y sacarlo de ahí antes de que pierdan el miedo. Con las prisas lo amarro como si fuera un muñeco de trapo.

Corro a por la silla de ruedas de Paige. Es sorprendentemente ligero para su tamaño y subirlo a la silla resulta menos difícil de lo que pensaba. Supongo que tiene sentido, si lo piensas por unos momentos. Es más fácil volar cuando pesas veinte en vez de doscientos kilos. Pero saber que es más fuerte y más ligero que un ser humano no me hace sentir más empatía por él.

Hago todo un alarde al levantarlo y subirlo a la silla, gruñendo y tambaleándome, como si fuera muy pesado. Quiero que los que me observan piensen que el ángel es tan pesado como parece, porque quizás concluirán que yo soy más fuerte y ruda de lo que parezco, con mi hambriento cuerpo de metro y medio de estatura.

¿Acaso veo el inicio de una sonrisa formándose en el rostro del ángel?

Sea lo que sea, se transforma en una mueca de dolor cuando lo tumbo en la silla. Es demasiado grande para caber cómodamente en el asiento, pero tendrá que bastar.

Recojo rápidamente las sedosas alas y las envuelvo en una manta enmohecida que estaba en el carrito de mi madre. Las plumas blancas son maravillosamente suaves, especialmente si las comparo con la áspera manta. Incluso en este momento de pánico, me siento tentada a acariciar la suavidad de las plumas. Si las arranco y uso como moneda, una a la vez, una sola ala podría servirnos para tener alimento y alojamiento durante un año entero. Suponiendo que logro que las tres nos reunamos de nuevo.

Envuelvo las dos alas lo más rápido posible, sin detenerme mucho para asegurarme si las plumas se quiebran o no. Considero dejar una de las alas en la calle, para distraer a las pandillas y forzarlas a pelear entre ellas en vez de perseguirme. Pero necesito las alas para persuadir al ángel de que me diga lo que quiero saber. Recojo la espada, que es igual de ligera que las plumas, y la meto bruscamente en el bolso de la silla de ruedas.

Emprendo mi camino por la calle, mientras empujo al ángel lo más rápido que puedo, hasta perderme en mitad de la noche.

6

El ángel se está muriendo. Recostado en el sillón, con las vendas envolviendo su torso, es idéntico a un ser humano. Unas gotas de sudor se acumulan en su frente. Al tacto parece que tiene un poco de fiebre, como si su cuerpo trabajara al máximo.

Estamos en un edificio de oficinas, una de tantas estructuras que alojaban empresas de tecnología emergentes en Silicon Valley. El que elegí está en un parque de negocios lleno de bloques iguales unos a otros. Tengo la esperanza de que, si hoy alguien decide atracar un edificio de oficinas mitad, elegirá cualquiera de los otros.

Para ayudar a persuadir a los pandilleros de elegir otro edificio, el mío tiene un hombre muerto en el vestíbulo. Estaba ahí cuando llegamos, frío pero todavía no en descomposición. El edificio aún olía a papel y tóner, a madera y abrillantador, con apenas un leve aroma a muerto. Mi primer instinto fue irme a otro lado. De hecho, estaba a punto de hacerlo cuando se me ocurrió que abandonar el lugar sería el primer impulso de todos los demás.

Las puertas frontales son de cristal y el cuerpo es visible desde afuera. El muerto está apenas unos pasos hacia dentro, acostado boca arriba con las piernas torcidas y la boca abierta. Así que he elegido este edificio como hogar acogedor por un tiempo. Hace suficiente frío aquí para que no huela muy mal todavía, pero sospecho que tendremos que movernos pronto.

El ángel está en el sillón de piel, en lo que debe haber sido la oficina de algún director, en una esquina. Las paredes están decoradas con fotografías en blanco y negro de Yosemite, mientras que el escritorio y las repisas tienen fotos de una mujer y de dos niños pequeños vestidos con la misma ropa.

Elegí un edificio de una sola planta, algo de bajo perfil, no muy sofisticado. Es un edificio simple, con un letrero que dice Zygotronics. Las sillas y sillones en el vestíbulo son grandes y juguetones, en tonos púrpuras suaves y amarillos intensos. Hay un dinosaurio inflable de dos metros cerca de los cubículos. Muy al estilo retro de Silicon Valley. Creo que me habría gustado trabajar en un lugar así si me hubiera podido graduar.

Hay una cocina pequeña. Casi rompo a llorar cuando veo la despensa llena de refrigerios y agua embotellada. Barras energéticas, nueces, chocolates, hasta una caja con tallarines instantáneos, de los que vienen en un vaso. ¿Por qué no se me había ocurrido antes buscar en las oficinas? Probablemente porque nunca trabajé en una.

No hago caso de la nevera, a sabiendas de que no encontraría nada que valiera la pena comer ahí. Todavía hay electricidad, pero no es confiable, y muchas veces se va durante varios días. Debe haber algunas comidas preparadas en el congelador, porque el olor es muy parecido al de los huevos podridos en casa de mamá. El edificio de oficinas incluso tiene su propio baño con duchas, probablemente para los ejecutivos con sobrepeso que intentaban bajar unos kilos a la hora del almuerzo. Fuera cual fuera la razón, me sirve para limpiarme un poco la sangre.

Todas las comodidades de un hogar, pero sin mi familia, sin lo que realmente lo convertiría en un hogar.

Con todas las responsabilidades y presiones, casi no ha pasado un día sin que haya pensado que sería más feliz sin mi familia. Pero resulta que no es cierto. Quizá lo sería si no estuviera tan preocupada por ellas. No puedo dejar de pensar en lo felices que podrían haber sido Paige y mi madre si hubiéramos encontrado este lugar juntas. Nos habríamos establecido aquí durante una semana, simulando que todo estaba bien.

Me siento a la deriva, sin un clan, perdida e insignificante. Comienzo a entender por qué los nuevos huérfanos se unen a las pandillas.

Hemos estado aquí dos días. Dos días en los que el ángel ni se ha muerto ni se ha recuperado. Solamente está ahí acostado, sudando. Estoy segura de que está agonizando. Si no fuera el caso, ya se hubiera despertado, ¿no?

Encuentro un botiquín de primeros auxilios debajo del fregadero, pero las curitas y la mayoría de las otras provisiones en realidad sólo sirven para aliviar cortes y rasguños. Busco en la caja de primeros auxilios, leo las etiquetas en los pequeños paquetes. Hay un frasco con aspirinas. La aspirina sirve para bajar la fiebre así como para quitar el dolor de cabeza, ¿verdad? Leo la etiqueta y mi sospecha se confirma.

No tengo la menor idea de si una aspirina va a funcionar en un ángel, o si su fiebre tiene algo que ver con sus heridas. Podría ser su temperatura natural. El hecho de que parezca humano no quiere decir que lo sea.

Camino de vuelta a la oficina de la esquina con las aspirinas y un vaso de agua. El ángel está acostado boca abajo sobre el sillón negro. Traté de ponerle una manta encima la primera noche, pero él no dejó de quitársela. Sólo lleva sus pantalones, sus botas y las vendas que envuelven su cuerpo. Pensé en quitarle los pantalones y las botas cuando le lavé el exceso de sangre en la ducha, pero decidí que yo no estaba ahí para hacerlo sentir cómodo.

Su cabello negro está pegado a su frente. Trato de que trague unas pastillas y que tome un poco de agua, pero no consigo despertarlo. Yace ahí, como una piedra caliente, totalmente inmóvil.

—Si no te tomas esta agua, tendré que dejarte aquí a que mueras solo.

Su espalda vendada se mueve arriba y abajo, serenamente, como lo ha hecho en los últimos dos días.

Entre tanto, he salido cuatro veces en busca de mamá. Pero no he ido muy lejos, siempre con el temor de que el ángel se despertara mientras yo estaba afuera. También me daba miedo que muriera sin que yo tuviera la oportunidad de encontrar a Paige. Las mujeres esquizofrénicas a veces pueden valerse por sí mismas en las calles, pero las niñas atadas a una silla de ruedas no pueden luchar contra los ángeles. Así que cada vez volvía rápidamente de buscar a mamá, aliviada y frustrada a la vez al encontrar siempre inconsciente al ángel.

Durante los dos últimos días no he hecho más que estar sentada comiendo tallarines instantáneos, mientras que mi hermana…

No puedo ni imaginar lo que está ocurriéndole, y no es por otra razón que mi imposibilidad de imaginar lo que un grupo de ángeles querrían hacerle a una niña humana. No podrían esclavizarla. Paige no puede caminar. Interrumpo por completo esos pensamientos. No pensaré más en lo que pueda estar sucediéndole, o lo que ya le podría haber sucedido. Tengo que concentrarme en encontrarla.

La rabia y la frustración me agobian. Lo único que quiero es tirarme al suelo y patalear como una niña de dos años. Me invade la urgencia de lanzar mi vaso con agua contra la pared, derribar las estanterías y gritar a pleno pulmón. La tentación es tan fuerte que mi mano comienza a temblar y el agua en el vaso se sacude, amenazando con derramarse.

En vez de romper el vaso contra la pared, le arrojo el agua al ángel. Quiero estrellar el vaso también, pero me detengo.

—Despierta, maldita sea. ¡Despierta! ¿Qué le están haciendo a mi hermana? ¿Qué quieren hacer con ella? ¿Dónde demonios está? —grito con todas mis fuerzas, a sabiendas de que puedo atraer a las pandillas, pero no logro que me importe en este momento.

Le doy una patada al sillón, como punto final.

Para mi asombro, los ojos del ángel se abren, adormilados. Son de un azul profundo y me miran con intensidad.

—¿Puedes bajar la voz? Intento dormir —su voz es cruda y acongojada, pero de alguna manera logra inyectarle un cierto grado de condescendencia.

Me pongo de rodillas para mirarlo directamente a los ojos.

—¿A dónde se fueron los otros ángeles? ¿A dónde se llevaron a mi hermana?

El ángel cierra los ojos.

Le doy un manotazo en la espalda, con todas mis fuerzas, donde tiene las vendas ensangrentadas.

Sus ojos se abren instantáneamente y aprieta la mandíbula con fuerza. Un siseo se escapa de sus dientes, pero no suelta un grito de dolor. Parece muy enfadado. Me resisto a dar un paso atrás.

—Tú no me asustas —le digo con la voz más fría de la que soy capaz, tratando de ocultar mi miedo—. Estás demasiado débil para ponerte de pie, tu cuerpo está prácticamente vacío de sangre, y sin mí, estarías muerto. Dime a dónde se la han llevado.

—Ella está muerta —dice con convencimiento. Luego cierra los ojos, como si se fuera a dormir otra vez.

Podría jurar que mi corazón deja de latir un minuto. Mis dedos se sienten como si estuvieran congelados. Luego el aire me regresa con un doloroso jadeo.

—Estás mintiendo. Estás mintiendo.

No responde. Cojo la vieja manta que había dejado sobre el escritorio.

—¡Mírame! —desenrollo la manta en el suelo. Las alas cortadas caen rodando. Enrolladas, se habían comprimido hasta formar una pequeña fracción de su envergadura. Parecía como si las plumas hubieran desaparecido. Pero cuando caen de la manta, las alas se abren parcialmente y las plumas se esponjan, como si se estiraran después de una larga siesta.

Sospecho que el horror en sus ojos sería exactamente como el de un ser humano que viera sus piernas amputadas salir rodando de esa manta enmohecida. Sé que estoy siendo imperdonablemente cruel, pero no me puedo dar el lujo de ser buena persona, no si quiero volver a ver con vida a Paige.

—¿Reconoces estas alas? —apenas puedo reconocer mi propia voz. Fría y dura. La voz de un mercenario. La voz de un torturador.

Las alas han perdido su brillo. Se distinguen algunos matices dorados en las plumas, pero algunas de ellas están rotas y se asoman en ángulos raros. También hay sangre salpicada y coagulada cubriéndolas por todas partes, haciendo que las plumas estén apelmazadas.

—Si me ayudas a encontrar a mi hermana, te devuelvo tus alas. Las salvé para ti.

—Gracias —gruñe mientras inspecciona las alas—. Se verán muy bien colgadas en mi pared —hay amargura en su voz, pero también algo más. Un ápice de esperanza, quizás.

—Antes de que tú y tus amigos destruyeran nuestro mundo, solía haber médicos que podían volver a pegar un dedo o una mano, si estos llegaban a cortarse —omito que hay que refrigerar la parte del cuerpo que se desea volver a pegar o que hay que pegarla pocas horas después de haberla arrancado. El ángel seguro morirá y nada de esto tendrá importancia.

Los músculos en su mandíbula están apretados en su rostro frío, pero sus ojos se entibian un poco, como si no pudiera evitar pensar en las posibilidades.

—Yo no te las corté —le digo—. Pero puedo ayudarte a que te las vuelvan a poner. Si me ayudas a encontrar a mi hermana.

Como respuesta, cierra los ojos y se vuelve a dormir.

Respira profunda, pesadamente, como una persona que ha caído en un sueño profundo. Pero no se cura como una persona. Cuando lo arrastré hasta aquí, su rostro estaba negro, azul e hinchado. Ahora, a casi dos días de dormir como un muerto, su rostro ha vuelto a la normalidad. La hendidura en sus costillas rotas ha desaparecido. Las heridas en sus mejillas y ojos ya no están, y todos los cortes y marcas en sus manos, hombros y pecho se han curado por completo.

Lo único que no se ha curado son las heridas donde estaban sus alas. No puedo cerciorarme si están mejor, por las vendas, pero siguen sangrando. Probablemente no estén mucho mejor que como estaban hace dos días.

Hago una pausa, pienso en mis opciones. Veo que no puedo chantajearlo, así que tendré que torturarlo para que me diga lo que necesito saber. Quiero hacer todo lo que está en mi poder para mantener a mi familia con vida, pero no sé si pueda llegar a esos extremos.

Él no tiene que saberlo.

Ahora que está dormido, es mejor que me asegure de que puedo mantenerlo bajo control. Salgo a buscar algo que me ayude a sujetarlo.

7

Cuando salgo de la oficina de la esquina, me doy cuenta de que el tipo muerto en el vestíbulo ha sido ultrajado. Parece haber perdido toda la dignidad desde la última vez que lo vi.

Alguien lo ha colocado de tal manera que una mano está en su cintura mientras que la otra está encima de su cabello. Sus cabellos largos y despeinados están modelados en picos, como si se hubiera electrocutado, y sus labios están pintados con pintalabios. Sus ojos están abiertos, con líneas negras pintadas como rayos de sol que salen desde sus cuencas. En medio de su pecho, un cuchillo de cocina, que hace una hora no estaba ahí, se asoma como si fuera un asta de bandera. Alguien acuchilló un cadáver por razones que sólo los locos podrían entender.

Mamá me ha encontrado.

La condición de mi madre no es tan coherente como algunos pudieran pensar. La intensidad de su locura va y viene sin un itinerario o detonante predecible. Claro, no ayuda que ella no tome sus medicamentos. Cuando todo va bien, nadie podría detectar que algo está mal en ella. Esos son los días en los que la culpa que me provocan mi rabia y frustraciones me come por dentro. Pero cuando tiene un mal día, puedo salir de mi habitación y encontrarme a un cadáver convertido en juguete tirado en el suelo.

Debo ser justa. Mamá nunca había jugado con cadáveres antes, por lo menos, no que yo lo hubiera visto. Antes de que el mundo se desmoronara, ella siempre había estado al borde de la locura, a veces unos pasos más allá. Pero el abandono de mi padre, y luego los ataques, lo intensificaron todo. La parte racional que la protegía de sumirse en la oscuridad simplemente se disolvió.

Pienso en enterrar el cuerpo, pero una parte fría de mi mente me dice que éste sigue siendo el mejor repelente que puedo encontrar. Cualquier persona en su sano juicio que mirara a través de las puertas de cristal correría muy, pero muy lejos. Así que ahora que jugamos una partida permanente de yo-estoy-más-loco-y-doy-más-miedo-que-tú, mi madre es nuestra arma secreta.

Camino cautelosamente hacia los baños, donde se escucha el agua que cae de la ducha. Mamá canturrea una melodía inquietante, una melodía que, creo, ella inventó. Solía cantárnosla cuando se encontraba en su estado medio lúcido. Una tonada sin letra que es al mismo tiempo triste y nostálgica. Quizá tuvo letra en un tiempo, porque cada vez que la escucho, me evoca una puesta de sol en el océano, un castillo antiguo y una hermosa princesa que se lanza desde la torre y cae en las furiosas olas.

Me quedo parada en la puerta del baño, escuchándola. Asocio esta canción con las veces en que ella regresa de una fase particularmente desagradable. Era frecuente que nos canturreara la tonada mientras nos curaba los golpes o heridas que ella misma nos había ocasionado.

En esos momentos, nos trataba con delicadeza y parecía genuinamente arrepentida. Esa era su especie de disculpa. No era suficiente, obviamente, pero quizá era su manera de volver a la luz, de hacernos saber que estaba resurgiendo de la oscuridad y que se dirigía a una zona gris.

Canturreaba esa melodía incesantemente después del «accidente» de Paige. Nunca supimos con exactitud lo que ocurrió. Sólo mamá y Paige estaban en casa ese día, y sólo ellas saben la historia verdadera. Mi madre lloró durante meses, culpándose por lo ocurrido. Yo también la culpé. ¿Cómo no podría hacerlo?

—¿Mamá? —la llamo a través de la puerta cerrada del baño.

—¡Penryn! —contesta, por encima del ruido del agua.

—¿Estás bien?

—Sí. ¿Y tú? ¿Has visto a Paige? No la puedo encontrar en ninguna parte.

—Daremos con ella, ¿de acuerdo? ¿Cómo me has encontrado?

—Bueno, sólo lo hice —mi madre no acostumbra mentir, pero sí tiene el hábito de evadir las respuestas.

—¿Cómo me has encontrado, mamá?

Deja correr el agua un rato antes de responder.

—Me lo dijo un demonio —su voz está llena de reticencia, de vergüenza. Podría creerle estos días, después de todo lo que ha pasado, pero nadie más que ella puede ver o escuchar a sus demonios personales.

—Qué amable de su parte —le digo. Mi madre generalmente culpa a los demonios por todas las locuras y cosas malas que hace. Rara vez se les da crédito por hacer algo bueno.

—Tuve que prometerle que haría algo por él —una respuesta honesta. Y una advertencia.

Mi madre es más fuerte de lo que parece, y puede hacer mucho daño cuando ataca por sorpresa. Toda su vida ha estado a la defensiva, meditando cómo escapar de un atacante imaginario, cómo esconderse de La Cosa que Vigila, cómo desterrar al monstruo de vuelta al infierno antes de que se robe las almas de sus hijas.

Considero las posibilidades mientras me apoyo contra la puerta del baño. Lo que sea que le prometió a su demonio seguro que no será placentero. Quizá sea muy doloroso. La única pregunta ahora es a quién se le infligirá el dolor.

—Voy a recoger unas cosas y me encerraré en la oficina de la esquina —le digo—. Es posible que esté ahí un día o dos, pero no te preocupes, ¿de acuerdo?

—De acuerdo.

—No quiero que entres en la oficina. Pero no te vayas del edificio, ¿está bien? Hay agua y comida en la cocina —considero decirle que tenga cuidado, pero me resulta ridículo. Ha tenido cuidado durante décadas: de las personas y los monstruos que intentan matarla. Ahora que sí hay monstruos tratando de matarnos a todos, mamá es la reina a la hora de tener cuidado.

—¿Penryn?

—¿Sí?

—No olvides ponerte las estrellas —se refiere a los asteriscos amarillos que nos cosió en la ropa. Están en toda la ropa que tenemos. No hay forma de librarme de ellas.

—Muy bien, mamá.

A pesar de su comentario sobre las estrellas, mamá parece lúcida. Tal vez no sea lo más saludable después de profanar un cadáver.

No soy tan indefensa como una adolescente promedio.

Cuando Paige tenía dos años, mi padre y yo llegamos a casa y la encontramos lisiada y rota. Mi madre estaba parada frente a ella, completamente perturbada. Nunca supimos exactamente lo que sucedió o cuánto tiempo estuvo ahí congelada frente a Paige. Mi madre lloró y se arrancó casi todo el cabello sin decir una palabra durante varias semanas.

Cuando finalmente salió de su mutismo, lo primero que dijo fue que yo necesitaba acudir a clases de defensa personal. Quería que yo aprendiera a pelear. Me llevó a una escuela de artes marciales e hizo un prepago, en efectivo, equivalente a cinco años de entrenamiento.

Habló con el sensei y descubrió que había distintos tipos de artes marciales: taekwondo para pelear cuando estás a poca distancia, jiu-jitsu cuando estás muy de cerca y escrima para las peleas con cuchillos. Me llevó por todos los rincones de la ciudad, inscribiéndome en todas las clases y unas cuantas más. Lecciones de disparo, defensa personal para mujeres, lecciones de tiro con arco, todo lo que se le fuera ocurriendo, todo lo que pudiera encontrar.

Cuando mi padre se enteró unos cuantos días después, mamá había gastado miles de dólares que nosotros no teníamos. Mi padre, que estaba negro de preocupación por las deudas del hospital de Paige, empalideció cuando descubrió lo que ella había hecho.

Tras su avalancha de actividad desenfrenada, mi madre pareció olvidar que me había inscrito en todas esas clases. La única vez que me preguntó al respecto fue un par de años después, cuando descubrí su colección de artículos de periódico. Había visto que los recortaba de vez en cuando, pero nunca me pregunté qué eran. Los guardaba en un álbum fotográfico rosa que decía El Primer Álbum del Bebé. Un día, estaba sobre la mesa, abierto e invitándome a hojearlo.

El encabezado con letras grandes del artículo que estaba cuidadosamente pegado en la página abierta decía «mamá asesina dice que el diablo la obligó a hacerlo».

Doy la vuelta a la siguiente página, «Madre arroja a sus hijos a la bahía y se queda mirando mientras se ahogan».

Luego la siguiente, «Esqueletos de niños encontrados en el jardín de una mujer».

En una de las historias del periódico, un niño de seis años fue encontrado a unos pasos de la puerta de entrada de su casa. Su madre lo había acuchillado una docena de veces antes de subir las escaleras para hacer lo mismo con su hermana menor.

La historia citaba a un pariente que decía que la madre intentó desesperadamente dejar a los niños en casa de su hermana unas cuantas horas antes de la masacre, pero la hermana tenía que ir a trabajar y no podía cuidar de los niños. El pariente dijo que fue como si la madre tuviera miedo de lo que fuera a suceder, como si presintiera que la oscuridad se aproximaba. Describió cómo después de que la madre volvió a tomar conciencia y se dio cuenta de lo que hizo, casi se desgarró en mil pedazos por el horror y la angustia.

Pero yo sólo podía pensar en lo que debió sentir ese niño que intentó con todas sus fuerzas salir de la casa en busca de ayuda.

No sé cuánto tiempo estuvo observándome mientras leía esos artículos, antes de preguntarme:

—¿Sigues acudiendo a tus clases de defensa personal?

Asentí con la cabeza.

No dijo nada. Simplemente pasó de largo, con un montón de libros apilados en un estante de madera que traía en sus brazos.

Los encontré después sobre la tapa del inodoro. Durante dos semanas, ella me insistió en dejarlos ahí para impedir a los demonios que subieran por la tubería. Era más fácil dormir así, decía, cuando el diablo no estaba susurrándole al oído toda la noche.

Nunca falté a ninguna de mis clases.

8

Una vez en la cocina de la oficina, cojo los tallarines instantáneos, algunas barritas energéticas, cinta adhesiva y la mitad de las chocolatinas. Llevo la bolsa de regreso a la oficina de la esquina. El ruido no parece molestar al ángel, que de nuevo parece disfrutar dormido como un muerto.

Regreso a la cocina justo cuando el sonido de la regadera cesa. Rápidamente llevo algunas botellas con agua a la oficina. A pesar de que siento alivio porque mamá me ha encontrado, no quiero verla. Basta con saber que está a salvo en el edificio. Necesito enfocarme en encontrar a Paige. No puedo hacerlo bien si estoy constantemente preocupada por las ocurrencias de mi madre.

Evito ver el cuerpo en el vestíbulo y me recuerdo a mí misma que mi madre sabe cómo cuidarse sola. Entro en la oficina de la esquina, cierro la puerta y le pongo el cerrojo. Quien tuviera esta oficina seguro que disfrutaba de su privacidad. A mí me funciona.

Me sentía segura con el ángel cuando estaba inconsciente, pero ahora que ha despertado no. El hecho de que esté herido y débil no es suficiente para garantizar mi seguridad. En realidad no sé cómo de fuertes son los ángeles. Al igual que los demás, no sé absolutamente nada sobre ellos.

Amarro sus muñecas y tobillos a sus espaldas con la cinta adhesiva, de la manera más incómoda posible. Es lo mejor que puedo hacer. Pienso que quizá debería usar una cuerda para reforzar, pero la cinta es resistente y supongo que si puede con ella, la cuerda no podrá hacer mucho para sujetarlo. De todos modos, estoy casi segura de que apenas tiene energía para levantar la cabeza. Pero nunca se sabe. Estoy tan nerviosa que uso todo el rollo de cinta adhesiva.

Cuando por fin termino y levanto la vista hacia su rostro, que me doy cuenta de que me está mirando. Seguramente lo he despertado con tanto movimiento. Sus ojos son tan azules que casi parecen negros. Doy un paso hacia atrás y trago saliva, llena de culpa. Siento como si me hubieran descubierto haciendo algo malo. Pero no hay duda de que los ángeles son nuestros enemigos. No hay duda de que son mis enemigos, mientras tengan secuestrada a mi hermana Paige.

Me mira con ojos de reproche. Me trago la disculpa que estuve a punto de ofrecerle, porque no le debo ninguna. Mientras él me observa, despliego una de sus alas. Cojo unas tijeras del cajón del escritorio y las acerco a las plumas.

—¿A dónde se han llevado a mi hermana?

Noto un destello de emoción en sus ojos, pero se desvanece tan rápido que no logro identificarla.

—¿Cómo diablos voy a saberlo?

—Porque tú eres uno de esos bastardos apestosos.

—Vaya. Sí que sabes cómo herir a una persona —parece aburrido, y casi me da vergüenza no tener un insulto más fuerte para él—. ¿No te diste cuenta de que yo no fui muy amigable con esos chicos?

50

—Ellos no son «chicos». No son humanos. No son nada más que unos sacos asquerosos de larvas mutantes, como tú —en apariencia, él y los otros ángeles que he visto parecen Adonis, con el rostro y el aplomo de dioses griegos. Pero por dentro, estoy segura de que están podridos y llenos de larvas.

—¿Sacos asquerosos de larvas mutantes? —levanta una ceja perfectamente arqueada, como si yo acabara de fallar en mi examen de insultos verbales.

Como respuesta, corto varias plumas de su ala con un cruel tijeretazo. Las plumas color nieve caen sobre mis botas. En vez de satisfacción, siento una oleada de pánico ante la expresión de su rostro. Su mirada feroz me recuerda que hace unos días había enfrentado a cinco de sus enemigos y casi les había ganado. Incluso así, maniatado y sin alas, logra intimidarme con una sola mirada.

—Corta una pluma más y te parto en dos antes de que te des cuenta.

—Duras palabras para alguien que está amarrado como un pavo. ¿Qué vas a hacer, arrastrarte hasta aquí como una tortuga para partirme en dos?

—La logística de matarte es sencilla. La única pregunta es cuándo.

—Seguro. Si pudieras hacerlo, ya lo hubieras hecho.

—Tal vez me diviertes —me dice con seguridad, como si tuviera el control de la situación—. Eres un monito con muy mal temperamento y un par de tijeras —se relaja y descansa la barbilla en el sillón.

Una oleada de rabia enciende mis mejillas.

—¿Piensas que estoy jugando? ¿No sabes que ya estarías muerto si no fuera por mi hermana? —grito esta última parte. Corto unas cuantas plumas más. La exquisita perfección que alguna vez presumió el ala ahora está hechas jirones.

El ángel levanta la cabeza una vez más. Los tendones de su cuello se tensan tanto que me pregunto lo débil que está realmente. Se flexionan los músculos de sus brazos y comienzo a preocuparme por la resistencia de sus ataduras.

—¿Penryn? —escucho la voz de mi madre al otro lado de la puerta—. ¿Estás bien?

Miro hacia la puerta, para asegurarme que esté bien cerrada.

Cuando me vuelvo de nuevo hacia el sillón, el ángel ya no está, y sólo quedan unas tiras de cinta adhesiva donde él estaba acostado hace un momento.

Siento un aliento en mi nuca y el ángel arranca las tijeras de mi mano.

—Estoy bien, mamá —contesto con toda tranquilidad. Tenerla cerca sólo la pondría en peligro. Decirle que huya probablemente la asustaría. No lo sé. Su respuesta, como de costumbre, sería impredecible.

Un brazo musculoso se desliza alrededor de mi cuello por detrás y comienza a apretar.

Empujo con fuerza su brazo y aprieto lo más que puedo mi barbilla hacia abajo, tratando de pasar la presión hacia mi barbilla en vez de mi garganta. Tengo como veinte segundos para salir de este aprieto antes de que mi cerebro se apague o mi tráquea se colapse.

Me agacho lo más posible y salto hacia atrás, golpeándonos a los dos contra la pared. El impacto es mucho más fuerte porque el ángel pesa la mitad que un hombre de su tamaño.

Escucho un «ufff» y el golpeteo de unos marcos colgados. Me imagino que las heridas en su espalda deben estar punzando de dolor al golpearse con los filos de esos marcos.

—¿Qué es ese ruido? —pregunta mi madre.

El brazo se aprieta con furia alrededor de mi garganta y decido que el término «ángel de la misericordia» es una contradicción. Sin perder mi energía tratando de luchar contra el brazo que me ahorca, reúno todas mis fuerzas para otro salto contra la pared. Lo menos que puedo hacer es causarle mucho dolor antes de que acabe conmigo.

Esta vez, su gemido es más fuerte. Eso me hubiera causado una enorme satisfacción si mi cabeza no comenzara a sentirse aligerada y nebulosa.

Un salto más y unas manchas oscuras nublan mis ojos.

Justo cuando me doy cuenta de que mi visión se desvanece por completo, aligera la presión de su brazo. Caigo de rodillas, aspirando bocanadas de aire por mi garganta cerrada. Mi cabeza se siente pesada en mi cuello, apenas logro no irme de frente contra el suelo.

—¡Penryn Young, abre la puerta en este mismo instante! —el pomo de la puerta se mueve. Mi madre seguramente había estado gritando todo este tiempo, pero yo no la podía escuchar.

El ángel se queja como si estuviera sufriendo en serio. Se arrastra a mi lado y comprendo por qué le duele tanto. Su espalda sangra a través de las vendas, donde crecen unas manchas rojas que parecen heridas de cuchillo. Me doy la vuelta hacia la pared. Dos enormes clavos que sostenían las fotos de Yosemite gotean sangre desde los extremos.

El ángel no es el único que está en mal estado. Yo no puedo respirar sin sufrir violentos ataques de tos.

—¿Penryn? ¿Estás bien? —mi madre parece preocupada. No me puedo imaginar lo que piensa que está pasando aquí dentro.

—Sí —logro decir, aunque me quema la garganta—. Todo va bien.

El ángel se arrastra al sillón y se recuesta boca abajo con otro gemido lastimero. Le dedico una sonrisa maliciosa.

—Tú —me dice con ojos llenos de furia— no mereces la salvación.

—Como si tú pudieras dármela —le gruño—. ¿Por qué querría irme al cielo si está lleno de asesinos y secuestradores como tú y tus amigos?

—¿Quién dice que vengo del cielo? —es cierto que la mueca espantosa que me lanza parece más de un demonio que de un ser celestial. Pero su mirada diabólica sólo dura un segundo y se transforma en una mueca de dolor.

—¿Penryn? ¿Con quién hablas? —mi madre suena casi frenética por la inquietud.

—Es mi demonio personal, mamá. No te preocupes. Es un debilucho.

Débil o no, ambos sabemos que él me podía haber matado si lo hubiera querido. Pero no le doy la satisfacción de mostrarle que le tengo miedo.

—Ah —de pronto suena más calmada, como si eso lo explicara todo—. Muy bien. No los subestimes. Y no les hagas promesas que no puedas cumplir —puedo notar por cómo se desvanece su voz que se siente más tranquila y se retira.

La mirada incrédula que el ángel dirige a la puerta me hace reír. Entonces me lanza una mirada de tú-estás-más-loca-que-tu-madre.

—Toma —le lanzo un rollo de vendas que guardo en mis provisiones—. Es probable que necesites ponerle un poco de presión a eso.

Lo atrapa con tranquilidad, mientras cierra los ojos.

—¿Y cómo voy a vendarme yo mismo la espalda?

—Ese no es mi problema.

Relaja su mano con un suspiro y la venda cae al suelo, desenrollándose en la alfombra.

—No te vas a dormir otra vez, ¿verdad?

Su única respuesta es un suave «mmm», y su respiración se vuelve profunda y regular, como la de un hombre profundamente dormido.

Maldita sea.

Me quedo ahí, de pie, observándolo. Supongo que es una especie de sueño curativo, por cómo sanaron sus otras heridas mientras descansaba. Si no estuviera tan cansado y gravemente herido, sin duda alguna me hubiera pateado el trasero hasta el infinito y de vuelta, aunque eligiera no matarme. De todos modos me irrita que me vea como tan pequeña amenaza, como para quedarse completamente dormido en mi presencia.

La cinta adhesiva fue una mala idea, tenía sentido sólo cuando pensaba que el ángel estaba tan débil como un papel mojado. Ahora que entiendo mejor la situación, ¿cuáles son mis opciones?

Me pongo a buscar en los cajones de la cocina y en el almacén, pero no encuentro nada. Luego reviso la bolsa de deporte de una persona debajo de un escritorio y encuentro un viejo candado de bicicleta, de los que tienen una cadena pesada envuelta en plástico, con una llave en el candado. Nunca me había parecido tan fantástica la manía humana de encadenar las cosas.

No hay nada en la oficina a lo que pueda encadenarlo, así que uso un carrito de metal que está a un lado de la fotocopiadora. Le quito los montones de papel que tiene encima y me lo llevo a la oficina. No veo a mi madre por ningún lado. Sólo puedo suponer que me está dando espacio para lidiar con mi «demonio personal» en privado.

Acerco el carrito al hombre dormido —ángel, quise decir ángel—. Cuidando de no despertarlo, enredo la cadena fuertemente alrededor de sus muñecas, después la enredo varias veces alrededor de una de las patas metálicas del carrito, hasta que queda muy tensa. Luego cierro el candado con un clic que me causa gran satisfacción.

La cadena se puede deslizar hacia arriba y hacia abajo por la pata del carrito, pero no podrá zafarse de ella. Esta es una idea mucho mejor de lo que parecía al principio, porque ahora puedo mover al ángel de un lado a otro sin correr peligro de que se escape. A donde sea que vaya, tendrá que arrastrar el carrito.

Envuelvo sus alas con la manta y las guardo en uno de los archivadores grandes de metal que están enseguida de la cocina. Me siento como una especie de saqueador de tumbas mientras saco los expedientes del cajón y los coloco arriba del mueble. Paso mis dedos por la pila de expedientes. Cada uno de estos expedientes significaba algo. Una casa, una patente, un negocio. El sueño de alguna persona, olvidado, recolectando polvo y abandonado en una oficina.

Como una ocurrencia tardía, guardo la llave del candado en el cajón donde guardé la espada del ángel la primera noche.

Camino de vuelta al vestíbulo y entro en la oficina. El ángel sigue dormido, o en coma, ya no estoy segura cuál de los dos. Cierro la puerta con cerrojo y me siento a descansar en la silla ejecutiva.

El hermoso rostro del ángel se desvanece mientras mis párpados se cierran. No he dormido en dos días, con el temor de perder la oportunidad de hablar con el ángel si despertara y muriera en seguida. Dormido, tiene la apariencia de un príncipe encantado sangrante encadenado en un calabozo. Cuando era más pequeña soñaba con ser Cenicienta, pero supongo que en realidad soy la bruja malvada.

Pero Cenicienta no vivía en un mundo postapocalíptico invadido por ángeles vengadores.

Antes de despertar, me doy cuenta de que algo anda mal. En el umbral entre la vigilia y el sueño, oigo el ruido de cristales rompiéndose. Estoy tensa y alerta antes de que el ruido se desvanezca.

Una mano me tapa la boca.

El ángel me hace callar con un susurro más ligero que el aire. Lo primero que veo en la tenue luz de la luna es el carrito de metal. Seguro que saltó y lo empujó hasta aquí en la milésima de segundo que tardó el cristal en romperse.

Llego a la conclusión de que, si por este momento el ángel y yo estamos del mismo lado, entonces alguien más es una amenaza para los dos.

9

Por debajo de la puerta veo una luz moviéndose en medio de la oscuridad.

Las luces fluorescentes estaban encendidas cuando me quedé dormida, pero ahora está oscuro, sólo la luz de la luna se filtra por la ventana. La luz que se mueve en la ranura debajo de la puerta parece una linterna que se mueve de un lado a otro. Podría ser un intruso que entró con una linterna, o mi madre que encendió una cuando se apagaron las luces. Como sea, es una señal segura de que hay alguien afuera.

No es que mi madre no sea consciente de los riesgos. Está muy lejos de ser estúpida. Pero su tipo de paranoia la hace temer a predadores sobrenaturales más que a los reales. Entonces, iluminar la oscuridad para ahuyentar a los demonios es más importante que evitar ser detectada por simples mortales. Vaya suerte la mía.

El ángel, por su parte, se mueve tan silencioso como un gato hacia la puerta, aunque está encadenado y empujando el carrito.

Unas manchas oscuras se filtran por sus vendas blancas, como manchas de tinta de Rorschach. Podrá ser lo suficientemente fuerte para romper un rollo de cinta adhesiva, pero sigue herido y sigue sangrando. ¿Cómo de fuerte es en realidad? ¿Lo suficiente para pelear contra media docena de pandilleros, tan desesperados como para estar merodeando por la noche?

Por un momento, deseo no haberlo encadenado. Puedo apostar lo que sea a que, sea quien sea el intruso, no está solo. No de noche.

—Hooo-laaa —se escucha una voz juguetona en la oscuridad—. ¿Hay alguien aquí?

El vestíbulo está enmoquetado y no puedo distinguir cuántos pudieran ser hasta que algunas cosas comienzan a estrellarse. El ruido viene de distintas direcciones. Suena como si hubiera por lo menos tres de ellos.

¿Dónde está mamá? ¿Habrá tenido tiempo para esconderse?

Le echo un vistazo a la ventana. No será fácil de romper, pero si los pandilleros pudieron hacerlo, yo también puedo. Es suficientemente grande para yo pueda saltar a través de ella. Agradezco a quién sabe qué cielo que estamos en el primer piso.

Empujo el cristal para poner a prueba su dureza. Llevará tiempo romperlo. Además, el ruido hará eco por todo el edificio.

Afuera puede escucharse que los pandilleros hablan entre ellos. Ríen y gritan mientras dan de golpes y quiebran cosas. Están actuando para nosotros, para asegurarse de que tengamos miedo cuando nos descubran. Calculo que pueden ser unos seis.

Miro de nuevo hacia donde está el ángel. Él está escuchando, probablemente trata de calcular su siguiente maniobra. Herido y encadenado a un carrito de metal, sus posibilidades de huir de una pandilla son aproximadamente cero.

Por otro lado, si los pandilleros vinieran a la oficina de la esquina por el sonido de la ventana rompiéndose, tendrían las manos llenas con el ángel. Él es como una mina de oro y ellos serían los afortunados mineros. Mamá y yo podríamos huir en medio del caos. Pero ¿y luego qué? El ángel no podrá decirme dónde encontrar a Paige si está muerto.

Pienso que, si tengo suerte, la pandilla sólo romperá unas cuantas cosas, se robará la comida en la cocina y se irá.

El grito de una mujer corta de cuajo la noche.

Mi madre.

Voces de hombres gritan y se burlan. Suenan divertidos y excitados, como una jauría de perros frente a un gato acorralado.

Cojo una silla, la estrello contra la ventana. Hace un ruido horrible y se dobla, pero el cristal no se rompe. Quiero causar la mayor distracción posible, con la esperanza de que el ruido los haga olvidarse de mi madre. La estrello de nuevo. Y luego otra vez. Trato de romper la ventana con todas mis fuerzas.

Ella grita nuevamente. Escucho voces que vienen directas hacia mí.

El ángel coge su carrito y lo lanza a la ventana. El vidrio explota en todas direcciones. Yo me agacho para protegerme. Una parte distante de mi mente está consciente de que el ángel se ha girado, y usa su cuerpo para cubrirme de los cristales rotos.

Algo golpea fuertemente la puerta cerrada de la oficina. La puerta se sacude pero la cerradura se sostiene.

Cojo el carrito y lo coloco debajo del alféizar de la ventana, intentando ayudar al ángel a salir.

La puerta se abre de un golpe y rebota en la pared, con las bisagras rotas.

El ángel me lanza una mirada dura y rápida.

—Huye —me ordena.

Salto por la ventana.

Aterrizo corriendo. Corro alrededor del edificio, busco una puerta trasera o una ventana rota por donde pueda entrar otra vez. Mi mente está llena de imágenes de lo que pudiera estar ocurriéndole a mi madre, al ángel, a Paige. Tengo una necesidad casi irresistible de ocultarme detrás de un arbusto y enroscarme como una pelota. De apagar mis ojos, mis oídos, mi cerebro, y de quedarme ahí hasta que todo deje de existir.

Empujo esas horribles imágenes estridentes hacia ese lugar oscuro y silencioso en mi mente, que se vuelve más profundo y más abultado cada día que pasa. Un día, pronto, todas las cosas que acumulo ahí explotarán e infectarán el resto de mi mente, mi cuerpo, mi alma. Quizás sea el día en que la hija se transforme en su madre: una loca. Hasta que llegue ese momento, sigo teniendo el control.

No tengo que desplazarme mucho para encontrar una ventana rota. Pienso en las veces que tuve que golpear mi ventana sin poder romperla siquiera. No quiero imaginar lo fuerte o alterada que estará la persona que rompió esta ventana. Eso no me hace sentir mejor de regresar al edificio.

Corro de oficina en oficina, de un cubículo a otro, y entre susurros y gritos ahogados llamo a mi madre.

Me encuentro con un hombre tirado en el pasillo que lleva a la cocina. Su pecho está descubierto, su camisa hecha pedazos. Tiene clavados seis cuchillos para untar mantequilla, de esos que no tienen filo, formando un gran círculo. Alguien ha dibujado una estrella color rosa con pintalabios sobre él y colocado los cuchillos en las puntas de los picos. Un charquito de sangre burbujea en el mango de cada uno de los cuchillos. El hombre contempla la ruina en su pecho con ojos desorbitados, como si no fuera capaz de creer que eso le esté sucediendo a él.

Mi madre está a salvo.

Pero no sé si eso es bueno. Miro lo que le hizo a ese hombre. Ella evitó acuchillarle el corazón a propósito, para que el sujeto muera desangrado más lentamente.

Si estuviéramos en el viejo mundo, en el mundo de antes, hubiera llamado a una ambulancia a pesar de que ese vándalo acababa de atacar a mi madre. Los doctores lo habrían curado y él tendría todo el tiempo del mundo para recuperarse en la cárcel. Pero desafortunadamente para todos nosotros, este es el mundo de después.

Paso a su lado y lo dejo padecer su lenta muerte.

Por el rabillo del ojo, logro ver una sombra con forma de mujer deslizándose por una puerta. Se detiene antes de que la puerta se cierre y me mira. Mi madre agita una mano frenéticamente, pidiéndome que vaya. Debo reunirme con ella. Doy algunos pasos en su dirección, pero no puedo ignorar los gritos y golpes de la pelea colosal que se está llevando a cabo en la parte posterior del edificio.

El ángel está rodeado por una pandilla de hombres con apariencia desaliñada, pero mortífera.

Debe de haber unos diez. Tres de ellos están tirados en el suelo, inconscientes o muertos, más allá del círculo de la pelea. Dos más reciben una paliza del ángel, mientras él gira el carrito a su alrededor como si fuera una maza gigante. Pero incluso desde aquí, aun bajo la ligera luz de luna que se filtra a través de las puertas de cristal, puedo ver las manchas rojizas que se filtran por sus vendas. Ese carrito debe pesar unos cincuenta kilos. El ángel parece agotado y los otros se aproximan, listos para acabar con él.

He peleado contra muchos contrincantes en el dojo, y el verano pasado fui una de las instructoras asistentes en un curso avanzado de defensa personal llamado «Asaltantes múltiples». Aun así, nunca he peleado contra más de tres personas al mismo tiempo. Y ninguno de mis contrincantes ha querido asesinarme de verdad. No soy lo suficientemente estúpida para pensar que puedo contra siete tipos desesperados con la ayuda de un ángel mutilado. Mi corazón trata de salir galopando de mi pecho tan sólo de pensarlo.

Mi madre me llama de nuevo, invitándome a ir con ella hacia la libertad.

Algo se estrella en un extremo del vestíbulo, seguido de un quejido de dolor. Con cada golpe asestado al ángel, siento cómo Paige se aleja más y más de mí.

Con un ademán le digo a mi madre que se aleje, susurrándole «vete».

Me llama de nuevo, esta vez más insistente.

Sacudo mi cabeza y la alejo con un gesto.

Se pierde en la oscuridad y desaparece detrás de una puerta que se cierra.

Salto deprisa hasta el archivero a un lado de la cocina. Rápidamente sopeso los pros y contras de usar la espada del ángel y decido en contra. Es posible que pueda rebanar a una persona con ella, pero no sin haber entrenado antes. Seguramente me la quitarían en un santiamén.

En vez de ello, cojo las alas y la llave para el candado de la cadena del ángel. Guardo la llave en el bolsillo de mis pantalones y rápidamente desenvuelvo las alas. Mi única esperanza es que el miedo y el deseo de supervivencia de los miembros de la pandilla estén de mi lado. Antes de que mi cerebro pueda intervenir y decirme lo alocada y peligrosa que es mi idea, corro hacia el pasillo, apenas iluminado, donde la luz de la luna es lo suficientemente brillante para mostrar mi silueta, pero no tanto para poder iluminarme con detalle.

La pandilla tiene al ángel acorralado.

Él se defiende, da una buena pelea, pero se han dado cuenta de que está herido —además de que está encadenado a un pesado carrito— y no se rendirán ahora que han olido la sangre.

Cruzo los brazos detrás de mí y sostengo las alas a mis espaldas. Comienzan a bambolear, perdiendo el equilibrio. Es como si sostuviera un asta con las manos contorsionadas. Espero hasta lograr sostenerlas con firmeza, luego doy un paso hacia delante.

Con la esperanza desesperada de que las alas se vean bien en las sombras, doy una patada a una mesita con un florero sorprendentemente intacto. El sonido del florero estrellándose en el suelo llama su atención.

Durante un segundo, todos se quedan mirándome en silencio, observando mi silueta en la oscuridad. Espero por todos los santos y no santos que piensen que soy el Ángel de la Muerte. Si el lugar estuviera bien iluminado, verían a una adolescente flacucha que trata de sostener unas alas enormes detrás de su espalda. Pero está oscuro y tengo la esperanza de que vean la única cosa que puede dejarlos fríos de miedo.

—¿Qué tenemos aquí? —pregunto, con un tono que espero parezca de diversión asesina—. Miguel, Gabriel, venid a ver esto —llamo por detrás de mí, como si hubiera más de los nuestros. Miguel y Gabriel son los únicos nombres de ángeles que se me ocurren en ese momento—. Ahora resulta que estos monos creen que pueden atacar a uno de nosotros.

Los hombres se quedan paralizados. Todos me miran.

En ese momento, mientras sostengo la respiración, las posibilidades giran alrededor del cuarto como si fueran una ruleta.

Y entonces sucede algo realmente malo.

Mi ala derecha se tambalea, luego cae unos centímetros hacia abajo. Al apresurarme para enderezarla, me muevo para tomarla con más firmeza, pero eso sólo llama más la atención hacia ella mientras se bambolea hacia arriba y hacia abajo.

En ese largo segundo antes de que todos asimilen lo que acababa de suceder, veo cómo el ángel dirige los ojos hacia el cielo, como un adolescente en presencia de una torpeza sobrecogedora. Algunas personas simplemente no tienen el menor sentido de gratitud.

El ángel es el primero en romper el silencio. Eleva su carrito y lo lanza hacia los tres tipos que están frente a él, golpeándolos como si jugara a los bolos.

Los otros tres vienen corriendo hacia mí.

Suelto las alas y salto hacia la izquierda. El truco para lidiar con múltiples contrincantes es evitar pelear con todos al mismo tiempo. A diferencia de como hacen en las películas, los atacantes no hacen fila para patearte el trasero; quieren golpearte todos al mismo tiempo, como una jauría de lobos.

Bailo en semicírculo alrededor de ellos, hasta que el más cercano a mí se coloca enfrente de los otros dos. En un segundo, corren a ponerse a un lado de su amigo, pero es suficiente para que yo pueda darle una buena patada en la entrepierna. El tipo se dobla, y aunque muero de tentación de darle un rodillazo en la cara, sus amigos son más importantes ahora.

Bailo hacia el otro lado del tipo doblegado, haciendo que los otros se tengan que formar en una línea para pasar alrededor de él. Pateo los pies del pandillero herido, y éste cae encima del matón número dos. El tipo que queda salta sobre mí y nos revolcamos en el suelo, cada uno luchando por quedar arriba del otro.

Termino abajo. Pesa unos cincuenta kilos más que yo, pero esta es una posición que he practicado una y otra vez.

Los hombres tienden a pelear distinto con las mujeres que con otros hombres. La gran mayoría de las peleas entre hombres y mujeres comienzan con el hombre atacando por detrás, y casi instantáneamente terminan en el suelo con la mujer abajo. De modo que una buena luchadora tiene que aprender a pelear desde una posición de desventaja en el suelo y boca arriba.

Mientras forcejeamos, logro zafar mi pierna de debajo de él para usarla como palanca. Me preparo. Luego giro mi cadera con violencia y lo empujo hacia un lado.

Él cae boca arriba. Antes de que pueda reponerse, aplasto mi talón en su entrepierna con toda mi fuerza.

Me levanto de un salto y antes de que se recupere le doy una patada en la cabeza. Lo pateo tan fuerte que su cabeza da un latigazo hacia delante y hacia atrás.

—Vaya —el ángel está de pie, observándome con la luz de la luna detrás de su carrito ensangrentado.

Alrededor de él se encuentran los cuerpos quejumbrosos de nuestros intrusos. Algunos de los cuerpos están tan quietos que no puedo distinguir si están vivos. El ángel asiente satisfecho, mirándome con admiración. Me doy cuenta de que su aprobación me hace sentir bien y quiero patearme a mí misma.

Uno de los tipos se tambalea para ponerse de pie y corre hacia la puerta. Sostiene su cabeza como si tuviera miedo de que se le fuera a caer. Y como si esa fuera una señal, tres tipos más se levantan y salen tropezándose por la puerta sin mirar atrás. El resto está tirado y jadeando en el suelo.

Escucho una risa débil y me doy cuenta de que se trata del ángel.

—Te veías ridícula con esas alas —dice. Su labio está sangrando, así como un corte encima de uno de sus ojos. Pero parece relajado y una sonrisa ilumina su rostro.

Saco la llave del candado de mi bolsillo con las manos temblorosas y se la lanzo. Él la atrapa aunque sigue encadenado.

—Salgamos de aquí —digo. Suena menos frágil de lo que me siento. La adrenalina posterior a la pelea me ha dejado temblando. El ángel se quita la cadena, se estira, hace crujir sus muñecas. Luego arranca una chaqueta de mezclilla a uno de los sujetos quejumbrosos en el suelo y me la lanza. Me la pongo de inmediato, aunque me va aproximadamente diez tallas más grande.

El ángel regresa a la oficina mientras yo envuelvo sus alas en la manta sucia. Corro hacia el archivador para recuperar su espada, luego me encuentro con él en el vestíbulo cuando regresa con mi mochila. Ato la manta en la mochila, intentando no apretarla demasiado bajo su mirada penetrante. Luego me dedico a rellenar la mochila. Me gustaría tener una mochila extra para él, pero, de todos modos, no podría llevarla en la espalda por las heridas.

Cuando ve la espada, su rostro esboza una gloriosa sonrisa, como si fuera un viejo amigo muy querido en vez de un bonito pedazo de metal. Su mirada de felicidad pura me deja sin aliento unos momentos. Es una mirada que no creía que volvería a ver en ninguna otra cara. Me siento más ligera por el hecho de estar cerca de ella.

—¿Tenías mi espada todo este tiempo?

—Es mi espada ahora —mi voz resulta más dura de lo que debió ser. Su felicidad es tan humana que olvidé por unos instantes lo que él es realmente. Entierro mis uñas en las palmas de mis manos para recordarme que no debo dejar que mis pensamientos se salgan de control.

—¿Tu espada? Ya lo veremos —dice. Lo que deseo es que deje de sonar tan estúpidamente humano—. ¿Tienes idea de lo fiel que ella ha sido conmigo todos estos años?

—¿Ella? No eres de esos tipos que les ponen nombre a sus coches o a sus tazas de café, ¿o sí? Es un objeto inanimado. Supéralo.

Trata de alcanzar la espada. Doy un paso atrás, pues no tengo intención de entregársela.

—¿Qué vas a hacer, pelear conmigo por ella? —pregunta. Suena como si estuviera a punto de reírse.

—¿Y qué vas a hacer tú con ella?

Él suelta un suspiro, parece cansado.

—Usarla como muleta. ¿O qué se te ocurre que voy a hacer con ella?

En ese momento, la decisión quedó suspendida en el aire como una pregunta. La verdad es que el ángel no necesitaba la espada para derrotarme ahora que estaba libre y en pie. Simplemente podría cogerla, y ambos lo sabíamos.

—Yo te salvé la vida —le digo.

Arquea una ceja.

—Eso es cuestión de puntos de vista.

—Dos veces.

Finalmente deja caer la mano que había extendido para arrebatarme la espada.

—No me vas a devolver mi espada, ¿verdad?

Cojo la silla de Paige y pongo la espada en el bolso trasero del asiento. Mientras él esté demasiado cansado para discutir conmigo, estaré en mejores condiciones para mantener el control. O está realmente exhausto, o ha decidido dejarme que la lleve por él, como si fuera su pequeño escudero. Por la forma en que mira la espada, con una sonrisa que trata de esconder, llego a la conclusión de que es lo segundo.

Giro la silla de Paige y la empujo hacia la salida.

—Creo que ya no necesitaré la silla —dice el ángel. Suena exhausto y apuesto a que no me diría que no si me ofreciera a empujarlo en ella.

—No es para ti. Es para mi hermana.

El ángel guarda silencio mientras caminamos por la noche y yo sé que piensa que Paige no volverá a ver su silla.

Puede irse directo al infierno.

10

Silicon Valley está a una media hora en coche del bosque en las colinas. También se encuentra a unos cuarenta y cinco minutos de San Francisco conduciendo por la carretera. Supongo que las carreteras estarán atestadas de coches abandonados y de gente desesperada. Así que mejor nos encaminamos hacia las colinas, donde hay menos gente y más lugares dónde refugiarnos.

Hasta hace unas semanas, los ricos vivían en las faldas de las colinas, ya fuera en casas de tres habitaciones que costaban un par de millones de dólares, o en mansiones de cuentos de hadas que costaban diez millones. Nos mantenemos lejos de éstas, pues mi lógica dicta que esas casas probablemente atraerán a visitantes peligrosos.

Elegimos una pequeña casa de huéspedes en la parte trasera de una de estas propiedades. Una morada modesta que no llama mucho la atención.

El ángel me sigue sin hacer comentarios y me parece perfecto. No ha dicho mucho desde que salimos del edificio. Ha sido una noche larga y apenas puede mantenerse en pie para cuando llegamos a la casita de campo. Logramos entrar justo antes de que estalle una tormenta.

Es extraño. En cierto modo, el ángel es sorprendentemente fuerte. Ha sido golpeado, mutilado, ha sangrado durante días y, aun así, puede pelear contra varios hombres al mismo tiempo. No parece tener frío, a pesar de que no lleva camisa ni abrigo. Pero por otro lado, caminar parece costarle mucho trabajo.

Cuando comienza la lluvia y finalmente nos sentamos en el interior de la casa de campo, el ángel se quita las botas. Sus pies están maltratados y llenos de ampollas. Están rojos e hinchados, como si no los hubiera usado mucho. Es probable que así sea. Si yo tuviera alas, lo más seguro es que me pasara el día volando.

Busco entre las cosas en mi mochila y saco el botiquín de primeros auxilios. Ahí encuentro unos paquetitos para curar ampollas. Son como bandas adhesivas pero más grandes y más resistentes. Le paso los paquetitos al ángel. Abre uno y se le queda mirando como si nunca lo hubiera visto.

Primero investiga el lado color piel, que es de un tono demasiado ligero para él, y luego el lado acolchado, después de vuelta al lado color piel. Lo coloca sobre su ojo como un parche de pirata y me hace una mueca.

Mis labios se mueven para esbozar media sonrisa, aunque me resulta difícil creer que todavía sea capaz de sonreír. Le quito el parche.

—Mira, te voy a enseñar cómo usarlo. Déjame ver tu pie.

—Esa es una petición demasiado íntima en el mundo de los ángeles. Normalmente requiero de una cena, un poco de vino y una excelente conversación antes de que ofrezca mis pies.

Eso merece una respuesta chistosa.

—Lo que sea —digo.

Bueno, no ganaré el premio a la Chica Más Graciosa del Año.

—¿Quieres que te enseñe cómo usarlos o no? —sueno arisca. Es lo mejor que puedo hacer en estos momentos.

El ángel levanta los pies. Hay unas horrendas manchas rojas en sus talones y en sus dedos gordos. Una de las ampollas en su talón se ha reventado.

Miro mi escasa provisión de paquetitos para las ampollas. Tendré que usarlos todos en sus pies, con la esperanza de que los míos aguanten. Vuelvo a escuchar esa vocecilla mientras coloco la bandita adhesiva en su ampolla abierta: «No estará contigo más de un par de días, ¿por qué desperdicias tus provisiones con él?».

El ángel se saca un trozo de cristal de su hombro. Se los ha ido quitando todo el tiempo que estuvimos caminado, pero sigue encontrando más. Si no se hubiera puesto enfrente de mí cuando rompió la ventana, yo también estaría salpicada de cristales. Estoy casi segura de que no me protegió a propósito, pero no puedo sentir más que agradecimiento hacia él por haberlo hecho.

Cuidadosamente le quito el pus y la sangre con una venda esterilizada, aunque sé que si llega a contraer una infección, será de esas heridas profundas que tiene en la espalda, no de unas cuantas ampollas en sus pies. La idea de sus alas perdidas hace que mis manos sean más delicadas de lo que hubiera querido.

—¿Cómo te llamas? —le pregunto.

No necesito saberlo. De hecho, no quiero saberlo. Darle un nombre me hace pensar que estamos del mismo bando, lo cual jamás podría suceder. Es como reconocer que podríamos hacernos amigos. Pero eso no es posible. No tiene sentido hacerte amigo de tu verdugo.

—Raffe.

Sólo le pregunté su nombre para distraerlo y que dejara de pensar que ahora tiene que usar sus pies y no sus alas. Pero ahora que sé su nombre, me siento mejor.

—Raffe —repito lentamente—. Me gusta cómo suena.

Su mirada se suaviza como si fuera a sonreír, aunque su expresión no deja de ser fría. Por alguna razón, eso hace que se me encienda el rostro.

Me aclaro la garganta para liberar la tensión.

—Raffe suena como «viaje». ¿Coincidencia? —logro sacarle una sonrisa. Y cuando sonríe, parece alguien a quien me gustaría conocer. Un chico demasiado guapo con el que cualquier chica podría soñar.

El problema es que no es un chico. Y es demasiado guapo. Y esta chica está más allá de soñar con algo que no sea comida, resguardo y la seguridad de su familia.

Paso mi dedo firmemente por el margen de la banda adhesiva para asegurarme de que no se vaya a despegar. Él jadea un instante, y no puedo distinguir si es por dolor o placer. Tengo cuidado de mantener la mirada baja mientras trabajo.

—¿Y entonces? ¿No vas a preguntarme mi nombre? —podría darme una patada a mí misma. Suena como si estuviera coqueteando. Pero no es así. No podría. Por lo menos no he soltado una risita idiota.

—Ya sé cuál es tu nombre —luego imita a la perfección la voz de mi madre—. ¡Penryn Young, abre la puerta en este mismo instante!

—Muy bien. Suenas igual que ella.

—Quizá hayas escuchado el viejo proverbio de que conocer el verdadero nombre de una persona te da mucho poder sobre ella.

—¿Es verdad?

—Puede ser. Especialmente entre especies.

—¿Y por qué me acabas de decir el tuyo?

Se inclina hacia atrás y encoge los hombros, en un ademán de chico malo y despreocupado.

—Entonces ¿cómo te llaman los que no saben tu nombre?

Hace una breve pausa antes de responder.

—La Ira de Dios.

Retiro mi mano de su pie, con un movimiento lento y controlado, para evitar que se note que estoy temblando. Me doy cuenta de que, si alguien nos viera en ese momento, parecería que yo le estoy rindiendo tributo. Él está sentado en una silla mientras yo estoy arrodillada a sus pies con los ojos mirando hacia abajo. Rápidamente me pongo de pie, de modo que ahora yo lo estoy viendo desde arriba. Respiro hondo, me pongo muy recta y lo miro directamente a los ojos.

—No te tengo miedo, ni a los de tu clase, ni a tu dios.

Una parte de mí se estremece al imaginar el relámpago que tendría que caerme en la cabeza por decir eso. Pero no pasa nada. Ni siquiera afuera retumba un trueno dramático por la tormenta. Eso no me hace sentir menos miedo, a pesar de mis palabras. No soy más que una hormiga en el campo de batalla de los dioses. No hay lugar para el orgullo o el ego, y apenas hay lugar suficiente para sobrevivir. Pero no puedo evitarlo. ¿Quiénes se creen que son? Podremos ser hormigas, pero este campo es nuestro hogar y tenemos todo el derecho de vivir en él.

Su expresión cambia durante una fracción de segundo, luego la esconde tras su rostro de dios de piedra. No estoy segura de qué significa, pero me doy cuenta de que mi enloquecida declaración tuvo cierto efecto en él, aunque sólo sea diversión.

—No lo dudo, Penryn —dice mi nombre como si estuviera ensayando algo nuevo, saboreándolo en la lengua, probando si le gusta. Hay una cierta intimidad en la manera en que dice mi nombre que hace que me estremezca.

Lanzo el resto de los paquetes para curar ampollas a su regazo.

—Ahora ya sabes cómo usarlas. Bienvenido a mi mundo.

Me doy la vuelta, dándole la espalda para recordarle que no le tengo miedo. Por lo menos, eso es lo que me digo a mí misma. La verdad es que así también puedo sacudir un poco mis manos para que dejen de temblar, mientras busco en mi mochila algo para comer.

—¿Por qué estáis aquí? —le pregunto, hurgando en busca de comida—. Quiero decir, es obvio que no estáis aquí para hacer amigos, pero ¿por qué queréis aniquilarnos? ¿Qué hemos hecho para merecer ser exterminados?

Se encoge de hombros.

—No tengo la menor idea.

Lo miro boquiabierta.

—Oye, yo no soy el que da las órdenes —dice—. Si fuera bueno para contar cuentos, me inventaría una historia vacía que parezca profunda. Pero la verdad es que todos estamos caminando en la oscuridad. A veces nos topamos con algo terrible.

—¿Eso es todo? No puede ser tan fortuito —no sé qué quería escuchar, pero sin duda eso no.

—Siempre es tan fortuito.

Suena más como un soldado veterano que un ángel. O por lo menos como me imagino que son los ángeles. Una cosa me queda clara: no voy a sacarle muchas respuestas.

La cena consiste en tallarines instantáneos y un par de barritas energéticas. También tenemos unos chocolates miniatura que encontramos en la oficina, para el postre. Hubiera deseado encender la chimenea, pero el humo sería una clara señal de que alguien habita este lugar. Tengo un par de linternas en mi mochila. Pero sabemos que probablemente fue la linterna de mi madre lo que atrajo a la pandilla, así que nos comemos nuestros tallarines secos y nuestras barras acarameladas en completa oscuridad.

El ángel devora su porción tan rápido que no puedo más que observarlo atónita. No sé cuándo fue la última vez que comió, pero lo cierto es que no lo había hecho durante los dos días que llevamos juntos. También supongo que sus superpoderes curativos consumen bastantes calorías. No tenemos mucho, pero le ofrezco la mitad de mi porción. Si hubiera estado despierto en los últimos dos días, habría tenido que darle mucho más que esto.

Mi mano se queda extendida con la comida que le ofrezco, lo suficiente para que resulte incómodo.

—¿No lo quieres? —le pregunto.

—Depende. ¿Por qué me lo estás ofreciendo?

Me encojo de hombros.

—A veces, cuando caminamos en la oscuridad, nos topamos con algo bueno.

Me observa unos segundos antes de coger la comida que le ofrezco.

—No creas que te voy a ofrecer mi ración de chocolate.

Sé que debo conservar el chocolate, pero no puedo evitar comer más de lo que había planeado. La textura cerosa y la explosión de dulzura en mi boca me provocan un confort que no quiero dejar pasar. Sin embargo, no permito que comamos más de la mitad de mis provisiones. Guardo el resto en el fondo de la mochila para no sentir la tentación.

Mi añoranza por el chocolate se debe notar en mi cara.

—¿Por qué no te lo comes? —me pregunta—. Podemos encontrar otra cosa mañana.

—Es para Paige —cierro mi mochila con un gesto de convicción, haciendo caso omiso de su mirada pensativa.

Me pregunto dónde estará mi madre en estos momentos. Siempre sospeché que era más lista que mi padre, aunque él tenía una maestría en ingeniería. Pero toda su inteligencia animal no la ayuda cuando sus instintos de locura exigen ser atendidos. Algunos de los peores momentos de mi vida se debieron a ella. Pero no puedo evitar sentir la esperanza de que haya encontrado un lugar para protegerse de la lluvia y que haya conseguido algo para cenar.

Escarbo en mi mochila y me encuentro con el último vaso de poliestireno con tallarines secos. Camino hacia la puerta y dejo el vaso en el exterior.

—¿Qué estás haciendo?

Pienso en explicarle al ángel sobre mi madre, pero decido no hacerlo.

—Nada.

—¿Por qué dejas comida afuera en la lluvia?

¿Cómo ha sabido que era comida? Está demasiado oscuro para ver el vaso de tallarines.

—¿Puedes ver en la oscuridad?

Hace una breve pausa, como si estuviera considerando negar que puede ver en la oscuridad.

—Casi tan bien como puedo ver de día.

Guardo esa información con el resto de datos angélicos que he logrado recabar. Podría salvar mi vida más adelante. Quién sabe qué hubiera hecho una vez que me encontrara con los otros ángeles. Probablemente intentaría esconderme entre las sombras mientras me escabullía en sus nidos. Descubrir en ese momento que los ángeles ven con tanta claridad en la oscuridad hubiera sido muy desagradable.

—Entonces ¿por qué dejas valiosas provisiones afuera?

—Por si mi madre está por ahí.

—¿Ella no se metería dentro la casa simplemente?

—Tal vez. Pero tal vez no.

Asiente con la cabeza, como si entendiera, lo cual, por supuesto, no es posible. Quizás para él todos los seres humanos se comportan como si estuvieran locos.

—¿Por qué no metes de nuevo la comida y yo te aviso si ella está en los alrededores?

—¿Y cómo podrías saber tú que ella está cerca?

—La escucharía —me dice—. Suponiendo que la lluvia no fuera muy ruidosa.

—¿Oyes muy bien?

—¿Qué? —dice en tono de broma.

—Ja, ja —respondo secamente—. Saber todas estas cosas podría influir mucho en mis posibilidades de rescatar a mi hermana.

—Ni siquiera sabes dónde está, o si acaso está viva —me dice despreocupadamente, como si hablara del tiempo.

—Pero sé dónde estás tú y sé que te diriges hacia donde están los otros ángeles, aunque sólo sea para vengarte.

—Ah, entonces ¿así son las cosas? ¿Ya que no pudiste sacarme la información cuando estaba débil e indefenso, tu gran plan consiste en seguirme de vuelta a ese nido de víboras para rescatar a tu hermana? ¿Sabes que ese plan está tan bien pensado como cuando quisiste asustar a esos hombres haciéndote pasar por un ángel?

—En estos tiempos, una chica debe saber improvisar.

—Esto está fuera de tu control. Sólo terminarás muerta si sigues este camino. Haz caso de mi consejo y aléjate de aquí.

—No lo entiendes. Esto no se trata de tomar decisiones lógicas y bien pensadas. No tengo elección. Paige es una niña indefensa. Es mi hermana. Lo único que puedo decidir es cómo tratar de rescatarla, no si debo intentarlo o no.

El ángel retrocede un poco, valorándome con la mirada.

—Me pregunto cuál de las dos cosas te matará más rápido, si tu lealtad o tu terquedad.

—Ninguna, si tú me ayudas.

—¿Y por qué habría de hacerlo?

—Te salvé la vida. Dos veces. Estás en deuda conmigo. En algunas culturas, serías mi esclavo de por vida.

Es difícil ver su expresión en la oscuridad, pero su voz suena tanto escéptica como irónica.

—Lo acepto, me sacaste de la calle cuando estaba herido. Normalmente, eso se hubiera calificado como salvarme la vida, pero ya que tu intención era secuestrarme para interrogarme, no creo que cuente. Y si te estás refiriendo a tu intento fallido de «rescatarme» cuando peleaba contra esos hombres, tengo que recordarte que si no me hubieras empujado contra esos clavos en la pared que me perforaron la espalda, y luego encadenado a un carrito, nunca habría estado en esa posición —suelta una risita—. No puedo creer que esos idiotas casi se tragaron que eras un ángel.

—No lo hicieron.

—Porque lo echaste a perder. Yo casi exploto de risa cuando te vi.

—Hubiera sido muy gracioso si nuestras vidas no hubieran estado en juego.

Su voz se vuelve seria.

—Entonces, ¿sabes que pudiste haber muerto?

—Tú también.

El viento susurra en el exterior, haciendo crujir las hojas. Abro la puerta y recojo el vaso con tallarines. Quiero creer que él es capaz de escucharla si es que anda cerca. Es mejor que no nos arriesguemos a que alguien más vea la comida y entre a la cabaña.

Saco una sudadera de mi mochila y me la pongo encima de la que llevo puesta. La temperatura desciende con rapidez. Luego, hago finalmente la pregunta que he temido hacer.

—¿Qué es lo que quieren de los niños?

—¿Han cogido a más de uno?

—He visto que los cogen las pandillas. Supuse que no querrían a Paige, por sus piernas. Pero ahora me pregunto si no los venden a los ángeles.

—No sé qué es lo que están haciendo con los niños. Tu hermana es la primera de la que tengo noticia —su voz apagada me deja fría.

La lluvia comienza a golpear las ventanas y el viento lanza una rama contra el cristal.

—¿Por qué te atacaron los otros ángeles?

—Es descortés preguntarle a una víctima de violencia lo que hizo para ser atacado.

—Sabes a lo que me refiero.

Encoge los hombros bajo la luz tenue.

—Los ángeles son criaturas violentas.

—Creo que me había dado cuenta de eso. Solía pensar que eran dulces y bondadosos.

—¿Por qué ibas a pensar eso? Incluso en vuestra Biblia somos los mensajeros de la muerte, dispuestos y capaces de destruir ciudades enteras. El hecho de que en ocasiones advertimos a alguno de vosotros no quiere decir que seamos altruistas.

Tengo más preguntas, pero quiero dejar en claro una cosa primero.

—Tú me necesitas.

Suelta una carcajada.

—¿Ah, sí?

—Necesitas regresar con tus amigos para ver si te pueden coser las alas de nuevo. Lo noté en tu rostro cuando lo comenté en la oficina: piensas que es posible. Pero para llegar ahí, tienes que caminar. Nunca has viajado a pie, ¿verdad? Necesitas una guía, alguien que pueda encontrar agua y comida, y un resguardo seguro.

—¿A esto le llamas comida? —la luz de la luna muestra cómo arroja el vaso vacío de poliestireno a un cubo de basura. Está demasiado oscuro para ver cómo cae en el cubo al otro lado de la habitación, pero el sonido del vaso encestado lo delata.

—¿Lo ves? No lo hubieras adivinado. Tenemos un montón de cosas que jamás adivinarías que son comida. Además, necesitas a alguien que te ayude a evitar sospechas. Nadie sospechará que eres un ángel si vas acompañado de un ser humano. Llévame contigo. Te ayudaré a llegar a casa si me ayudas a encontrar a mi hermana.

—¿Quieres que introduzca un Caballo de Troya en el nido de los ángeles?

—Lejos de eso. Yo no quiero salvar al mundo, sólo a mi hermana. Es más que suficiente responsabilidad para mí. Además, ¿qué te preocupa? ¿Crees que una adolescente como yo puede ser una amenaza para los ángeles?

—¿Y si tu hermana no está ahí?

Tengo que tragarme un bulto seco garganta abajo antes de responderle.

—Eso ya no será tu problema.

La sombra más oscura de su silueta se enrosca en el sillón.

—Durmamos un poco, mientras aún es de noche.

—Eso no es un no, ¿cierto?

—Tampoco es un sí. Ahora, déjame dormir.

—Eso también te conviene. Es más fácil vigilar de noche cuando hay dos personas.

—Pero es más fácil dormir cuando sólo hay una —coge uno de los cojines del sofá y se lo pone sobre la oreja para no escucharme más. Se da la vuelta nuevamente, se acomoda, su respiración se vuelve profunda y regular como si ya estuviera dormido.

Suspiro y camino hacia la habitación. El aire se vuelve más frío cuando me acerco al cuarto y me doy cuenta de que será difícil dormir ahí.

En cuanto abro la puerta, puedo ver por qué es tan fría la cabaña. La ventana está rota y torrentes de lluvia caen directamente en la cama. Cojo una manta del armario. Está fría pero seca. Cierro la puerta de la habitación para mantener el viento a raya y camino de vuelta al salón. Me recuesto en el sofá al otro lado de donde duerme ángel, envolviéndome con la manta.

El ángel parece estar cómodamente dormido. Sigue sin usar camisa, como la primera vez que lo conocí. Las vendas quizá le dan un poco de calor, pero no suficiente. Me pregunto, ¿acaso no siente el frío? Debe hacer mucho frío allí arriba, cuando está volando. Quizás los ángeles se adaptan a las bajas temperaturas, pues están hechos para volar.

Pero sólo son suposiciones y posiblemente busco una

justificación para no sentirme mal por haber cogido la única manta en la cabaña. No hay electricidad esta noche y eso significa que no hay calefacción. Rara vez nieva en Silicon Valley, pero en ocasiones hace mucho frío. Esta parece ser una de esas veces.

Me quedo dormida mientras escucho el ritmo pausado de su respiración y el tamborileo de la lluvia en las ventanas.

Sueño que estoy nadando en el Antártico, rodeada de icebergs. Las torres glaciales son majestuosas y terriblemente bellas.

Escucho a Paige, que me llama. Está batiéndose en el agua, tose y apenas puede mantener la cabeza fuera del agua. Sólo cuenta con sus manos para nadar, sé que no durará mucho a flote antes de ahogarse. Nado hacia ella, desesperada por ayudarla, pero el frío que me congela las entrañas detiene mis movimientos y gasto casi toda mi energía en temblar. Paige me llama. Está demasiado lejos para ver su rostro, pero puedo escuchar llanto en su voz.

—¡Voy para allá! —trato de decirle—. Todo está bien, llegaré pronto —pero mi voz sale como un susurro ronco que apenas llega a mis propios oídos. La frustración me parte el pecho en dos. Ni siquiera puedo reconfortarla con palabras de consuelo.

De repente escucho el motor de una lancha. Atraviesa los trozos de hielo en dirección a mí. Mi madre conduce la lancha. Con su mano libre, lanza por la borda un valioso equipo de supervivencia, que cae de golpe en las aguas congeladas. Latas con sopa y legumbres, chalecos salvavidas y mantas, incluso zapatos y paquetes de vendas para ampollas caen por la borda de la lancha, hundiéndose entre los trozos de hielo flotante.

—En serio te pido que te comas los huevos, cariño —dice.

El bote se dirige hacia mí y no se detiene. Incluso me parece que está acelerando. Si no me aparto, me arrollará.

Paige me llama desde la distancia.

—Ya voy —le digo, pero sólo un susurro apagado sale de mi boca. Trato de nadar hacia ella pero mis músculos están tan fríos que todo lo que puedo hacer es chapotear. Agito los brazos y tiemblo en medio del camino de la lancha de mi madre.

—Tranquila. Shhh —se escucha una voz reconfortante que susurra en mi oído.

Siento que se mueven detrás de mí los cojines del sofá. Luego un calor intenso me envuelve. Músculos firmes me abrazan desde donde solían estar los cojines. Entre sueños, soy consciente de unos brazos masculinos que me envuelven, su piel suave como una pluma, los músculos de acero aterciopelado. Derriten el hielo en mis venas y alejan la pesadilla.

—Shhh —un ronco murmullo en mi oído.

Relajo mi cuerpo en ese cobijo cálido y dejo que el sonido de la lluvia me arrulle de vuelta al sueño.

El calor se ha ido, pero ya no tiemblo. Abrazo mis piernas, tratando de conservar el calor que alguien dejó en los cojines.

Cuando abro los ojos, la luz matinal me hace desear no haberlo hecho. Raffe está sentado en su sofá observándome con esos ojos azul profundo. Trago saliva, y de pronto me siento torpe y descuidada. Fantástico. El mundo está a punto de desaparecer, mi madre está allá afuera con las pandillas, más loca que nunca, mi hermana ha sido raptada por un grupo de ángeles vengadores y a mí me preocupa que mi cabello está grasiento y tengo mal aliento.

Me levanto abruptamente, lanzando a un lado la manta con más fuerza de la necesaria. Cojo mis artículos de tocador y me dirijo hacia uno de los dos baños.

—Buenos días a ti también —dice con voz adormilada. Tengo la mano en el mango de la puerta del baño cuando agrega—: Por si acaso te interesa, la respuesta es sí.

Hago una pausa, temerosa de girarme.

—¿Sí?

¿Sí, había sido él quien me cuidó toda la noche? ¿Sí, sabía que me gustó?

—Sí, puedes venir conmigo —responde, como si ya se arrepintiera de ello—. Te llevaré al nido.

11

Todavía hay agua corriente en la cabaña, pero no caliente. Considero darme una ducha de todos modos, pues no sé cuánto tiempo pasará antes de que pueda darme un baño de verdad, pero la idea del agua a temperatura glacial pegándome con toda su fuerza me hace dudar.

Decido darme un concienzudo baño de esponja con una toalla. Por lo menos así puedo evitar que varias partes de mi cuerpo se congelen al mismo tiempo.

Como supuse, el agua está congelada y me recuerda algunos fragmentos del sueño de anoche, lo cual inevitablemente me hace preguntarme cómo logré estar lo suficientemente caliente para poder dormir. Quizá el ángel se compadeció de mí al verme tiritar de frío, o es una suerte de costumbre angelical, como los pingüinos que se juntan cuando hace mucho frío. ¿Qué otra cosa podría ser?

Pero no quiero pensar en eso —no sé cómo pensar en eso— de modo que lo empujo al fondo de ese lugar oscuro y sobrecargado de mi mente, que amenaza con explotar en cualquier momento.

Cuando salgo del baño, Raffe parece recién duchado y vestido con sus pantalones negros y sus botas. Ya no lleva las vendas. Su cabello mojado le cubre los ojos mientras se arrodilla en el suelo de madera, frente a la manta extendida. En ella, están desplegadas sus alas.

Peina las plumas suavemente, recompone las que están aplastadas y arranca las que están rotas. De algún modo, parece que se está acicalando. Su tacto es delicado y reverente, aunque su expresión es dura e ilegible como una piedra. Las puntas dentadas del ala que recorté se ven feas y violentadas.

Tengo el absurdo impulso de disculparme. Qué estupidez. ¿De qué me voy a disculpar? Su gente ha atacado nuestro mundo y lo ha destruido. Los ángeles son tan brutales que le cortaron las alas a uno de los suyos y lo dejaron en la calle para ser destazado por los salvajes nativos. Y si los humanos ahora somos tan salvajes, es porque ellos nos hicieron así. De modo que no lo siento, me recuerdo a mí misma. Aplastar una de las alas de tu enemigo en una manta apolillada no es nada de lo que tengas que disculparte.

Aun así, camino con la cabeza gacha como si de verdad lo sintiera, aunque no lo quiera admitir.

Camino por detrás de él para que no pueda ver mi postura arrepentida, y puedo ver su espalda desnuda. Ha dejado de sangrar. El resto de su cuerpo parece completamente sano: sin heridas, ni moratones, ni cortes, excepto donde solían estar sus alas.

Las heridas son como un par de tiras de carne picada cruda que corren por su espalda. Trazan una línea irregular de carne donde la espada cercenó los tendones y los músculos. No quiero pensar mucho en ello, pero supongo que el otro ángel cortó también articulaciones y huesos de su cuerpo. Supongo que tendría que haber cosido sus heridas, pero siempre supuse que moriría.

—¿No crees que debería coser tus heridas para que se cierren bien? —le pregunto, con la esperanza de que responda que no. Soy una chica bastante ruda, pero coser unos trozos de carne rebasa los límites de mi zona de confort, por decirlo de alguna manera.

—No —dice, sin dejar de atender su trabajo—. Con el tiempo se curarán solas.

—¿Por qué no se han curado todavía? El resto de tu cuerpo se curó en poco tiempo.

—Las heridas causadas por una espada de ángel tardan mucho tiempo en sanar. Si quieres matar a uno, hazlo con una espada de ángel.

—Mientes. ¿Por qué me lo cuentas?

—Tal vez porque no te tengo miedo.

—Tal vez deberías.

—Mi propia espada no puede hacerme daño. Y mi espada es la única que tú puedes empuñar.

Arranca con delicadeza otra pluma rota y la pone sobre la manta.

—¿Qué dices?

—Necesitas permiso para usar la espada de un ángel. Pesaría una tonelada si tratas de levantarla sin permiso.

—Pero tú nunca me diste permiso.

—No recibes el permiso del ángel, recibes el permiso de la espada. Y algunas espadas se ponen de mal humor cuando se lo pides.

—Sí, claro.

Pasa su mano por encima de las plumas para tratar de sentir las que están rotas. ¿Por qué no parece estar bromeando?

—Nunca le pedí permiso y pude levantarla sin problema.

—Porque querías lanzármela para que yo pudiera defenderme. Al parecer, eso lo tomó como una solicitud de permiso y te lo otorgó.

—Y qué, ¿leyó mi mente?

—Tus intenciones, al menos. Lo hace en ocasiones.

—Ajá... sí... cómo no —dejo el tema.

He escuchado bastantes locuras en mi vida. Lo mejor es lidiar con ellas sin desafiar directamente a la persona que lanza los disparates. Desafiar los disparates no tiene sentido y puede ser peligroso. Por lo menos, así ha sido con mi madre. Aunque debo decir que Raffe tiene más imaginación que ella.

—Entonces... ¿quieres que te vende la espalda otra vez?

—¿Para qué?

—Para evitar una infección —respondo, hurgando en mi mochila para encontrar el botiquín de primeros auxilios.

—Eso no es un problema.

—¿No se pueden infectar?

—Soy resistente a los gérmenes humanos.

La seguridad impresa en sus palabras me llama la atención. Los humanos sabemos muy poco sobre los ángeles. Cualquier información podría darnos una ventaja. Claro, una vez que nos volvamos a organizar.

Se me ocurre que puedo estar en una posición sin precedentes para averiguar información sobre ellos. A pesar de lo que los líderes de las pandillas querrían hacernos creer, los ángeles que son destazados siempre están muertos o moribundos, de eso estoy segura. Qué podría hacer con información vital sobre ellos, eso no lo sé todavía. Pero no pierdo nada con obtener un poco de conocimiento. «Dile eso a Adán y Eva».

Ignoro la voz de advertencia en mi cabeza.

—Entonces ¿estás inmunizado o algo por el estilo? —trato de que mi voz suene lo más relajada posible, como si la respuesta no significara nada para mí.

—De todos modos es una buena idea vendarme —me dice, enviándome una clara señal de que sabe que estoy recabando información—. Quizá pueda hacerme pasar por un ser humano mientras mis heridas estén cubiertas —arranca otra pluma rota, colocándola tristemente en un montón cada vez más grande.

Uso nuestras últimas provisiones de primeros auxilios para vendar sus heridas. Su piel es como acero cubierto de terciopelo. Trato de ser descuidada y agresiva al curarlo, para evitar que mis manos tiemblen.

—Trata de no moverte mucho para que no vuelvas a sangrar. Las vendas no son muy gruesas y la sangre las empaparía muy rápido.

—No creo que eso sea un problema —dice—. Seguro que será fácil no moverme mucho mientras corremos por nuestras vidas.

—Hablo en serio. Estas son las últimas vendas. Tendrás que hacerlas durar.

—¿Crees que encontremos más en el camino?

—Tal vez —nuestras mejores posibilidades están en los botiquines de las casas, ya que las tiendas han sido arrasadas o son territorios protegidos por las pandillas.

Llenamos mi botella de agua. No tuve mucho tiempo para coger provisiones de la oficina. Las provisiones que llevo conmigo son de una variedad azarosa. Suspiro. Quisiera haber tenido suficiente tiempo para coger más comida. Aparte de un vaso de tallarines secos, ya no tenemos provisiones, salvo el puñado de chocolates que guardo para Paige. Compartimos los tallarines, lo que más o menos corresponde a dos bocados por persona. Cuando salimos de la cabaña es mediodía. Nos dirigimos primero a la casa principal.

Tengo muchas esperanzas de encontrar una cocina bien abastecida, pero un vistazo a los muebles abiertos en un mar de granito y acero inoxidable me dice que con suerte encontraremos algunas sobras. Aquí vivía gente rica, pero ni los ricos tuvieron el dinero suficiente para comprar comida cuando las cosas se pusieron mal. O se comieron todo lo que tenían antes de recoger sus cosas y emprender el camino, o se llevaron sus alimentos con ellos. Cajón tras cajón, despensa tras despensa, no encontramos nada más que migajas.

—¿Esto es comestible? —Raffe está en la entrada de la cocina, enmarcado por un arco mediterráneo. Parece como en casa en un lugar como este. Tiene la gracia y fluidez de un aristócrata, acostumbrado a estos entornos lujosos. Aunque la bolsa de comida para gato que sostiene descuadra un poco la imagen.

Meto la mano en la bolsa y saco unas cuantas croquetas rojas y amarillas. Las meto en mi boca. Son crujientes, con un leve sabor a pescado. Imagino que son galletas saladas mientras las mastico y engullo.

—No es exactamente gourmet, pero tampoco nos matará.

No encontramos nada mejor en lo que respecta a la comida, pero sí encontramos otras provisiones en el aparcamiento. Una maleta para Raffe y un par de sacos para dormir; son para niños, pero están enrollados y listos para llevar. No hay tienda de campaña, pero sí unas linternas con baterías extra. También una lujosa navaja para campamento que parece mucho más cara que la que traigo conmigo. Le doy la mía a Raffe y me quedo con ésta.

Como mi ropa está sucia, la cambio por prendas limpias que encuentro en los armarios. También cogemos algo de ropa extra para el camino, y un par de abrigos para el frío.

Encuentro un abrigo de la talla de Raffe. También lo obligo a cambiarse los pantalones negros que lo delatan, así como sus botas con cordones. Le consigo unos pantalones de mezclilla y un par de botas de excursionista.

Por suerte, hay tres habitaciones con ropa para hombres de varios tamaños. Aquí debió vivir una familia con dos hijos adolescentes. La única señal de ellos ahora es lo que encontramos en los armarios y el aparcamiento. Lo que más me preocupa son las botas de Raffe. Sus ampollas ya se han curado desde ayer, pero incluso con sus superpoderes curativos, no es plan que vaya haciéndose daño en los pies todos los días.

Me digo a mí misma que cuido de él porque no puedo permitir retrasar nuestro avance por ir cojeando, y me niego a pensar nada más.

En realidad, es espectacular. Parece un campeón del Olimpo. Me inquieta lo mucho que se parece a un ejemplo de lo que sería un ser humano perfecto. Me molesta. A mi parecer, un ángel que forma parte de una legión que quiere erradicar a la humanidad debería de tener un aspecto más demoníaco y extraterrestre.

—Mientras no sangres de modo que se note la herida de tu espalda, podrás pasar por un ser humano. No dejes que nadie te lleve a cuestas. Sabrán inmediatamente que algo no va bien cuando sientan lo ligero que eres.

—Me aseguraré de que tú seas la única que me lleve en brazos.

Se gira y deja la cocina antes de que yo pueda pensar cómo tomarme su comentario. No había pensado que los ángeles tendrían sentido del humor. El hecho de que además sea un humor tan cursi sólo empeora las cosas.

Es tarde por la mañana cuando dejamos la casa. Estamos en una calle sin salida a las afueras de la calle Page Mill. La carretera está húmeda por el torrente de lluvia que cayó anoche. El cielo está cargado de nubes grises, pero si corremos con suerte podremos estar en las colinas bajo un techo cálido cuando la lluvia comience de nuevo.

Ponemos nuestras mochilas en la silla de Paige. Si cierro los ojos, casi puedo imaginar que es a ella a quien empujo. Me descubro a mí misma tarareando una cancioncilla sin sentido. Me detengo al darme cuenta de que es la cancioncilla de disculpa que canta mi madre.

Pongo un pie enfrente del otro, intento ignorar el peso demasiado ligero de la silla y al ángel sin alas delante de mí.

Hay muchos coches abandonados en la calle, hasta que llegamos a la entrada de la autopista. Después de ahí sólo hay un par de coches que apuntan hacia la colina. Todo el mundo trató de entrar a la autopista para poder huir cuando empezó todo. No sé hacia dónde se dirigían. Supongo que ellos tampoco, puesto que la autopista está atestada en ambos sentidos.

No pasa mucho tiempo antes de que veamos el primer cuerpo.

12

Una familia tendida sobre un charco de sangre.

Un hombre, una mujer, una niña de unos diez años. La niña está en el margen del bosque mientras que los padres están en medio de la carretera. Quizá la niña salió corriendo cuando los padres fueron atacados, o se había escondido durante el ataque y la atraparon cuando salió.

No llevan mucho tiempo muertos. Lo sé porque la sangre en sus ropas rasgadas sigue siendo de un rojo brillante. Trago saliva con dificultad y me esfuerzo por mantener la comida de gato en mi estómago.

Sus cabezas están intactas. Afortunadamente, el cabello de la niña le cubre el rostro. Sus cuerpos, sin embargo, están en mal estado. Partes de sus torsos han sido devorados y todavía hay pedazos de carne pegados a sus huesos. Faltan algunas piernas y brazos. No tengo las agallas de acercarme, pero Raffe sí lo hace.

—Marcas de dientes —dice, mientras se arrodilla en el asfalto enfrente del cuerpo del hombre.

—¿De qué tipo de animal estamos hablando?

Se sienta de cuclillas, cerca de los cuerpos, y pondera mi pregunta.

—Del tipo que camina en dos pies y tiene los dientes planos. Mi estómago se revuelve.

—¿Qué estás diciendo? ¿Que son dientes humanos?

—Es probable. Inusualmente afilados, pero tienen forma humana.

—No puede ser —pero yo sé que sí. Los seres humanos harían cualquier cosa por sobrevivir—. Pero es demasiado desperdicio. Si estás lo suficientemente desesperado para comer carne humana, no das unas cuantas mordidas y luego te vas —estos cuerpos tienen más de unas cuantas mordidas. Ahora que me obligo a verlos con más detenimiento, puedo ver que fueron comidos casi a medias. De todos modos, ¿por qué dejar la otra mitad?

Raffe mira detenidamente el lugar donde debería estar la pierna de la niña.

—Las extremidades parecen haber sido arrancadas de cuajo.

—Basta —digo, mientras doy dos pasos hacia atrás. Reviso nuestros alrededores. Estamos en un campo abierto y me siento más nerviosa que un ratón de campo que mira un cielo lleno de halcones.

—Bueno —dice mientras se pone de pie y repasa los árboles con su mirada—, esperemos que quien haya sido siga controlando de esta área.

—¿Por qué?

—Porque eso quiere decir que no tendrán hambre.

Eso no me hace sentir mejor.

—Estás bastante enfermo, ¿sabes?

—¿Yo? Los míos no hicieron esto.

—¿Cómo lo sabes? Vosotros tenéis los mismos tipos de dientes que nosotros.

—Pero los míos no están desesperados —lo dice como si los ángeles no tuvieran nada que ver con el hecho de que nosotros estemos desesperados—. Ni tampoco están locos.

En ese momento veo el huevo roto.

Yace al lado de la carretera, cerca de donde está la niña, con la yema café y la clara cuajada. La peste del azufre golpea mi nariz. Es el hedor conocido que impregnó mi ropa, mi almohada y mi cabello durante los dos últimos años, desde que mi madre empezó con su obsesión por los huevos podridos. A un lado del huevo hay un pequeño manojo de ramitas silvestres. Romero y salvia. Tal vez mi madre pensó que eran bonitas. Eso, o su locura la ha llevado a engendrar un sentido del humor muy lúgubre.

Pero esto sólo quiere decir que estuvo aquí. Eso es todo. Ella no podría atacar a una familia entera.

Pero sí podría atacar a una niña que regresa de su escondite después de que sus padres fueron asesinados.

Ella estuvo aquí y caminó al lado de los cuerpos, justo como nosotros lo estamos haciendo. Eso es todo.

En serio. Eso es todo.

—¿Penryn?

Tardo en percatarme de que Raffe me habla.

—¿Qué?

—¿Podrían ser niños?

—¿Quiénes podrían ser niños?

—Los atacantes —dice, lentamente. Obviamente, me falta parte de la conversación—. Como te he dicho, las marcas de los dientes me parecen demasiado pequeñas para ser de adultos.

—Deben ser animales.

—¿Animales con dientes planos?

—Sí —digo, con más convicción de la que realmente siento—. Eso tiene mucho más sentido que un niño capaz de atacar a una familia entera.

—Pero no más sentido que una pandilla de niños feroces atacándolos —trato de lanzarle una mirada que sugiera que está loco, pero creo que sólo logro demostrar que tengo miedo. Mi cerebro está repleto de imágenes de lo que pudo haber sucedido aquí.

Raffe dice algo sobre evitar la carretera y dirigirnos cuesta arriba a través del bosque. Asiento con la cabeza, sin escuchar los detalles, y lo sigo entre los árboles.

13

En su mayoría, los árboles en California son de hoja perenne, pero todo el suelo del bosque está cubierto de hojas secas. No podemos más que hacerlas crujir a cada paso. No sé cómo será en otras partes del mundo, pero estoy convencida de que todo ese cuento de los leñadores habilidosos que caminan silenciosamente por los bosques es un mito, por lo menos en nuestras colinas. Primero, simplemente no hay un solo lugar donde caminar durante el otoño en el que puedas evitar las hojas secas. Segundo, incluso las ardillas y los ciervos,, los pájaros y las lagartijas hacen ruido suficiente en estas colinas como para hacerlos parecer animales mucho más grandes.

La buena noticia es que la lluvia ha humedecido las hojas, lo cual apaga el ruido de nuestros pasos. La mala noticia es que no puedo maniobrar la silla de ruedas en la ladera mojada.

Las hojas empapadas se quedan pegadas en las ruedas mientras me esfuerzo por empujarla. Para aligerar la carga, amarro la espada en mi mochila y la cargo a mis espaldas. Le lanzo la otra mochila a Raffe para que la lleve. Aun así, la silla derrapa y resbala en el lodo, dirigiéndonos cuesta abajo constantemente mientras trato de empujarla transversalmente. Nuestro avance se hace más lento hasta que terminamos por detenernos. Raffe no me ofrece ayuda pero tampoco sugerencias sarcásticas.

Al fin nos encontramos con un sendero bien marcado que parece dirigirse hacia donde queremos ir. Es casi plano y hay mucho menos follaje. Pero las lluvias han convertido el camino de tierra en un lodazal. No sé cómo responderá la silla con tanto lodo y prefiero mantenerla en buenas condiciones. De modo que doblo la silla y la cargo. Eso funciona un tiempo, y de una forma incómoda y torpe. Lo más que he cargado la silla ha sido bajándola uno o dos pisos por unas escaleras.

Pronto es obvio que no seré capaz de seguir el camino cargando una silla de ruedas. Incluso si Raffe se ofreciera a ayudar —cosa que no hace— no podríamos llegar muy lejos si seguimos llevando ese incómodo armatoste de metal y plástico.

Finalmente, la despliego y la pongo en el suelo. Se hunde, y es como si el barro se comiera las llantas. Bastan unos cuantos pasos para que la silla quede completamente enterrada en el lodo, al punto de que las ruedas dejan de moverse.

Cojo un palo y quito la mayor cantidad de lodo posible. Avanzo un poco y tengo que hacerlo de nuevo. Cada vez, el lodo se mete más rápido en las llantas. Una vez que está batido, el lodo se parece más al barro. Finalmente, un par de vueltas más y las ruedas de la silla quedan atascadas sin remedio.

Me paro junto a ella con lágrimas en los ojos. ¿Cómo podré rescatar a Paige sin su silla? Tendré que pensar en algo más, aunque tenga que llevarla a cuestas. Lo importante es que la encuentre. Aun así, me quedo inmóvil un momento, derrotada.

—Todavía tienes sus chocolates —dice Raffe, con algo de gentileza en la voz—. El resto es sólo cuestión de logística.

Prefiero no mirarle porque todavía siento algunas lágrimas. Rozo las puntas de mis dedos sobre el asiento de cuero en señal de despedida mientras me alejo de la silla de Paige.

Caminamos durante una hora cuando Raffe me susurra:

—¿En serio os sirve a los seres humanos estar tan apáticos para luego sentiros mejor? —hemos estado susurrando desde que vimos a las víctimas en la carretera.

—No estoy apática —susurro en respuesta.

—Seguro que no. Una chica como tú, que pasa su tiempo con un guerrero semidios como yo. ¿Por qué habrías de estar apática? Dejar una silla de ruedas abandonada en el camino ni siquiera se registraría en el radar si lo comparamos con eso.

Casi tropiezo con una rama caída.

—Espero que estés bromeando.

—Nunca bromeo acerca de mi estatus de semidios.

—Dios... mío —bajo la voz, ya que olvidé que debería susurrar—. No eres más que un pájaro con temperamento. Cierto, tienes algunos músculos, lo admito. Pero por si no lo sabes, un pájaro no es más que un lagarto que apenas ha evolucionado. Eso es lo que eres.

Suelta una risa.

—Evolución —se acerca como para decirme un secreto—. Debo decirte que yo he sido así de perfecto desde el comienzo de los tiempos —está tan cerca que su aliento acaricia mi oído.

—Ay, por favor. Tu cabeza enorme es demasiado grande para este bosque. Muy pronto, te vas a quedar atascado al tratar de pasar entre dos árboles. Y luego, tendré que rescatarte —lo miro con cansancio fingido—. «Otra vez».

Apresuro el paso. Trato de desalentar la astuta respuesta que seguramente me dará.

Pero no lo hace. ¿Acaso me está dejando quedarme con la última palabra?

Cuando me doy la vuelta, Raffe tiene una sonrisa petulante en el rostro. Entonces me doy cuenta de que me estaba provocando para hacerme sentir mejor. Trato de resistirlo, pero es demasiado tarde.

Sí, me siento un poquito mejor.

Recordando el mapa, sé que el Boulevard Skyline es una arteria que atraviesa el bosque hacia el sur de San Francisco o sus alrededores. Skyline se encuentra cuesta arriba de donde estamos ahora. Aunque Raffe no me ha dicho dónde está localizado el nido de los ángeles, me indicó que teníamos que dirigirnos al norte. Eso significa que debemos atravesar San Francisco. De modo que si vamos cuesta arriba y luego cruzamos Skyline rumbo a la ciudad, podemos mantenernos lejos de las áreas muy pobladas hasta que ya no podamos evitarlo.

Tengo muchas preguntas para Raffe ahora que me he dado cuenta de que debo recopilar la mayor cantidad de información posible acerca de los ángeles. Pero los caníbales son más importantes y mantenemos nuestras conversaciones al mínimo.

Pensé que tardaríamos todo el día en llegar a Skyline, pero arribamos a media tarde. Eso está bien, entre otras cosas porque no creo que pudiera soportar otra porción de comida para gatos. Tenemos bastante tiempo para hurgar en las casas de Skyline y encontrar algo para cenar antes de que anochezca. Estas casas no están nada cerca una de la otra como en los suburbios, sino que están sensatamente espaciadas a lo largo de la calle. La mayoría están escondidas detrás de grandes secuoyas, lo cual resulta conveniente para una búsqueda subrepticia de provisiones.

Me pregunto cuánto podríamos esperar a mi madre y cómo volveremos a encontrarla. Ella sabía que tenía que subir las colinas, pero no teníamos planes más allá de eso. Como en todo lo demás, ahora lo único que puedo hacer es esperar lo mejor.

Skyline es un camino bellísimo que recorre la cima de la cordillera que divide a Silicon Valley del océano. Es una carretera de dos carriles que nos ofrece vistas del valle por un lado y el océano por el otro. Es el único camino por el que he andado desde los ataques que no se nota extraño en su estado abandonado. Repleto de secuoyas y rodeado del aroma de eucaliptos, este camino parecería raro si tuviera tráfico.

Sin embargo, no mucho después de que llegamos a Skyline, vemos un grupo de coches atravesados en la carretera. Esto no ocurrió por accidente, eso me queda claro. Los coches están perpendiculares al camino y repartidos a lo largo de varios metros, en caso de que alguien decida chocar contra ellos para atravesar, supongo. Aquí hay una comunidad y los desconocidos no parecen ser bienvenidos.

El ángel que ahora parece humano absorbe el escenario. Inclina la cabeza como un perro que escucha algo en la distancia. Señala ligeramente con la barbilla, hacia delante y a la izquierda del camino.

—Están ahí, observándonos —susurra.

Todo lo que puedo ver es un camino vacío que va hacia el bosque.

—¿Cómo lo sabes?

—Puedo oírlos.

—¿A qué distancia están? —susurro. «¿A qué distancia están y hasta dónde puedes escuchar?».

Me mira como si supiera lo que estoy pensando. No puede leer mentes, sólo tiene un oído increíble, ¿o sí? Se encoge de hombros, luego camina de regreso al refugio de los árboles.

A modo de experimento, le digo todo tipo de insultos en mi cabeza. Como no me responde, comienzo a producir imágenes al azar para ver si puedo obtener al menos una mirada sospechosa. De alguna manera, mis pensamientos divagan hasta regresar a la noche en que él me tenía en sus brazos, cuando soñé que me congelaba en el agua. Me imagino despertando en ese sofá y girándome para verlo. Está tan cerca que su aliento acaricia mi mejilla mientras me doy la vuelta...

Me detengo. Pienso en plátanos, naranjas y fresas, mortificada de que en realidad pueda ver lo que pienso. Sin embargo, él continúa atravesando el bosque sin darme ninguna señal de que pueda leer mi mente. Esa es la buena noticia. La mala noticia es que entonces no sabe lo que ellos están pensando. A diferencia de él, yo no puedo escuchar, ver u oler nada que pudiera indicarme que alguien está en alguna parte, a punto de tendernos una emboscada.

—¿Qué escuchas? —susurro.

Se gira y susurra de vuelta:

—A dos personas susurrando.

Después de eso, me quedo callada y simplemente lo sigo. El bosque aquí sólo tiene secuoyas. No hay hojas en el suelo que crujan a nuestro paso. En vez de ello, el bosque nos ofrece justo lo que necesitamos: una gruesa alfombra de tierra que apaga nuestros pasos.

Quiero preguntarle si las voces que escuchó se dirigen hacia nosotros, pero tengo miedo de hablar innecesariamente.

Podemos intentar caminar alrededor de su territorio, pero necesitamos seguir en la misma dirección si queremos llegar a San Francisco.

Raffe acelera el paso cuesta abajo, casi corriendo. Lo sigo ciegamente, suponiendo que escuchó algo que yo no alcancé a percibir. Luego, yo también lo escucho.

Perros.

A juzgar por el sonido de sus ladridos, vienen directos hacia nosotros.

14

Corremos a toda velocidad, derrapando sobre la tierra más que corriendo sobre ella. ¿Cómo pueden mantener perros estas personas? ¿Será una jauría salvaje? Si son salvajes, basta con subirnos a un árbol para mantenernos a salvo hasta que se vayan. Pero si están entrenados por alguien… La idea revolotea en mi mente. Necesitarían comida suficiente para mantenerse a ellos y a los perros por igual. ¿Quién tiene esa clase de riqueza y cómo la obtuvieron?

Una imagen de la familia devorada regresa a mí, y mis cerebro se apaga mientras mis instintos toman el control.

Queda claro, por el ruido de los perros, que nos están alcanzando. La carretera está bastante lejos, de modo que no podemos meternos en un coche. Tendrá que ser un árbol.

Busco frenéticamente un árbol a donde podamos trepar. No hay ninguno a la vista. Estos árboles crecen altos y rectos, sus ramas están perpendiculares al tronco, a mucha distancia del suelo. Tendría que tener por lo menos el doble de mi estatura para alcanzar la rama más baja de cualquiera de ellos.

Raffe da un salto, en un intento por alcanzar una. Aunque sus saltos son mucho más altos que los de cualquier otro hombre, no es suficiente. Le da un golpe al tronco en señal de frustración. Probablemente nunca antes había necesitado saltar. ¿Para qué saltar si puedes volar?

—Súbete a mis hombros —dice.

No estoy segura de cuál es su plan, pero los perros se escuchan más cerca. No puedo distinguir cuántos son, pero no son ni uno ni dos, es una jauría.

Me agarra de la cintura y me levanta. Es fuerte. Lo suficientemente fuerte para levantarme hasta que quedo parada sobre sus hombros. Apenas puedo alcanzar la rama más baja, pero es suficiente para agarrarla cuando me impulso hacia arriba con su cuerpo. Espero que la delgada rama resista mi peso.

Pone sus manos debajo de mis pies, apoyándome y empujándome hasta que estoy segura en la rama. Se tambalea un poco, pero aguanta mi peso. Busco a mi alrededor algún brote de la rama para romperlo y acercárselo para ayudarle a subir.

Pero antes de que pueda hacer algo, Raffe comienza a correr. Casi grito su nombre, pero me detengo antes de hacerlo. Lo último que necesitamos es que yo les revele nuestra ubicación.

Veo cómo desaparece colina abajo. Ahora es mi turno de golpear el árbol por la frustración. ¿Qué está haciendo? Si se hubiera quedado, seguramente hubiera podido subirlo de alguna manera. Por lo menos lo podría haber ayudado a pelear con los perros lanzándoles cosas. No tengo armas de verdad, pero desde esta altura, cualquier cosa que arroje puede ser un arma.

¿Corrió para distraer a los perros de modo que yo estuviera segura? ¿Lo hizo para protegerme?

Golpeo mi puño contra el tronco del árbol otra vez.

Una jauría de seis perros se acerca gruñendo al árbol. Un par de ellos da vueltas alrededor del tronco, husmeándolo, pero el resto corre detrás de Raffe. Un par de segundos más tarde, el par que olisqueaba mi árbol corre detrás del resto de la jauría.

Mi rama se dobla precariamente hacia el suelo. Su follaje es tan escaso que todo lo que tienen que hacer es mirar hacia arriba para verme. Los brotes que están más abajo sólo tienen hojas en sus puntas, así que hay poca posibilidad de camuflaje cerca del tronco. Me estiro para subir a otra rama y comienzo a trepar. Las ramas se vuelven más fuertes y gruesas conforme subo. Escalo un buen tramo hacia arriba antes de encontrar una rama con hojas suficientes como para cubrirme.

Cuando un perro aúlla de dolor, sé que alguien lo ha atrapado. Me enrosco y me aferro al árbol, trato de adivinar qué está sucediendo.

Debajo de mí, algo grande cruza por la maleza con estrépito. Son cinco hombres robustos. Visten ropa de camuflaje y llevan rifles que parecen saber cómo usar.

Uno de ellos señala con la mano y el resto se dispersa. Estos hombres no me dan la impresión de ser cazadores de fin de semana, de los que disparan a conejos con una mano y toman cerveza con la otra. Están organizados. Entrenados. Peligrosos. Se mueven con una tranquilidad y seguridad que me hace pensar que han trabajado juntos anteriormente. Que han cazado juntos antes.

Mi corazón se detiene al pensar en lo que un grupo de militares le haría a un ángel prisionero. Considero gritarles para distraerlos y darle oportunidad a Raffe de correr. Pero los perros siguen gruñendo y aullando de dolor. Él está luchando por su vida y mis gritos sólo lo distraerían y nos atraparían a los dos.

Si me muero, Paige morirá también. Y no pienso morir por un ángel, no importa cuántas locuras haga que por casualidad me salven el pellejo. Si él hubiera podido subirse a mis hombros para escalar aquí, ¿lo hubiera hecho?

Pero muy dentro de mí, sé que no es así. Si estuviera buscando salvarse a sí mismo, me hubiera dejado atrás a la primera señal de peligro. Como quien dice, no necesita correr más rápido que el oso, sólo necesita correr más rápido que yo. Eso lo podría hacer fácilmente.

El salvaje gruñido de un perro en medio de una embestida me produce escalofríos. Los hombres no podrían descubrir que Raffe es un ángel a menos que le quiten la camisa o que las heridas en su espalda se abran y comiencen a sangrar. Pero si está siendo despedazado por los perros, sanará por completo en el lapso de un día y eso lo delataría inmediatamente si es que lo tienen detenido suficiente tiempo. Y claro, si son caníbales, nada de esto importará.

No sé qué hacer. Necesito ayudar a Raffe. Pero también necesito mantenerme con vida y no hacer ninguna estupidez. Quiero acurrucarme y taparme los oídos con las manos.

Una orden fuerte silencia a los perros. Los hombres han encontrado a Raffe. No puedo escuchar lo que dicen, sólo que están hablando. No me sorprende que el tono no sea amigable. No dicen mucho, y no puedo escuchar a Raffe hablar.

Unos cuantos minutos después, los perros pasan corriendo a un lado del árbol. Los mismos dos perros diligentes husmean la base del tronco antes de alcanzar al resto de la jauría. Luego vienen los hombres.

El que antes hizo la señal con la mano va al frente del grupo. Raffe camina detrás de él.

Sus manos están atadas a sus espaldas, y de su rostro y su pierna brota sangre. Mira hacia delante, cuidando de no mirar hacia arriba. Dos hombres lo acompañan a los lados, sus manos lo agarran de los brazos, como si esperaran a que se cayera para tener que sujetarlo y subirlo por la colina. Los últimos dos hombres le siguen, sostienen sus rifles en ángulos de cuarenta y cinco grados, en busca de algo a que dispararle. Uno de ellos lleva la mochila de Raffe.

La manta azul con las alas no está por ninguna parte. La última vez que la vi, Raffe la había amarrado a su mochila. ¿Habrá tenido tiempo de esconder las alas antes de que los perros lo alcanzaran? Si es así, eso podría otorgarle unas cuantas horas más de vida.

Está vivo. Repito el hecho en mi cabeza, para mantener otros pensamientos más perturbadores lejos de mí. No puedo hacer nada si me paraliza cualquier pensamiento negativo sobre lo que le estará ocurriendo a Raffe o a Paige o a mi madre.

Vacío mi mente. Olvido los planes. No tengo suficiente información para formular un plan. Mis instintos bastarán.

Y mis instintos me dicen que Raffe es mío. Yo lo encontré primero. Si estos babuinos envenenados con testosterona quieren un pedazo de él, tendrán que esperar hasta que me conduzca a mi hermana.

Cuando ya no puedo escuchar a los hombres, desciendo de mi rama. Es un descenso largo y cuido de poner los pies en las posiciones adecuadas antes de colgarme para caer en el suelo. Lo último que necesito es un tobillo roto. La tierra suelta amortigua mi caída y aterrizo sin problemas.

Corro cuesta abajo en la dirección hacia donde Raffe corrió antes. En unos cinco minutos, recupero las alas envueltas. Debió haber arrojado el bulto en un arbusto mientras corría, porque yace parcialmente oculto en la maleza. Lo ato a mi mochila y corro detrás de los hombres.

15

Los perros son un problema. Tendré que actuar con inteligencia. Podré ocultarme de los hombres mientras merodeo por los alrededores, pero no podré ocultarme de los perros. Sigo corriendo de todas formas. Tengo que preocuparme por cada cosa en su momento. Me invade un fuerte temor de no poder encontrarlos en ninguna parte, de manera que apresuro el paso y comienzo a correr.

Estoy a punto de un infarto cuando doy con ellos. Respiro tan fuerte que me sorprende que no me puedan escuchar.

Se acercan a lo que a primera vista parece un conjunto de edificios destruidos. Pero más de cerca me doy cuenta de que los edificios están bien. Parecen derruidos porque hay unas ramas inclinadas contra los edificios, entretejiéndose en una red que cae encima de las instalaciones. Las ramas fueron colocadas cuidadosamente, para dar la impresión de que así cayeron naturalmente. Puedo apostar a que desde arriba es igual al resto del bosque. Puedo apostar a que desde arriba ni siquiera se pueden ver los edificios.

Ocultas detrás de ese cobertizo de ramas puedo ver unas ametralladoras. Todas apuntan hacia el cielo.

Este no es un campamento amigable con los ángeles.

Raffe y los cinco cazadores son recibidos por más hombres vestidos de camuflaje. También hay mujeres, pero no todas están uniformadas. Algunos no parecen pertenecer al lugar. Algunos se ocultan en las sombras, están sucios y asustados.

Tengo suerte, pues uno de los hombres conduce los perros hacia una perrera. Varios de los perros ladran, de modo que si algunos de ellos me ladran a mí, no se notará.

Miro a mi alrededor para asegurarme de que no me han detectado. Me quito la mochila y la oculto en el hueco de un árbol. Considero quedarme con la espada pero decido no hacerlo. Sólo los ángeles llevan espadas. Lo último que necesitamos es que yo dirija sus pensamientos hacia esa idea. Pongo las alas envueltas en la manta a un lado de la mochila y memorizo la localización del árbol.

Encuentro un buen sitio desde donde puedo vigilar el campamento y me tiro boca abajo en una parte del suelo que no está llena de lodo. El frío y la humedad se filtran por mi suéter. Arrojo algunas hojas y hierba encima de mi cuerpo para ocultarme mejor. Desearía tener uno de sus trajes de camuflaje. Afortunadamente, mi cabello castaño oscuro se mezcla con mi entorno.

Empujan a Raffe hasta que cae de rodillas en medio del campamento.

Estoy demasiado lejos para escuchar lo que dicen, pero puedo notar que discuten qué van a hacer con él. Uno de ellos se agacha y habla con Raffe.

«Por favor, por favor, que no le pidan que se quite la camisa».

Busco ansiosamente una manera de rescatarlo y al mismo tiempo conservar mi vida, pero no hay nada que pueda hacer a la luz del día, con una docena de tipos uniformados y con armas dispersos en la zona. A menos que haya un ataque de ángeles que los distraiga, lo más que puedo esperar es que él siga vivo y a mi alcance cuando anochezca.

Lo que sea que les haya dicho Raffe debió haberlos dejado satisfechos por el momento, ya que lo ponen de pie y lo meten en el edificio más pequeño en el centro del campamento. Estos edificios no parecen casas, parecen un cuartel. Los dos inmuebles a los lados del edificio donde metieron a Raffe fácilmente podrían alojar a unas treinta personas cada uno. El que está en el centro podría alojar a la mitad. Deduzco que uno de ellos es para dormir, el otro para uso comunitario y quizá el tercero sirve de almacén.

Me quedo ahí tendida, trato de ignorar el frío húmedo que se filtra de la tierra y deseo que el sol se vaya más rápido. Quizá estas personas tengan el mismo miedo a la oscuridad que las pandillas callejeras de mi vecindario. Quizá se vayan a dormir en cuanto caiga el sol.

Después de lo que me pareció una eternidad, pero que probablemente fueron veinte minutos, un joven uniformado camina a unos cuantos metros de distancia de donde estoy. Sostiene un rifle cruzado sobre el pecho e inspecciona el bosque. Parece estar listo para la acción. Me quedo inmóvil mientras lo veo pasar. Me tranquiliza que no traiga un perro consigo. Me pregunto por qué no los usan para vigilar el cuartel.

Después de eso, un soldado pasa cada determinado tiempo, demasiado cerca como para estar tranquila. Su patrullaje es regular y predecible. Después de un tiempo, identifico el ritmo y sé cuándo va a pasar cerca de mí.

Una hora después de que internaron a Raffe en el edificio central, comienzo a oler carne y cebolla, ajos y verduras. El delicioso olor hace que mi estómago se retuerza tan fuerte que siento calambres.

Ruego que ese olor no sea Raffe.

Las personas hacen fila en el edificio de la derecha. No escucho ningún anuncio, así que deben tener un horario fijo para la cena. Hay muchas más personas aquí de las que imaginaba. Soldados, la mayoría hombres uniformados, regresan desde el bosque, en grupos de dos, tres o cinco. Vienen de todas direcciones y un par de ellos casi me pisa en su camino a la cena.

Para cuando llega la noche y las personas desaparecen en el edificio de la izquierda, me siento casi paralizada de lo fría que está la tierra. Combinado con el hecho de que no he ingerido nada más que un puñado de comida seca de gato, no me siento tan lista como quisiera para emprender un rescate.

No hay luces en ninguno de los edificios. Este grupo es cuidadoso, se ocultan bien en la noche. El cuartel está silencioso, salvo el canto de los grillos, lo cual es una proeza asombrosa, si consideramos la cantidad de personas que viven ahí. Por lo menos no escucho gritos provenientes del edificio donde está Raffe.

Me obligo a esperar lo que creo es una hora, en la oscuridad, para comenzar mi rescate desesperado.

Espero hasta que pasa el soldado que patrulla la zona. En ese momento, yo sé que el otro soldado está al otro lado del cuartel.

Cuento hasta cien, antes de ponerme de pie y correr lo más cautelosamente posible hacia donde están los edificios.

Mis piernas están tan frías y rígidas como el metal, pero se agilizan rápidamente con la sola idea de ser descubierta. Tengo que tomar el camino largo, escabulléndome de una sombra de luna a otra, abriéndome paso en un patrón de zigzag hacia el edificio central. El entrecruzado del follaje resulta una ventaja para mí, moteando el área con un camuflaje cambiante.

Me tiro boca abajo al lado del salón comedor. Un guardia da unos pasos medidos a mi derecha y, en la distancia, el otro camina lentamente por el extremo opuesto del campamento. Sus pies suenan apagados y lentos, como si estuvieran aburridos. Una buena señal. Si escucharan cualquier cosa inusual, sus pasos serían más urgentes, más apresurados. Por lo menos eso espero.

Trato de ver la parte trasera del edificio central, en busca de una puerta. Pero con la sombra de la luna de ese lado, no puedo identificar si hay una puerta o por lo menos una ventana.

Corro aprisa desde mi escondite hasta el edificio de Raffe.

Hago una pausa, esperando escuchar un grito. Pero todo está en silencio. Me quedo parada, de espaldas a la pared, aguantando la respiración. No escucho nada y no veo movimiento. No hay nada más que mi miedo diciéndome que abandone el plan. De modo que continúo.

En la parte trasera del edificio hay cuatro ventanas y una puerta. Me asomo por una de las ventanas pero no veo más que oscuridad. Me resisto a la tentación de ver si puedo obtener respuesta de Raffe. No sé quién más pudiera estar ahí con él.

No tengo plan, ni siquiera uno disparatado, ni tampoco tengo idea de cómo voy a lidiar con quienquiera que esté ahí. El entrenamiento de defensa personal normalmente no incluye sorprender a alguien por la espalda y estrangularlo hasta que fallezca —una habilidad que me vendría muy bien en estos momentos.

Aun así, he logrado derrotar consistentemente a contrincantes mucho más grandes que yo, y me aferro a ese dato para aplacar el pánico que corre por mi cuerpo.

Aspiro profundamente y susurro de la forma más suave que puedo.

—¿Raffe?

Si supiera siquiera dónde se encuentra sería mucho más fácil para mí. Pero no escucho nada. Ni un golpeteo en la ventana, ni una llamada apagada, ni unas patas de silla arrastrándose en el suelo que me dirijan a él. La idea horrenda de que podría estar muerto regresa. Sin él, no tengo manera de encontrar a Paige. Sin él, estoy sola. Me doy una patada mental a mí misma por distraerme y seguir esa peligrosa línea de pensamiento.

Me acerco a la puerta y pego mi oído a la superficie. No escucho nada. Trato de girar el pomo en caso de que esté abierta.

Como siempre, tengo mi útil juego de ganchos para abrir puertas en mi bolsillo trasero. Encontré el kit en la habitación de un chico durante mi primera semana buscando comida. No tardé mucho en descubrir que forzar una cerradura es mucho más silencioso que romper una ventana. El sigilo es imprescindible cuando tratas de evitar a las pandillas callejeras. De modo que he practicado mucho el arte de abrir cerraduras en el último par de semanas.

El pomo se abre suavemente.

Estos tipos son engreídos. Abro la puerta unos centímetros y hago una pausa. No hay sonidos, me deslizo en medio de la oscuridad. Dejo que mis ojos se adapten. La única iluminación es la luz jaspeada de la luna que atraviesa la ventana en la parte trasera de la casa.

Me he acostumbrado a ver bajo la tenue luz de la luna. Parece que se ha convertido en un modo de vida para mí. Estoy en un pasillo con cuatro puertas. Una puerta está abierta, es la entrada a un baño. Las otras tres están cerradas. Empuño mi cuchillo, como si eso pudiera detener la bala de una semiautomática. Pego mi oído a la primera puerta a la izquierda y no escucho nada. Antes de tocar el pomo, escucho una voz muy queda que susurra desde la última puerta.

Me congelo. Luego camino hacia la última puerta y pego mi oído. ¿Fue mi imaginación, o lo que escuché fue «Corre, Penryn»?

Abro la puerta.

—¿Por qué nunca me haces caso? —me susurra Raffe.

Entro en el cuarto y cierro la puerta.

—¿Así me recibes cuando vengo a rescatarte?

—No me estás rescatando, te estás dejando atrapar —Raffe está sentado en medio de la habitación, atado a una silla. Tiene mucha sangre seca en el rostro de una herida que tiene en la frente.

—Están dormidos —voy hacia su silla y pongo el cuchillo en la cuerda que ata sus manos.

—No, no lo están —la convicción en su voz enciende la alarma en mi cabeza. Pero antes de que pueda pensar en la palabra «trampa», la luz de una linterna me ciega.

16

—No puedo dejar que cortes eso —dice una voz profunda detrás de la linterna—. Tenemos muy pocas reservas de cuerda.

Alguien me arrebata el cuchillo de la mano y me empuja agresivamente a una silla. La linterna se apaga y tengo que parpadear varias veces antes de que mis ojos se ajusten nuevamente a la oscuridad. Para cuando puedo ver otra vez, alguien ata mis manos detrás de mi espalda.

Son tres. Uno revisa las cuerdas de Raffe mientras que el otro está apoyado en el marco de la entrada, como si sólo estuviera haciendo una visita casual. Tenso mis músculos para hacer que la cuerda quede lo más floja posible mientras el tipo me amarra. Mi captor aprieta mis muñecas tan fuertemente que siento que se van a romper en dos.

—Tendrán que disculpar la falta de luz —dice el tipo apoyado en el marco de la puerta—. Tratamos de evitar visitas indeseables —todo en él, desde su voz imponente hasta su postura relajada, me da a entender que se trata del líder.

—¿De verdad soy tan torpe? —pregunto.

El líder se acerca a mí y se agacha de modo que quedamos frente a frente.

—En realidad, no. Nuestros guardias no te vieron y tenían órdenes de buscarte. En términos generales, no estuviste nada mal —escucho una nota de aprobación en su voz.

Raffe hace un sonido grave con su garganta que me recuerda al gruñido de un perro.

—Entonces ¿sabíais que estaba aquí?

El tipo se endereza. La luz de la luna no es suficiente para mostrarme los detalles de su rostro, pero es alto y de hombros amplios. Su cabello es corto, estilo militar, y hace que el cabello de Raffe se vea desaliñado y poco presentable. Su perfil es limpio, las líneas de su cara son marcadas y definidas.

Asiente con la cabeza.

—No estábamos seguros, pero las provisiones en su mochila parecían ser la mitad de lo que llevaría un par de personas. Tiene un hornillo de campaña pero no lleva cerillas, ni sartenes ni ollas. Tiene dos tazones, dos cucharas. Cosas así. Concluimos que alguien más traía la otra mitad de las provisiones. Aunque para ser franco... no esperaba un intento de rescate. Ciertamente no de una chica. Sin ofender. Yo siempre he sido un tipo moderno —se encoge de hombros—. Pero los tiempos han cambiado. Y nosotros somos un campamento lleno de hombres —se encoge de hombros nuevamente—. Eso requiere agallas. O desesperación.

—Olvidaste falta de cerebro —gruñe Raffe—. Yo soy tu premio aquí, no ella.

—¿Ah, sí? —pregunta el líder.

—Necesitan hombres como yo para ser soldados —dice Raffe—. No una niña flacucha como ella.

El líder se echa para atrás y cruza los brazos.

—¿Qué te hace pensar que estamos en busca de soldados?

—Usaste a cinco hombres y una jauría de perros para atrapar a un solo tipo —dice Raffe—. A ese paso, vas a necesitar tres ejércitos para lograr lo que sea que queráis lograr.

El líder asiente con la cabeza.

—Obviamente tienes experiencia militar —arqueo una ceja al escuchar esto y me pregunto qué habrá sucedido cuando lo atraparon—. No parpadeaste ni una vez cuando te apuntamos con las armas —dice el líder.

—Si lo han capturado antes, tal vez no es tan bueno como cree —dice el guardia de Raffe, quien no reacciona ante esta provocación.

—O quizás sea de operativos especiales, entrenado para las peores situaciones —dice el líder. Hace una pausa, esperando que Raffe lo confirme o lo niegue. Los rayos de luna que se filtran por la ventana son lo suficientemente brillantes para mostrar al líder que observa a Raffe con la intensidad de un lobo que vigila a un conejo. Quizás sea un conejo vigilando al lobo. Pero Raffe no dice nada.

El líder se dirige a mí.

—¿Tienes hambre?

Mi estómago elige ese preciso momento para gruñir desesperado. Hubiera sido gracioso en cualquier otra circunstancia.

—Vamos a darle a estos chicos algo de cenar.

Los tres hombres se retiran. Tanteo las cuerdas que amarran mis muñecas.

—Alto, moreno y amigable. ¿Qué más puede pedir una chica?

Raffe suelta una carcajada.

—Se volvieron más amigables cuando llegaste. No me han ofrecido comida en todo el día.

—¿Crees que son paranoicos o realmente son tipos malos?

—Cualquier tipo que te ata a una silla mientras te apunta con su arma es malo. ¿De verdad tengo que explicártelo? Me siento como una niña que ha hecho algo estúpido.

—Entonces ¿qué estás haciendo aquí? —pregunta—. Me arriesgo a ser despedazado a bocados por una jauría de perros para que puedas escapar, ¿y vienes aquí? Tu juicio podría beneficiarse de un poco de sentido común.

—Lo siento, me aseguraré de no volverlo a hacer —comienzo a desear que nos hubieran amordazado.

—Eso es lo más inteligente que te he escuchado decir.

—Y entonces ¿quiénes son estos tipos? —el supersentido auditivo de Raffe seguramente le ha ayudado a recabar bastante información sobre sus planes.

—¿Por qué? ¿Tienes planes de enlistarte?

—No soy del tipo que se une a cosas.

A pesar de sus rasgos bellos, parece un poco grotesco bajo la luz de la luna, con esas marcas de sangre seca que corren por su rostro. Durante unos breves segundos, lo visualizo como el clásico ángel caído que viene a condenar tu alma.

Pero luego me pregunta:

—¿Estás bien? —su voz es sorprendentemente delicada.

—Estoy bien. Sabes que tenemos que salir de aquí lo más pronto posible, ¿verdad? Se podrán dar cuenta de todo cuando amanezca —toda esa sangre y ni una herida. No hay un ser humano que pueda curarse así de rápido.

La puerta se abre y el aroma de un guisado casi me vuelve loca. No me he muerto de hambre desde los ataques, pero tampoco he estado subiendo de peso.

El líder empuja una silla junto a mí y levanta el tazón para ponerlo en mi nariz. Mi estómago empieza a rugir en cuanto huelo el aroma de carne y verduras.

Toma una cucharada generosa y la detiene a medio camino entre el tazón y mi boca. Tengo que suprimir un gruñido de placer al anticipar el sabor por puro decoro. Un soldado con granos en la cara pone una silla al lado de Raffe y hace lo mismo con su plato de guisado.

—¿Cómo te llamas? —pregunta el líder. Hay algo íntimo en la manera en que me hace esta pregunta mientras está a punto de alimentarme.

—Mis amigos me llaman Ira —dice Raffe—. Mis enemigos me dicen Por Favor Ten Piedad. ¿Cuál es tu nombre, soldadillo? —el tono burlón de Raffe me ruboriza, aunque no entiendo por qué.

Pero el líder no se inmuta.

—Obadiah West. Me puedes llamar Obi —la cuchara se aleja una fracción de mí.

—Obadiah. Qué bíblico —dice Raffe—. Obadiah escondió a los profetas cuando fueron perseguidos —Raffe mira su cuchara suspendida con el guisado.

—Experto en la Biblia —dice Obi—. Qué mal que ya tenemos a uno —luego me mira a mí—. Y ¿cuál es tu nombre?

—Penryn —digo rápidamente, para evitar que Raffe diga algo sarcástico—. Penryn Young —prefiero no antagonizar con mis captores, especialmente si están a punto de darnos de comer.

—Penryn —susurra el nombre, como si quisiera hacerlo suyo. Siento un poco de vergüenza de que Raffe sea testigo de este momento, aunque, de nuevo, no estoy segura de por qué.

—¿Cuándo fue la última vez que comiste de verdad, Penryn? —pregunta Obi. Sostiene la cuchara justo enfrente de mi boca. Trago saliva antes de responder.

—Ha pasado algún tiempo —le ofrezco una sonrisa amistosa y me pregunto si va a dejarme tomar ese bocado. Mueve la cucharada a su propia boca y veo cómo se la come. Mi estómago ruge en señal de protesta.

—Dime, Obi —dice Raffe—. ¿De qué tipo de comida estamos hablando aquí?

Miro a todos los soldados. De pronto, ya no tengo tanta hambre.

—Tendrías que atrapar a muchos animales para alimentar a esta cantidad de gente —dice Raffe.

—Estaba a punto de preguntarte qué tipo de animales has estado cazando tú —dice Obi—. Un tipo de tu tamaño debe necesitar mucha proteína para mantener esa masa muscular.

—¿Qué insinúas? —pregunto—. Nosotros no somos los que están atacando a las personas allí afuera, si es eso a lo que te refieres.

Obi me mira fijamente.

—¿Cómo sabes eso? Yo no he dicho nada sobre ataques a personas.

—Ay, no me mires así —le ofrezco mi mejor expresión de adolescente asqueada—. No puedes pensar que yo querría comerme a una persona, ¿o sí? Eso es realmente asqueroso.

—Vimos a una familia —dice Raffe—. Estaba comida a medias y tirada en la carretera.

—¿Dónde? —pregunta Obi. Parece sorprendido.

—No muy lejos de aquí. ¿Estás seguro de que no fuiste tú o alguno de tus hombres? —Raffe se mueve ansiosamente en su silla, como si quisiera recordar a Obi que él y sus hombres no son exactamente los tipos más amigables.

—Ninguno de los míos lo haría. No necesitan hacerlo. Tenemos suficientes provisiones y armamento para mantener a todos los que están aquí. Además, cogieron a dos de nuestros hombres la semana pasada. Hombres entrenados con rifles. ¿Por qué crees que os cazamos a vosotros? Normalmente no andamos detrás de extraños. Queremos saber quién lo hizo.

—No fuimos nosotros —digo yo.

—No, estoy seguro de que no fuiste tú.

—Él tampoco lo hizo, Obi —le digo. Su nombre suena ajeno en mi boca. Diferente, pero no mal.

—¿Y eso cómo lo sé?

—¿Ahora tenemos que probar nuestra inocencia?

—Es un nuevo mundo.

—¿Y quién eres tú, el alguacil del Nuevo Orden? ¿Arrestas primero y luego investigas? —le pregunto.

—¿Qué harías si los atraparas? —pregunta Raffe.

—Podríamos usar a personas que son, digamos, un poco menos civilizadas que nosotros. Aunque tendríamos que tomar precauciones, claro está —Obi suspira. Queda claro que no le gusta la idea, pero parece estar resignado a hacer lo que sea necesario.

—No entiendo —digo—. ¿Qué harías con un grupo de caníbales salvajes?

—Enviarlos con los ángeles, por supuesto.

—Eso es una locura —agrego.

—En caso de que no lo hayas notado, el mundo se ha vuelto loco. Es hora de adaptarse o morir.

—¿Atacando la locura con locura?

—Atacando con lo que sea que tengamos y que pueda confundir o distraerlos, incluso repelerlos, si es que eso es posible. Cualquier cosa con tal de distraer su atención de nosotros mientras nos organizamos —dice Obi.

—¿Organizarse para qué? —pregunta Raffe.

—Para formar un ejército lo suficientemente grande para sacarlos de este mundo.

Todo el calor abandona mi cuerpo.

—¿Están formando un ejército de resistencia? —trato desesperadamente de no mirar a Raffe. He estado intentado recopilar toda la información posible sobre los ángeles, en caso de que pudiera ser de utilidad. Sin embargo, la esperanza de una resistencia organizada se hizo humo, junto con Washington y Nueva York.

Y aquí está Raffe, en medio de un cuartel de rebeldes que intenta desesperadamente mantenerse en secreto de los ángeles. Si los ángeles supieran de esto, lo aplastarían en un santiamén, y quién sabe cuánto tiempo llevaría organizar otra resistencia.

—Preferimos considerarnos un ejército de humanos, pero sí, supongo que somos la resistencia, ya que somos en muchos sentidos los más débiles. Justo ahora estamos reuniendo fuerzas, reclutando gente y organizándonos. Pero tenemos planes para algo grande. Algo que los ángeles no olvidarán.

—¿Van a contraatacar? —no me lo puedo creer.

—Vamos a contraatacar.

17

—¿Cuánto daño podríais causarles? —pregunta Raffe. Mi corazón se detiene al reconocer que soy el único ser humano en el cuarto que sabe que Raffe es uno de los enemigos.

—Suficiente para que entiendan el mensaje —dice el líder de la resistencia—. Pero el mensaje no va dirigido a los ángeles. No nos importa qué piensen ellos. Va dirigido a las personas. Para que sepan que estamos aquí, que existimos y que juntos no nos vamos a dejar aniquilar.

—¿Vais a atacarlos como una campaña de reclutamiento?

—Ellos piensan que ya han ganado. Pero lo más importante es que nuestra gente piensa lo mismo. Necesitamos comunicarles que la guerra apenas ha comenzado. Este es nuestro hogar. Nuestra tierra. Nadie tiene derecho a llegar como si nada para tomarla.

Mi mente revolotea con emociones encontradas. ¿Quién es el enemigo en esta habitación? ¿De qué lado estoy? Dirijo mi mirada contemplativa al suelo, trato desesperadamente de no mirar ni a Raffe ni a Obi.

Si Obi llega a presentir algo, podría sospechar de Raffe. Si Raffe llega a sentir algo, entonces no puedo esperar que confíe en mí. Si hago enfadar a Raffe, podría no cumplir su promesa de llevarme al nido con él.

—Me duele la cabeza —lloriqueo.

Hay una larga pausa en la que estoy convencida de que Obi está a punto de descubrirnos. Estoy segura de que en cualquier momento gritará «¡Dios mío, es un ángel!».

Pero no lo hace. En cambio, se pone de pie y coloca mi tazón con el guisado sobre su silla.

—Hablaremos más por la mañana —dice. Me levanta y me conduce a un catre que se encuentra a unos pasos, que no había notado antes. El guardia de Raffe hace lo mismo al otro lado del cuarto.

Me recuesto incómodamente de lado con las muñecas atadas a mis espaldas. Obi se sienta en el catre y me ata los tobillos. Estoy tentada a decirle en broma que normalmente pido una cena y una salida al cine antes de colocarme en una posición semejante, pero no lo hago. Lo último que necesito es hacer bromas sexuales mientras soy prisionera en un campamento lleno de hombres armados en un mundo donde no hay leyes.

Coloca una almohada debajo de mi cabeza. Mientras hace esto, quita el cabello de mi rostro y lo coloca detrás de mi oreja. Su tacto es cálido y suave. Debería tener miedo, pero no es así.

—Vas a estar bien —dice—. Los hombres tendrán órdenes estrictas de ser caballerosos contigo.

Supongo que no se necesita leer mi mente para saber que eso me preocupa.

—Gracias —contesto.

Obi y el otro hombre cogen los tazones con el guisado y se retiran. El candado de la puerta hace clic al cerrarse.

—¿Gracias? —pregunta Raffe.

—Cállate. Estoy exhausta. Necesito dormir un poco.

—Lo que necesitas es decidir quién está de tu lado y quién no.

—¿Tú se lo dirás? —no quiero especificar, en caso de que alguien nos escuche. Espero que entienda lo que quiero decir. Si Raffe y yo logramos llegar al nido, él tendrá información sobre el movimiento de resistencia. Si se lo cuenta a los otros ángeles y éstos aplastan el movimiento, yo seré la Judas de mi especie.

Hay una larga pausa.

Y si él no se lo dice, ¿será el Judas de su especie?

—¿Por qué has venido aquí? —me pregunta, cambiando el tema abruptamente—. ¿Por qué no huiste como ambos sabemos que debiste haber hecho?

—Fue estúpido de mi parte.

—Bastante.

—Sólo... no pude.

Quiero preguntarle por qué arriesgó su vida para salvar la mía. Su gente nos mata todos los días. Pero no puedo. No aquí, no ahora. No mientras alguien pueda estar escuchando.

Nos mantenemos recostados en silencio. Se escucha el canto de los grillos.

Después de un largo tiempo, mientras me deslizo al mundo de los sueños, él susurra en la oscuridad.

—Todos están dormidos, excepto los guardias.

Instantáneamente me pongo alerta.

—¿Tienes un plan?

—Claro. ¿Tú no? Eres la rescatista.

La luna se ha movido y la luz que atraviesa la ventana es mucho más tenue. Pero sigue siendo suficiente para ver las sombras más oscuras de su forma levantándose del catre. Se acerca a mí y comienza a desatarme.

—¿Cómo demonios lo has hecho?

—Cuando asaltes el nido, recuerda que las cuerdas no sujetan a los ángeles —la última palabra la dice en un susurro.

Había olvidado que es mucho más fuerte que cualquier ser humano.

—¿Entonces pudiste haberte liberado desde el principio? Ni siquiera me necesitas. ¿Por qué no lo hiciste antes?

—¿Y perderme toda la diversión de confundir sus pequeños cerebros cuando se pregunten qué pasó? —rápidamente me desata y me pone en pie.

—Ah, ya entiendo. Puedes escapar de noche, pero no de día. No puedes correr más rápido que las balas de una ametralladora, ¿verdad?

Como la mayoría de la gente, mi primera introducción a los ángeles fue a través de las imágenes que circularon sin parar hace unas semanas, en las que vimos al Arcángel Gabriel derribado por una nube de balas. No puedo evitar preguntarme si los ángeles hubieran sido menos hostiles si no hubiéramos matado inmediatamente a su líder. Por lo menos, creemos que está muerto. Nadie lo sabe con seguridad, porque nunca se recuperó el cuerpo, hasta donde sé. La legión de hombres alados volando detrás de él se dispersó con las multitudes en pánico y desapareció en el cielo cubierto de humo. Me pregunto si Raffe formó parte de esa legión.

Arquea una ceja, negándose a discutir los efectos de las balas en los ángeles.

Le dedico una sonrisa petulante. «No eres tan perfecto como pareces».

Camino hacia la puerta y escucho.

—¿Hay alguien más en el edificio?

—No.

Trato de girar el pomo, pero la puerta está cerrada con llave.

—Esperaba no tener que usar fuerza excesiva para no levantar sospechas —suspira Raffe. Alcanza el pomo, pero lo detengo.

—Qué suerte que vienes conmigo —saco una delgada ganzúa y una horquilla de mi bolsillo trasero. El soldado que me revisó antes de amarrarme hizo el trabajo demasiado rápido. Buscaba pistolas o cuchillos, no pequeñas horquillas.

—¿Qué es eso?

Comienzo a trabajar con la cerradura. Se siente bien sorprenderlo con un talento que los ángeles no tienen.

Clic.

—*Voilá*.

—Parlanchina, pero diestra. ¿Quién lo hubiera dicho?

Abro la boca para responderle algo astuto, pero me doy cuenta de que eso solamente probaría que está en lo cierto, así que me quedo callada para demostrar que puedo hacerlo.

Nos escabullimos por el pasillo y nos detenemos en la puerta trasera.

—¿Puedes escuchar a los guardias?

Escucha durante unos momentos. Apunta a las once y a las cinco. Esperamos.

—¿Qué habrá aquí? —pregunto, apuntando hacia las puertas cerradas.

—No lo sé. ¿Provisiones, quizás?

Me dirijo a una de las puertas. Pienso en carne de venado o en armas.

Me coge de la mano y sacude la cabeza.

—No seas codiciosa. Si les robamos es menos probable que ellos simplemente nos olviden. No queremos problemas, si podemos evitarlos.

Tiene razón. Además, ¿quién sería lo suficientemente estúpido para almacenar armas en el mismo lugar donde tiene a sus prisioneros? Pero la idea de la carne de venado hace que mi boca se llene de saliva. Debí haber negociado para tener un poco de ese guisado cuando tuve oportunidad de hacerlo.

Después de un minuto, Raffe asiente con la cabeza y nos escabullimos en medio de la noche.

Raffe y yo echamos a correr. Mi corazón rebota en mi pecho mientras impulso mis piernas lo más rápido que puedo. El aire se congela en mi boca. El olor a tierra y árboles nos llama hacia el bosque. El crujido de los árboles en el viento oculta el sonido de nuestros pasos.

Raffe podría correr mucho más rápido, pero se mantiene cerca.

La luna desaparece detrás de las nubes y el bosque se torna oscuro. Aminoro el ritmo y me pongo a caminar una vez que estamos dentro del follaje, pues no quiero estamparme contra un árbol.

Mi respiración es tan fuerte que temo que los guardias la escuchen. El vigor de la adrenalina disminuye cuando me encuentro a salvo de nuevo, y vuelvo a sentir cansancio y miedo. Hago una pausa, doblándome para recuperar el aliento. Raffe pone su mano en mi espalda, pidiéndome que siga con un poco de presión. Él ni siquiera se ha quedado sin aliento.

Apunta hacia el interior del bosque. Sacudo la cabeza y apunto hacia el otro lado del campamento. Necesitamos volver para recuperar sus alas. Mi mochila es reemplazable; las alas y la espada no lo son. Él hace una pausa, luego asiente con la cabeza. No sé si sabe lo que quiero recuperar, pero sé que sus alas nunca están muy lejos de sus pensamientos, del mismo modo que la pequeña Paige nunca está lejos de los míos.

Nos desplazamos alrededor del campamento, internándonos lo más posible en el bosque sin perderlo de vista. Esto se vuelve un poco complicado en varias ocasiones, ya que la luz de la luna es tenue y el campamento está rodeado de follaje. Tengo que depender más de la visión nocturna de Raffe de lo que me hubiera gustado.

Aun cuando sé que él puede ver, yo no puedo avanzar mucho sin toparme con alguna rama o tropezar. Me lleva mucho tiempo moverme por el bosque en la oscuridad, e incluso más tiempo encontrar mis provisiones.

Justo cuando veo al árbol que oculta nuestras cosas, escucho el clic distintivo del seguro de un gatillo detrás de mí.

Mis manos están en el aire antes de que el sujeto diga «Alto».

18

—Por haber interrumpido mi noche, os tocará la limpieza de las letrinas —Obi claramente no es un tipo al que le gusta madrugar y no le preocupa mucho ocultar que preferiría estar dormido que lidiar con nosotros.

—¿Qué quieres de nosotros? —pregunto—. Te dije que no matamos a esas personas.

Estamos de vuelta en donde habíamos comenzado: Raffe y yo amarrados en las sillas, dentro de lo que ya me gusta pensar que es nuestra habitación.

—No quiero nada con vosotros. Pero tampoco quiero que le digas a otros acerca de nuestros números, nuestra localización, nuestro arsenal. Ahora que habéis visto el campamento, no podemos dejaros ir hasta que nos movamos de aquí.

—¿Y en cuánto tiempo será eso?

—Falta poco —Obi se encoge de hombros—. No pasará mucho tiempo.

—No tenemos tiempo.

—Tendréis el tiempo que nosotros decidamos —dice Boden, el guardia que nos atrapó. O por lo menos ése es el nombre marcado en su uniforme. Claro, podría ser un uniforme que le quitó a un soldado muerto, que tenía el nombre inscrito—.

Haréis todo lo que el movimiento de resistencia os diga. Porque sin él, todos estaríamos condenados al infierno que esos ángeles hijos de p...

—Es suficiente, Jim —dice Obi. Noto cansancio en su voz. Supongo que el viejo Jim y varios de los otros soldados han repetido esas mismas líneas un millón de veces con el recelo de los recién convertidos—. Es verdad —continúa—, los fundadores de la resistencia nos advirtieron que este momento llegaría, nos dijeron a dónde ir para sobrevivir, nos unieron mientras el resto del mundo se desmoronaba. Le debemos todo a la resistencia. Es nuestra mejor esperanza para sobrevivir a esta masacre.

—¿Hay otros campamentos como éste? —pregunto.

—Es una red que está en todo el mundo, organizada en células. Apenas tenemos conocimiento unos de otros. Estamos tratando de organizarnos, de coordinarnos.

—Genial —dice Raffe—. ¿Eso quiere decir que nos tenemos que quedar hasta que olvidemos que hemos escuchado de este movimiento de resistencia?

—Al contrario, lo debéis divulgar —dice Obi—. Saber sobre la resistencia nos da esperanza y un sentido de comunidad. Todos lo necesitamos.

—¿No te preocupa que, una vez que se corra la voz, los ángeles los destruirán? —pregunto.

—Esos pichones no podrán con nosotros, incluso si nos envían a toda su bandada —resopla Boden. Su cara está roja y parece listo para una pelea—. Quiero ver que lo intenten —la forma intensa en que empuña su arma me pone nerviosa.

—Hemos tenido que detener a un buen número de personas aquí desde que comenzaron los ataques de los caníbales —dice Obi—. Sois los únicos que habéis logrado escapar. Podría haber un lugar para vosotros aquí. Un lugar con comida y con amigos, una vida con sentido y con propósito. En este momento estamos fragmentados. Nos tienen comiéndonos los unos a los otros. No podremos sobrevivir si estamos peleando entre nosotros y matándonos por unas latas de comida de perro.

Se acerca a nosotros y nos mira con sinceridad.

—Este campamento es tan sólo el comienzo y necesitamos que todos pongan de su parte, solamente así tendremos oportunidad de recuperar nuestro mundo de los ángeles. Podríamos usar a personas como vosotros. Personas con las habilidades y la determinación para convertirse en los grandes héroes de la humanidad.

—No pueden ser tan buenos —resuella Boden—. Estuvieron dando vueltas alrededor del campamento como dos capullos, ¿hasta qué punto son hábiles?

No me gusta la forma en que lo expresa, pero tiene razón cuando dice que fuimos atrapados por un idiota.

Al final resulta que no me toca limpiar la letrina. Sólo Raffe tiene ese dudoso honor. Yo acabo en la lavandería. No estoy segura de que sea mejor. Nunca había trabajado tan duro en toda mi vida. Sabes que el mundo ha llegado a su fin cuando el trabajo manual en Estados Unidos es más barato y más fácil que usar máquinas. Los hombres dejan asquerosos sus pantalones y demás ropa cuando están trabajando en el bosque. Y ni hablemos de su ropa interior.

Tengo bastantes momentos de asco en el transcurso del día. Pero aprendo algunas cosas de las otras lavanderas.

Después de un lapso largo de silencio incómodo, las mujeres comienzan a charlar. Un par de ellas están en el campamento desde hace pocos días. Parecen sorprendidas y aún desconfían de encontrarse ilesas. Hay algo de cautela en el modo en que mantienen sus voces bajas y sus ojos vigilando a su alrededor. Es una actitud que no me permite relajarme, incluso cuando comienzan a chismorrear.

Mientras trabajamos hasta rompernos el lomo —o, más precisamente, los brazos y la espalda— descubro que Obi es el favorito entre las mujeres. Y que Boden y sus amigos deben evitarse a toda costa. Obi está a cargo del campamento, pero no de todo el movimiento de resistencia. Aparentemente se corre la voz, entre las mujeres por lo menos, de que Obi sería un gran líder mundial de los luchadores de la libertad.

Me encanta la idea de un líder destinado a dirigirnos para salir de estos tiempos oscuros. Me encanta el romanticismo de formar parte de algo bueno, y justo, liderado por un grupo de personas destinadas a ser héroes.

El único problema es que esta no es mi pelea. Mi pelea es la de recuperar a mi hermana y tenerla sana y a salvo. Mi pelea consiste en cuidar que mi madre no se meta en problemas y guiarla hacia lugares seguros. Mi pelea consiste en alimentar y cuidar lo que queda de mi familia. Hasta que estas batallas queden permanentemente ganadas, no puedo darme el lujo de ver más allá, al cuadro mayor de guerras contra dioses y héroes románticos.

Mi pelea por el momento consiste en esforzarme por sacar las manchas de estas sábanas que son más grandes y más anchas que mi cuerpo. Nada le quita el romanticismo y la grandeza a la vida más que tallar las manchas de una sábana.

Una de las mujeres se preocupa por su esposo, de quien dice que «está jugando al soldado» aunque apenas se había movido de su escritorio de programador durante los últimos veinte años. También se preocupa por su mascota, que está en la perrera con el resto de los perros.

Resulta que la mayoría de los perros guardianes en realidad son las mascotas de las personas del campamento. Tratan de entrenarlos para convertirlos en los perros guardianes bravos y salvajes que persiguieron a Raffe, pero en realidad no han tenido tiempo para entrenarlos a todos. Además, han pasado sus vidas tan cuidados y protegidos, que aparentemente no es fácil convertirlos en asesinos salvajes cuando prefieren matarte a besos llenos de babas o perseguir ardillas.

Dolores me asegura que su perro, Motitas, es del tipo que te ataca a besos, y que la mayoría de los perros están en el paraíso perruno en el bosque. Asiento con la cabeza, comprendiendo más de lo que se imagina. Es por eso que los guardias no salen con perros. Es difícil patrullar mientras tu socio canino no deja de salir corriendo para perseguir algún roedor y ladra toda la noche. Gracias al cielo.

Casualmente, trato de dirigir la conversación para averiguar quién estará comiéndose a la gente en la carretera. Lo único que logro son miradas cautelosas y expresiones de temor. Una mujer se persigna. Logro matar toda la charla.

Cojo un par de pantalones mugrientos para sumergir en el agua sucia, y volvemos a trabajar en completo silencio.

Aunque Raffe y yo somos prisioneros aquí, nadie nos está vigilando. Es decir, nadie está específicamente asignado para vigilarnos. Todos saben que somos los nuevos y, como tales, todos nos vigilan.

Para evitar que se note que la herida de Raffe sana rápidamente, le pusimos dos vendas en la cabeza muy temprano por la mañana. Estábamos preparados para decir que las heridas en la cabeza sangran mucho, de modo que la herida en sí era más pequeña de lo que parecía la noche anterior, pero nadie preguntó. También revisé rápidamente sus vendas de la espalda. Había sangre con la forma de las coyunturas de sus alas. Seca pero inconfundible. No había nada que hacer.

Raffe cava una fosa donde están los inodoros portátiles, junto con otros hombres. Es uno de los pocos que todavía lleva puesta su camisa. Hay una banda seca alrededor de su pecho que delinea las vendas, pero nadie parece notarlo. Puedo ver la mugre en su camisa con ojo profesional y espero que alguien más termine lavándola.

El sol destella sobre algo brillante en el muro que los hombres construyen alrededor de las letrinas. Estoy ponderando la perfecta regularidad de las cajas rectangulares que usan para construir el muro cuando las reconozco. Son ordenadores. Los hombres están apilando ordenadores y los pegan con cemento para montar un muro.

—¿Qué te parece? —dice Dolores cuando ve lo que estoy mirando—. Mi esposo siempre llamó a sus aparatos electrónicos «ladrillos» cuando perdían su vigencia.

Vaya que perdieron su vigencia. Los ordenadores fueron el cénit de nuestra capacidad tecnológica y ahora los estamos usando como muros para letrinas, gracias a los ángeles.

Regreso a tallar un par de pantalones mugrientos en mi lavadero.

La hora del almuerzo tarda varias eternidades en llegar. Estoy a punto de ir a por Raffe cuando una mujer de cabello color miel y piernas largas se acerca a él. Todo en ella, su andar, su voz, la inclinación de su cabeza, invita a un hombre a acercarse más. Cambio mi rumbo y me voy directa al comedor, haciendo como que no los veo cuando caminan juntos a tomar su almuerzo.

Cojo un tazón de guisado de ciervo y una rebanada de pan y los devoro lo más rápido posible. Algunas personas a mi alrededor se quejan de tener que comer lo mismo todos los días, pero yo he comido los suficientes tallarines secos y comida de gato como para apreciar el sabor de la carne fresca y las verduras enlatadas.

Ahora sé, por mi sesión matutina de chismes, que una parte de la comida viene de las casas de los alrededores, pero que la mayoría viene de un almacén que la resistencia mantiene oculto. Por lo que se ve, la resistencia está haciendo un buen trabajo con su gente.

En cuanto termino de comer, busco a Obi. He querido rogarle todo el día que nos deje ir. Estas personas no parecen tan malas ahora que es de día, y quizá entiendan mi necesidad urgente de rescatar a mi hermana. Claro, no puedo detener a Raffe si quiere contarle al enemigo sobre este campamento, pero no puede decirles nada antes de llegar al nido, y quizá para entonces el campamento se habrá mudado a otra parte. Es una justificación tonta, pero a mí me basta.

Encuentro a Obi rodeado de hombres que mueven unas cajas de las habitaciones que estuve a punto de revisar la noche anterior. Dos hombres están subiendo cuidadosamente cada caja en una camioneta de carga.

Cuando uno de ellos pierde el equilibrio y una de las cajas resbala, todo el mundo se queda paralizado.

Como si se hubiera detenido el tiempo, todos se le quedan mirando al tipo que estuvo a punto de dejar caer la caja. Casi puedo oler el miedo.

Todos intercambian miradas, como si no pudieran creer que siguen aquí. Después de eso, continúan su traslado, caminando lento, de lado, como cangrejos, hacia la camioneta.

Supongo que lo que estaba guardado en esas habitaciones tenía más importancia que sólo carne de ciervo y algunas pistolas.

Trato de acercarme a hablar con Obi, pero un torso vestido de camuflaje bloquea mi paso. Cuando inclino la cabeza hacia arriba, el guardia que nos atrapó anoche, Boden, me está mirando fijamente.

—Regresa a tu lavado, mujer.

—¿Estás bromeando? ¿De qué siglo eres?

—De este siglo. Esta es la nueva realidad, primor. Acéptala antes de que tengas que tragártela —sus ojos se dirigen significativamente hacia mi boca—. Fuerte y profundamente.

Casi puedo oler la lujuria y la violencia que irradia.

Un punzón de terror se clava en mi pecho.

—Necesito hablar con Obi.

—Sí, tú y todas las otras chicas del campamento. Aquí tengo a tu Obi —pone su mano firmemente entre sus piernas y la sacude, como si estuviera saludando con su pene. Luego acerca su cara a la mía y mueve su lengua de manera obscena, tan cerca de mí que casi puedo sentir su saliva.

Una punzada de terror perfora mis pulmones y siento que me quedo sin aire. Pero el enfado que me inunda de repente es como un tsunami que toma posesión de cada célula de mi cuerpo.

He aquí la viva encarnación de lo que me tenía arrastrándome de coche en coche, escondiéndome y paralizándome ante el más mínimo sonido, corriendo entre las sombras como un animal, muerta de preocupación porque alguien como él me atrapara a mí, o a mi hermana, o a mi madre. He aquí la actitud arrogante que tuvo el descaro de robar a mi hermana, una dulce niña inofensiva. He aquí lo que literalmente me impide ir a rescatarla.

—¿Qué me has dicho? —la chica que fui, civilizada y educada, me obliga a darle al tipo una segunda oportunidad para explicarse.

—He dicho que...

Aplasto su nariz con la palma de mi mano. No lo golpeo con la fuerza de mi brazo. Lo golpeo con todo mi cuerpo, soltando la fuerza desde mis caderas, lanzando todo mi peso en el golpe.

Siento cómo la nariz se rompe bajo mi mano. Mejor aún, el tipo había comenzado a hacer ese gesto obsceno con su lengua otra vez, de modo que sus dientes la muerden mientras su cabeza se va hacia atrás con fuerza, salpicando sangre de su lengua cortada.

Claro, estoy enfurecida. Pero mis acciones no son completamente inconscientes. Regularmente abro la boca sin pensar, pero nunca comienzo una pelea sin consultar a mi cerebro. Supuse que ganaría esta pelea siempre y cuando yo diera el primer golpe. Tácticas de intimidación como la suya son comunes entre los *bullies*. El contrincante, más pequeño, más débil, supuestamente debe encogerse y huir.

Mis rápidos cálculos han ido así: es más o menos medio metro más alto y más ancho que yo, un soldado entrenado, y yo soy una chica. Si yo fuera un hombre, la gente nos dejaría pelear. Pero la gente tiende a pensar que cuando una chica golpea a un hombre grande y armado, debe ser en defensa propia. Con todos estos machos en los alrededores, calculé unos diez segundos antes de que alguien interrumpiera nuestra pelea.

De modo que, sin mucho daño, yo ganaría la pelea porque: uno, llamaría la atención de Obi, que es lo que quería hacer desde el principio; dos, humillaría al Cabeza de Chorlito mostrándole a todos que es un idiota que se dedica a intimidar a las mujeres y, tres, dejaría claro el mensaje de que yo no soy presa fácil.

Lo que no calculo es el daño que Boden puede hacer en diez segundos.

Se queda quieto unos momentos, asombrado y conteniendo su furia.

Luego, me asesta un puñetazo en la mandíbula, que siento como el golpe de una camioneta.

Después, se lanza sobre mí.

Caigo de espaldas, y trato desesperadamente de respirar a través de los arrebatos de dolor que siento en mis pulmones y en mi cara. Se sienta encima de mí y calculo que nos quedan dos segundos. Quizás un soldado caballeroso y veloz pueda ganarle a mis cálculos. Quizás Raffe ya dio un salto y me quitará a este gorila de encima.

Boden agarra el cuello de mi sudadera con un puño y levanta su otro puño para asestarme otro golpe. Muy bien, sólo necesito sobrevivir a este puñetazo, luego alguien tendrá que intervenir.

Cojo el dedo meñique de su mano en mi sudadera y lo giro lo más fuerte posible, doblándolo hacia atrás.

Es un dato poco conocido que hacia donde va el meñique, también va la mano, la muñeca, el brazo y el cuerpo. De lo contrario, algo se rompe en el camino. Él se dobla hacia atrás también, apretando los dientes de dolor y torciendo su cuerpo para seguir a su meñique.

En ese momento logro ver a las personas que nos rodean.

Estaba empezando a pensar que este campamento tenía a

los soldados más lentos de la historia. Pero estaba equivocada. Un número sorprendente de personas se acercaron a la pelea en tiempo récord. El único problema es que todos están actuando como chicos en el patio de la escuela: corrieron para ver la pelea en vez de detenerla.

Mi sorpresa me pasa factura. Boden encaja su codo en mi pecho derecho.

El dolor intenso casi me mata. Me encojo lo mejor que puedo, con noventa kilos de músculo encima de mí, pero eso no me protege de la bofetada que me propina.

Ahora agravia el al daño porque, si yo hubiera sido un hombre, me hubiera golpeado con el puño cerrado. Muy bien. Si sólo me abofetea y aun así me derrota, entonces comprobará que soy alguien a quien cualquiera puede avasallar.

¿Dónde está Raffe cuando lo necesito? De reojo, lo veo entre una multitud nebulosa de personas, con una expresión oscura. Escribe algo en un billete, luego se lo pasa a un tipo que está recogiendo dinero de todos los presentes.

Caigo en la cuenta de lo que está pasando. ¡Están haciendo apuestas!

Y lo que es peor, los pocos que me apoyan no lo hacen para que gane, lo hacen para que por lo menos pueda durar un minuto más. Aparentemente, nadie está apostando por mi triunfo, sólo apuestan para ver cuánto tiempo puedo durar.

¿Dónde se quedó la caballerosidad?

19

Mientras asimilo la escena, bloqueo dos golpes más, con Boden todavía sentado encima de mí. Mis antebrazos están recibiendo una paliza y a mis moretones les están saliendo moratones.

Sin un rescate posible a la vista, es momento de ponerme seria con la pelea. Levanto mi trasero y mis piernas del suelo como una gimnasta y rodeo con mis piernas el grueso cuello de Boden, enganchando mis tobillos en su garganta. Lanzo mi cuerpo hacia delante y empujo mis piernas hacia abajo.

Los ojos de Boden se abren mientras lo tiro hacia atrás.

Enroscados el uno con el otro, nos mecemos hacia adelante y hacia atrás. Él cae de espaldas con las piernas abiertas alrededor de mi cintura. De pronto, estoy parada encima de él con mis tobillos rodeando su garganta.

En el instante mismo que caemos, golpeo su entrepierna con los dos puños.

Ahora, es su turno de encogerse.

La multitud que vitoreaba ahora enmudece. El único sonido que escucho es el gemido de Boden. Suena como si tuviera problemas para respirar.

Sólo para asegurarme de que se quede así, doy un salto hacia atrás y lo pateo en la cara. Lo golpeo tan fuerte que su cuerpo gira en el suelo.

Me preparo para una segunda patada, esta vez en el estómago. Cuando eres lo suficientemente pequeña para ver desde abajo a todos los que te observan, no existe una pelea sucia. Ése es mi nuevo lema.

Antes de que pueda completar mi patada, alguien me agarra de las costillas, atrapándome los brazos. Mi corazón retumba por la adrenalina y casi estoy jadeando por mi sed de sangre. Pataleo y grito a quien me está deteniendo.

—Tranquila, tranquila —dice Obi—. Ya es suficiente —su voz es como terciopelo acariciando mis oídos, sus brazos como bandas de acero en mis costillas—. Shhh... relájate, ya terminó... has ganado.

Me conduce lejos del círculo y de la gente mientras me tranquiliza, sus brazos nunca dejan de aferrarse a mi cuerpo. Le lanzo una mirada condenadora a Raffe cuando consigo verlo. Pudieron haberme molido a golpes y lo único que él hubiera lamentado es perder una apuesta. Su gesto es inescrutable, sus músculos tensos, su rostro pálido como si se le hubiera secado toda la sangre.

—¿Dónde están mis ganancias? —pregunta Raffe. Me doy cuenta de que no me está hablando, aun cuando sus ojos están fijos en mí. Es como si quisiera asegurarse de que lo escucho igual que todos los demás.

—No has ganado —dice un tipo cerca de él. Suena feliz. Es el que recolectó todas las apuestas.

—¿Qué quieres decir? Mi apuesta fue la más cercana al resultado —gruñe Raffe. Sus manos están empuñadas mientras se acerca al tipo y parece estar listo para pelear.

—Oye, amigo, no apostaste a que ella ganaría. Estar cerca del resultado no cuenta...

Sus voces se desvanecen en el viento mientras Obi prácticamente me arrastra hasta el comedor. No sé qué es peor, que Raffe no saltó para defenderme o que apostó a que yo perdería.

El comedor es una enorme cabaña abierta con hileras de mesas y sillas plegadizas. Tomaría menos de media hora doblarlas todas para moverlas. Por todo lo que he visto, parece que el campamento está hecho para que puedan recoger sus cosas y mudarse en menos de una hora.

El sitio está vacío aunque hay bandejas con comida a medio comer en las mesas. Al parecer una pelea es algo que la gente no se pierde en este lugar. Obi deja de apretar sus brazos en mi cuerpo cuando nota que estoy relajada. Me guía hacia la mesa más cercana a la cocina, al fondo.

—Siéntate. Regreso en un momento.

Me siento en una silla plegadiza de metal, temblando por la adrenalina. Él se dirige al fondo de la cocina. Respiro con fuerza, para tranquilizarme y controlarme, hasta que Obi regresa con un botiquín de primeros auxilios y una bolsa de guisantes congelados.

—Ponla sobre tu mandíbula. Te ayudará con la inflamación.

Cojo la bolsa, observo la imagen familiar de los guisantes antes de ponerla cuidadosamente en mi mandíbula. El hecho de que tengan la capacidad de mantener comida congelada me impresiona más que todo el resto del campamento. Hay algo asombroso e inspirador en mantener algunos aspectos de la civilización cuando el resto del mundo está hundiéndose hacia una era de oscuridad.

Obi limpia la sangre y la mugre de mis rasguños. Son sólo eso, rasguños.

—Tu campamento apesta —digo. Los guisantes están adormeciendo mi mandíbula, de modo que parece que estoy balbuceando.

—Te pido disculpas —unta una pomada antibiótica en los rasguños de mis manos—. Hay tanta tensión y energía negativa que hemos tenido que admitir la necesidad de que nuestro equipo libere sus frustraciones. El truco es hacerlo bajo condiciones controladas.

—¿Llamas a eso una condición controlada?

Una media sonrisa ilumina su rostro.

—Estoy seguro de que Boden no lo pensó así —frota un poco más de pomada en mis nudillos—. Una de las concesiones que hicimos es que si surge una pelea, nadie interfiere hasta que haya un claro ganador o peligra la vida de alguien. Dejamos que la gente apueste sobre los resultados. Los ayuda a airearse, tanto a los que pelean como a los espectadores.

Adiós al sueño de mantener un trozo de civilización.

—Además —dice—, ayuda a reducir el número de peleas. La gente se las toma más en serio si saben que no hay nadie que los rescate y todo el campamento observa cada uno de sus movimientos.

—Entonces ¿todos conocían esa regla menos yo? ¿De que nadie tiene permitido interferir? —¿Raffe sabía esto? No es que eso lo hubiera detenido.

—La gente puede meterse si quiere, pero eso invita a alguien más del otro bando a sumarse para que siga siendo una pelea justa. Los que apuestan no querrían que de repente todo se incline hacia uno de los dos lados —esto descarta cualquier excusa de Raffe. Él pudo haberse metido; sólo hubiéramos tenido que pelear contra alguien más. Nada que no hayamos hecho antes.

—Lamento que nadie te haya explicado las reglas del juego —coloca una venda en mi codo sangrante—. Es sólo que nunca habíamos tenido a una mujer en una pelea —se encoge de hombros—. No lo esperábamos.

—Supongo que esto quiere decir que perdiste tu apuesta.

Suelta una sonrisa amarga.

—Yo sólo hago apuestas que involucran vidas y el futuro de la humanidad —sus hombros se dejan caer como si el peso que cargan fuera demasiado—. Hablando de eso, estuviste muy bien. Mejor de lo que cualquiera hubiera esperado. Podríamos usar a alguien como tú. Hay situaciones que una chica como tú podría controlar mejor que un pelotón entero de hombres —su sonrisa se torna infantil—. A menos que golpees a un ángel por hacerte enfadar.

—Eso no lo puedo prometer.

—Podemos trabajar en eso —se pone de pie—. Piénsalo.

—De hecho, trataba de acercarme a hablar contigo cuando ese gorila se interpuso en mi camino. Los ángeles secuestraron a mi hermana. Tienes que dejarme ir para buscarla. Juro que no diré absolutamente nada acerca de vosotros, ni de vuestra localización, ni de nada. Déjame ir, por favor.

—No puedo poner en peligro a todos aquí basándome en tu palabra. Únete a nosotros y podemos ayudarte a recuperarla.

—Cuando movilices a tus hombres será demasiado tarde. Sólo tiene siete años y está atada a una silla de ruedas —apenas logro sacar las palabras del nudo en mi garganta. No me atrevo a decir lo que ambos sabemos, que quizá ya sea demasiado tarde.

Él sacude la cabeza, parece consternado.

—Lo siento. Todos los que estamos aquí hemos tenido que enterrar a un ser querido. Únete a nosotros y haremos que esos desgraciados lo paguen caro.

—No tengo intenciones de enterrarla. Ella no ha muerto —las palabras saben a metal en mi boca—. Voy a encontrarla y la ayudaré a escapar.

—Por supuesto. No he querido decir que ella estuviera muerta —sí lo quiso decir y ambos lo sabemos. Pero simulo creer sus palabras bonitas. Como he escuchado a las madres de otras personas decir, ser bien educado es su propia recompensa—. Nos iremos pronto de aquí y podrás marcharte entonces, si así lo deseas. Espero que no lo hagas.

—¿Cuándo es pronto?

—No puedo revelar esa información. Todo lo que puedo decirte es que tenemos algo grande entre manos. Tú deberías ser parte de esto. Por tu hermana, por la humanidad, por todos nosotros.

Es bueno. Siento ganas de ponerme de pie y saludarlo mientras canturreo el himno nacional. Pero no creo que le gustara.

Por supuesto, yo soy del bando de los seres humanos. Pero tengo más responsabilidades de las que puedo soportar. Quiero ser una chica normal con una vida normal. Mi principal preocupación en la vida debería ser qué vestido ponerme para la fiesta de graduación, no cómo escapar de un campamento paramilitar para rescatar a mi hermana de una banda de ángeles crueles. No debería ser si debo o no unirme a un ejército de resistencia para derrotar la invasión de los ángeles y salvar a la humanidad. Conozco mis límites y esto va mucho más allá de ellos.

Me limito a asentir. Podrá hacer con ese gesto lo que desee. No esperaba que me dejara ir, pero tenía que intentarlo.

En cuanto sale por la puerta, regresa la multitud del almuerzo. Entiendo que hay una regla, explícita o implícita, de que cuando Obi habla con alguno de los contendientes, todos le otorgan privacidad. Me resulta interesante que me llevara al comedor durante la hora del almuerzo, haciendo que todos esperaran hasta que termináramos. Con eso envió un claro mensaje a todos en el campamento de que yo soy alguien importante.

Me levanto para salir con la frente en alto. Evito mirar a la gente para no tener que hablar con nadie. Camino con la bolsa de guisantes en la mano, lejos de mi rostro, para no llamar la atención hacia mis heridas. Como si la gente fuera a olvidar que yo era la de la pelea… Si Raffe se encuentra entre la multitud que va a almorzar, no lo veo. Es mejor así. Espero que haya perdido la discusión con el de las apuestas. Merece haberla perdido.

Apenas doy unos pasos hacia el área de lavandería cuando dos muchachos pelirrojos salen de detrás de un edificio. Si no fuera por las dos sonrisas genuinas de sus rostros, hubiera pensado que estaban a punto de meterme una emboscada.

Son gemelos idénticos. Ambos parecen maltrechos y estresados, con ropas sucias de civiles, pero eso no es inusual estos días. Sin duda yo me veo igual de maltrecha y estresada. Parecen apenas salidos de la adolescencia, altos y flacos y de ojos traviesos.

—Excelente trabajo, campeona —dice el primero.

—Pusiste al cretino de Jimmy Boden en su lugar —dice el segundo. Está radiante—. No le pudo haber pasado a nadie mejor.

Yo me quedo ahí parada, asintiendo. Mantengo una sonrisa plácida en mi cara, mientras sostengo los guisantes congelados contra mi mandíbula.

—Yo soy Tweedledee —dice uno.

—Yo soy Tweedledum —dice el otro—. La mayoría nos dice Dee-Dum a los dos, porque no pueden distinguir a uno del otro.

—¿Estáis bromeando, verdad? —sacuden la cabeza al unísono con sus sonrisas amigables idénticas. Parecen más dos espantapájaros mal alimentados que el par de regordetes de Tweedledee y Tweedledum que recuerdo de mi infancia—. ¿Por qué os hacéis llamar así?

Dee se encoge de hombros.

—Nuevo mundo, nuevos nombres —dice Dum—. Íbamos a ser Gog y Magog.

—Esos eran nuestros nombres en la red —dice Dum.

—¿Pero por qué habríamos de ser tan fatalistas? —se pregunta Dee.

—Era divertido ser Gog y Magog cuando la plaga del mundo era el consumismo y vivíamos en la simpleza suburbana —dice Dum—. Pero ahora...

—Ya no tanto —dice Dee—. La muerte y la destrucción son cosas tan demodé.

—Tan convencionales.

—Tan multitudinarias.

—Preferimos ser Tweedledee y Tweedledum.

Asiento de nuevo. ¿Qué otra respuesta puedo darles?

—Yo soy Penryn. Me llamaron así por una salida en la autopista interestatal 80.

—Súper —asienten como si entendieran lo que significa tener padres así.

—Todo el mundo habla de ti —dice Dum.

Eso no me gusta. La pelea no resultó en absoluto como la había planeado. Pero de todos modos, nada en mi vida ha salido como lo había planeado.

—Muy bien. Si no os importa, ahora iré a esconderme —levanto la bolsa de guisantes para saludarlos como si se tratara de un sombrero mientras trato de pasar en medio de ellos.

—Espera —dice Dee. Baja la voz hasta que se vuelve un susurro dramático—. Tenemos una propuesta de negocios para ti.

Hago una pausa y me detengo por pura educación. A menos que su propuesta incluya sacarme de aquí, no hay nada que ellos puedan decirme que me interese como negocio. Pero ya que no se mueven de mi camino, no tengo más opción que escucharlos.

—La gente te adora —dice Dum.

—¿Qué te parecería volver a hacerlo? —pregunta Dee—. Digamos, por un treinta por ciento de las ganancias.

—¿De qué estáis hablando? ¿Por qué arriesgaría mi vida por un mísero treinta por ciento de los beneficios? Además, el dinero no sirve para comprar nada estos días.

—Ah, es que no es dinero —dice Dum—. Sólo usamos dinero como un atajo para el valor relativo de la apuesta.

Su rostro se anima, como si estuviera genuinamente fascinado por la teoría detrás de las apuestas postapocalípticas.

—Pones tu nombre en la apuesta que haces, digamos, un billete de cinco dólares, y eso sólo le dice al corredor de apuestas que estás dispuesto a apostar algo de mayor valor que un dólar, pero menor que un billete de diez dólares. El corredor es el que decide quién obtiene qué y quién da qué. Alguien pierde una cuarta parte de sus raciones y obtiene tareas extra por una semana. O si gana, entonces obtiene las raciones de otro y alguien más limpia la letrina en su lugar durante una semana. ¿Lo entiendes?

—Lo entiendo. Y la respuesta sigue siendo no. Además, nadie garantiza que vaya a ganar.

—No —Dee me lanza una de esas exageradas sonrisas de vendedor de coches usados—. Estamos buscando la garantía de que perderás.

Rompo en carcajadas.

—¿Quieres que me deje ganar?

—¡Shhhhh! —Dee mira a su alrededor dramáticamente. Estamos parados bajo la sombra de los dos edificios y nadie parece notar que estamos ahí.

—Será grandioso —dice Dum. Sus ojos brillan maliciosamente—. Después de lo que le hiciste a Boden, las apuestas estarán tan a tu favor cuando pelees con Anita...

—¿Quieres que pelee con una chica? —me cruzo de brazos—. Sólo queréis ver una pelea de chicas, ¿no es así?

—No es solamente para nosotros —dice Dee, a la defensiva—. Será como un regalo para todo el campamento.

—Sí —dice Dum—. ¿Quién necesita la televisión cuando tienes toda esa agua y espuma de lavandería?

—Seguid soñando —paso entre ellos de un empujón.

—Te ayudaremos a escapar —dice Dee, con un canturreo.

Me detengo. Mi cerebro pasa por media docena de escenarios basados en lo que acaba de decir.

—Podemos conseguir las llaves de tu celda.

—Podemos distraer a los guardias.

—Podemos asegurarnos de que nadie revise si estás ahí hasta la mañana.

—Una pelea, es todo lo que pedimos.

Me doy la vuelta para mirarlos.

—¿Por qué os arriesgaríais a ser vistos como traidores por una simple pelea en el lodo?

—No tienes idea de cuánto arriesgaría por una buena pelea de lodo entre dos mujeres candentes.

—En realidad no es traición —dice Dum—. Obi te dejará ir de todos modos, es sólo una cuestión de tiempo. No buscamos prisioneros humanos. No representas un riesgo para nosotros, aunque él diga lo contrario.

—¿Por qué? —pregunto.

—Porque quiere reclutarte a ti y al tipo con el que llegaste. Obi es hijo único y no entiende la responsabilidad que sientes —dice Dee—. Piensa que si te quedas unos cuantos días te hará cambiar de parecer y te quedarás.

—Pero nosotros te entendemos. Unos cuantos días de cantar canciones patrióticas no te convencerán de abandonar a tu hermana —dice Dum.

—Tienes toda la razón, hermano —dice Dee.

Chocan los puños.

—Vaya que sí.

Los observo durante unos momentos. Sí lo entienden. Uno nunca abandonaría al otro. Creo que he encontrado unos aliados de verdad.

—¿En serio tengo que dar esa tonta pelea para que me ayudéis?

—Oh, sí —dice Dee—. Sin duda alguna —ambos me sonríen como niños traviesos.

—¿Cómo sabéis todo esto, sobre mi hermana, sobre lo que está pensando Obi?

—Es nuestro trabajo —dice Dum—. Algunos nos llaman Dee-Dum. Otros nos llaman los maestros espías —sube y baja las cejas teatralmente.

—Y bien, Maestro Espía Dee-Dum, ¿cuánto apostó mi amigo en la pelea? —no importa, pero quiero saberlo.

—Interesante —Dee arquea una ceja pensativamente—. De todas las cosas que pudiste habernos preguntado cuando te enteraste de que tenemos información, escogiste esa.

Mis mejillas se ruborizan a pesar de los guisantes congelados en mi mandíbula. Trato de no parecer como que quiero retractarme de la pregunta.

—¿Qué, estáis en babia? Decídmelo ya.

—Apostó a que durarías en el *ring* por lo menos siete minutos —Dum se frota su mejilla pecosa—. Todos creímos que estaba loco.

—No tan loco —dice Dee. Su sonrisa es tan inocente y catastrofista que casi puedo olvidar que vivimos en un mundo loco—. Debió apostar a que ganarías. Hubiera hecho una fortuna. Las probabilidades estaban en tu contra.

—Apuesto a que él hubiera derribado a Boden en dos minutos —dice Dum—. Ese tipo es enorme.

—En noventa segundos, fácil —dice Dee.

He visto pelear a Raffe. Mi apuesta sería diez segundos, suponiendo que Boden no llevara un rifle como lo hizo la noche que nos atrapó. Pero no lo digo. No me hace sentir bien que no tratara de ayudarme cuando estaba en un aprieto.

—Sacadnos de aquí esta noche y tendréis un trato —les digo.

—Esta noche es demasiado pronto —dice Dee.

—Quizás si nos prometes que le arrancarás la blusa a Anita… —Dum me lanza su sonrisa de niño travieso.

—No te pases de listo.

Dee sostiene un delgado estuche de piel y lo cuelga como un anzuelo frente a mi nariz.

—¿Qué me dices de un bono por romper su blusa?

Mis manos vuelan a mi bolsillo trasero, donde debería estar mi juego de ganzúas. Está vacío.

—¡Oye, eso es mío! —trato de agarrarlo pero desaparece de la mano de Dee. Ni siquiera lo vi moverse—. ¿Cómo lo has hecho?

—Ahora lo ves —dice Dum y saca a relucir el estuche. Cómo pasó de Dee a Dum, no tengo la menor idea. Están parados uno al lado del otro, pero de todos modos debí haber visto algo. Luego desaparece nuevamente—. Ahora no lo ves.

—Devolvedlo, ladrones inmundos. O lo devolvéis o no hay trato.

Dum dirige a Dee un gesto de payaso triste. Dee arquea una ceja y suspira. Me devuelve mi estuche de ganzúas. Esta vez estuve atenta para ver cómo lo hacían, pero no conseguí ver cómo pasaba de Dum a Dee.

—Esta noche, entonces —me dedican un par de sonrisas idénticas.

Sacudo la cabeza y me largo de ahí antes de que me roben más cosas.

20

Mi espalda truena, cruje y rechina cuando trato de ponerme de pie. Es de noche y mi día laboral está a punto de terminar. Apoyo mi mano en la parte baja de la espalda, mientras mi cuerpo se levanta lentamente. Me siento como una vieja bruja.

Mis manos acaban hinchadas y rojas después de un solo día de fregar ropa mugrienta en la tina de lavado. Había escuchado sobre manos resecas antes, pero nunca había sabido lo que significaba hasta ahora. Después de unos cuantos minutos de estar fuera del agua, mis palmas se cubren de grietas, como si alguien hubiera usado una navaja para rebanar mi piel. Es muy extraño ver tu mano toda cortada, demasiado seca para sangrar.

Cuando las otras lavanderas me ofrecieron un par de guantes amarillos de hule esta mañana, los rechacé, pensando que sólo las viejas remilgosas los usaban. Me lanzaron tales miradas de sabelotodo en ese momento que mi orgullo me impidió pedirlos más tarde en la hora del almuerzo.

Ahora empiezo a considerar acercarme con el único deje de humildad que cargo en mi cuerpo para pedir los guantes. Lo bueno es que no lo voy a hacer mañana.

Miro a mi alrededor y me pregunto quién es esa tal Anita que me atacará. Me molestaría mucho que ella esperara hasta el final de mi jornada. ¿Qué sentido tiene montar una pelea de chicas si no puedes siquiera librarte de una hora de trabajo?

Me tomo mi tiempo para estirarme. Levanto los brazos por encima de mi cabeza y arqueo la espalda lo más que puedo.

Me duele el cuello, me duele la espalda, me duelen los brazos y las manos, me duelen las piernas y los pies. Hasta los ojos me duelen. Mis músculos están gritando después de horas de movimiento repetitivo, o están tiesos por estar quietos durante horas. A este ritmo, no tendré que dejarme ganar: perderé la pelea aunque no lo quiera.

Finjo no ver a los hombres que acaban de terminar su trabajo en las letrinas. Caminan hacia nosotras mientras estiro mis piernas. Hay unos diez, incluido Raffe, que está hablando con los que vienen atrás en el grupo.

Cuando están sólo a unos pasos de distancia, comienzan a quitarse la ropa sucia. Lanzan sus camisas mugrientas, pantalones y calcetines a la pila de lavado. Algunas prendas son arrojadas al cesto de la basura. Raffe excavó la fosa en vez de trabajar la parte realmente tóxica de las letrinas, pero no todos tuvieron la misma suerte. Lo único que se dejan puesto son los calzoncillos.

Trato de no mirar a Raffe. Me doy cuenta de que tendrá que quitarse la camisa. Podría explicar las vendas debajo de su ropa, pero no hay manera de que explique las manchas de sangre que están exactamente donde habrían dos alas.

Estiro los brazos por encima de mi cabeza; trato de no parecer asustada. Aguanto la respiración, con la esperanza de que los hombres sigan su paso y no noten que Raffe se está quedando atrás.

Pero en vez de dirigirse a los edificios para darse una ducha, cogen la manguera que nosotras habíamos usado para llenar las tinas. Hacen fila para ducharse con la manguera. Podría darme de patadas por no haberme anticipado a esto. Primero se echan agua con la manguera. ¿Quién querría que los trabajadores de las letrinas se fueran directo a las duchas compartidas?

Le lanzo una mirada rápida a Raffe. Él se mantiene tranquilo, pero puedo notar, por cómo se desabotona muy lentamente la camisa, que él tampoco se esperaba esto.

Debió imaginar que podría escabullirse una vez que entraran al edificio, ya que en las duchas no podrían meterse todos al mismo tiempo. Pero no hay ninguna buena excusa para evitar esta parte de la rutina sin ser conspicuo.

Raffe termina de desabotonar su camisa y en vez de quitársela, lentamente se desabotona los pantalones. Todos a su alrededor ya se han quitado la ropa, y comienza a parecer sospechoso. Justo cuando me pregunto si deberíamos salir corriendo descaradamente, la solución a nuestro problema llega caminando con unas largas piernas bien torneadas.

La mujer que acompañó a Raffe al almuerzo avienta su cabello color miel mientras le ofrece una sonrisa.

Dee-Dum pasan a un lado, como si siguieran un guión.

—Vaya, ¡hola, Anita! —dicen con sorpresa casual. Sus voces son un poco más altas que de costumbre, como para asegurarse de que yo los escuche.

Anita los mira como si le hubieran escupido. He visto esa mirada miles de veces en los pasillos de la escuela, la que lanza la chica popular a alguno de los ñoños que tocan en la orquesta cuando se comporta demasiado amistosamente enfrente de su grupo de amigas. En cambio, mira a Raffe y su rostro se transforma con una sonrisa radiante. Pone la mano sobre su brazo cuando está a punto de quitarse los pantalones.

Es el pretexto que yo estaba esperando. Cojo una camisa mojada de la tina de agua sucia y se la lanzo.

Hace un ruido como de bofetada cuando golpea su cara, envolviéndose alrededor de su cabello. Su cabello perfecto escurre agua y espuma grisácea, y su rímel se corre mientras la prenda se desliza hacia el suelo. Emite un chillido agudo que hace que todo el mundo se gire hacia mí.

—Oh, cuánto lo siento —digo con voz melosa—. ¿No te ha gustado? Pensé que era lo que querías. Quiero decir, ¿por qué otra razón estarías toqueteando a mi hombre?

El pequeño grupo de personas que nos rodeaba crece en segundos. Oh, sí. Venid a ver el espectáculo. Raffe se desvanece entre la multitud, abotonándose discretamente la camisa. Parece más serio que en mi última pelea.

Los enormes ojos de Anita miran a Raffe, indefensos. Parece una gatita angustiada, perpleja y dolida. Pobre. Tengo mis dudas de si debería continuar con esto.

Luego me mira. Es asombroso lo rápido que puede cambiar una cara, dependiendo de la persona a quien esté mirando. Está furiosa. Mientras se acerca a mí, su enfado se transforma en cólera.

Es impresionante lo salvaje que puede verse una mujer bonita cuando se empeña en ello. O es muy buena actriz, o Dee y Dum son más manipuladores de lo que pensaba. Sospecho que Anita ni siquiera estaba enterada de la pelea. ¿Para qué compartir las ganancias? Quizá es incluso un asunto de venganza. Estoy segura de que esta no es la primera vez que ella se burla de Dee-Dum. Aunque ni por un segundo pienso que hirió sus sentimientos.

—¿Tú crees que cualquier cosa que hagas lograría que un hombre como él se gire a mirarte? —Anita me lanza la camisa de vuelta—. Ni siquiera un viejo cojo estaría interesado en ti.

Muy bien. Resulta que sí puedo hacerlo.

Me inclino un poco para asegurarme de que la camisa me golpee.

Y luego comenzamos a pelear en toda nuestra femenina gloria. Nos tiramos del cabello, nos abofeteamos el rostro, nos arrancamos las blusas, nos arañamos. Gritamos como dos animadoras que acaban de lanzarse a un charco con lodo.

Mientras damos tumbos en nuestro baile, caemos contra una tina de lavado. La tina se cae y derrama agua por todas partes.

Ella tropieza mientras me abraza y ambas caemos. Nuestros cuerpos se contorsionan mientras rodamos en el lodo alrededor de la lavandería.

Cuesta trabajo conservar la dignidad cuando alguien te está tirando del cabello. Es vergonzoso. Hago mi mejor esfuerzo para que parezca que estoy peleando de verdad.

El público enloquece, gritando y aplaudiendo. Puedo ver a los lejos a Dee-Dum mientras rodamos. Prácticamente están saltando de felicidad.

¿Cómo puedo dejar claro que he perdido la pelea? ¿Debería romper a llorar? ¿Caer en el lodo boca abajo y dejar que ella me arañe unas cuantas veces? No tengo la menor idea de cómo terminar esta pelea.

Mis ideas son interrumpidas abruptamente por un disparo.

Viene de alguien más allá de la multitud, pero está lo suficientemente cerca para que todos queden paralizados en silencio.

Se escuchan dos tiros en rápida sucesión.

Luego se escucha el eco de un grito en el bosque. Un grito muy humano, muy aterrorizado.

21

El viento se mueve en las copas de los árboles. La sangre palpita en mis oídos.

Durante unos cuantos segundos, todos miran hacia el crepúsculo con los ojos bien abiertos, esperando que la pesadilla cobrara vida. Luego, como si se hubiera dado un mandato, el caos explota en la multitud.

Los soldados corren hacia los árboles en dirección del grito, empuñando sus pistolas y rifles. Todos comienzan a hablar, algunos lloran. Unos corren hacia un lado, otros hacia el otro. Es un choque de ruido y confusión que llega al límite del pánico. Como los perros, los habitantes del campamento no están tan bien entrenados como Obi hubiera deseado.

Anita se levanta de encima de mí con los ojos desorbitados por el miedo. Sale corriendo hacia la multitud más grande, que huye en estampida hacia el comedor. Me pongo en pie, dividida entre querer ver lo que está sucediendo y esconderme en la seguridad relativa de las masas.

Raffe de pronto aparece a mi lado, susurrando.

—¿Dónde están las alas?

—¿El qué?

—¿Dónde las escondiste?

—En un árbol.

Suspira. Obviamente trata de ser paciente.

—¿Me puedes decir en cuál?

Apunto hacia el lugar desde donde surgió el grito, hacia donde el último de los soldados desaparece.

—¿Puedes decirme cómo encontrarlas, o necesitas indicarme el camino?

—Tendré que indicarte el camino.

—Entonces, vamos.

—¿Ahora?

—¿Se te ocurre un mejor momento?

Echo un vistazo a mi alrededor. Todos corren desordenadamente en busca de armas para luego esconderse en un edificio. Nadie nos mira. Nadie notará si desaparecemos en medio del caos.

Claro, no podemos olvidar que no sabemos qué es lo que está ocasionando el pánico.

Mis pensamientos seguramente se reflejan en mi cara porque Raffe dice:

—Dime o indícame el camino. Pero tiene que ser ahora.

El crepúsculo se desliza rápidamente hacia la oscuridad total a nuestro alrededor. Se me eriza la piel con la idea de adentrarnos en el bosque durante la noche, con aquello que hizo que un soldado armado gritara de aquella forma.

Pero no puedo dejar que Raffe huya sin mí. Asiento.

Nos metemos entre las sombras crecientes en busca del camino más cercano al bosque. Avanzamos de puntillas, medio corriendo entre los árboles.

Escuchamos una sucesión rápida de disparos, uno tras otro. Varias pistolas se disparan simultáneamente en el bosque. Quizá esta no sea la mejor idea.

Y si es que no estoy lo suficientemente asustada, se escucha el eco de gritos a través de la noche que se aproxima.

Para cuando llegamos al área donde está el árbol-escondite, el bosque está en silencio. Ni un solo crujido, ni pájaros ni ardillas interrumpen el silencio. La luz se está desvaneciendo, pero todavía hay suficiente para mostrarnos la matanza.

Una docena de soldados habían corrido hacia el lugar del grito. Ahora sólo hay cinco en pie.

El resto se encuentran dispersos en el suelo, como muñecos rotos arrojados por un niño enfadado. Y como muñecos rotos, les faltan partes del cuerpo. Un brazo, una pierna, una cabeza. Las coyunturas arrancadas están rasgadas y sangrientas.

La sangre salpica todo: los árboles, la tierra, los soldados. La luz que se desvanece opaca el color de la sangre, haciéndola parecer aceite que escurre entre las ramas.

Los soldados restantes están parados en un círculo con sus rifles apuntando hacia afuera.

Me confunde el ángulo en que apuntan sus rifles. No apuntan ni al frente ni hacia arriba, como lo harían contra un enemigo que anduviera a pie o volando en el aire. Ni tampoco apuntan hacia el suelo, como harían si no tuvieran necesidad de disparar.

En cambio, apuntan hacia algo bajo, como si dirigieran sus cañones a algo que les llega a la cintura. ¿Un león montañés? Hay algunos leones montañeses en estas colinas, aunque es raro encontrarse con uno. Pero los leones montañeses no hacen este tipo de matanzas. ¿Podrían ser perros salvajes? Tampoco cuadra. Parece un ataque despiadado y homicida más que una cacería por comida o una pelea defensiva.

Recuerdo cuando Raffe mencionó la posibilidad de que fueran niños los que atacaron a esa familia en la carretera.

Pero descarto la idea casi en cuanto la formulo. Unos soldados armados jamás estarían así de asustados por una pandilla de niños, sin importar lo feroces que sean.

Los sobrevivientes parecen aterrorizados, como si lo único que contuviera su pánico fuera un miedo paralizante. Cómo empuñan sus rifles, con los nudillos blancos; cómo aprietan sus codos contra sus cuerpos, como si quisieran evitar que sus armas temblaran; cómo se mueven, hombro con hombro, como un banco de peces que se aglomera cuando se acerca un depredador.

Nada en este mundo podría causar tanto miedo. Va más allá del miedo al daño físico, hacia el ámbito de lo mental y lo espiritual. Como el miedo a perder la razón, a perder el alma.

Siento un escalofrío mientras observo a los soldados. El miedo es contagioso. Quizás es algo que ha evolucionado desde nuestros días primigenios, cuando las posibilidades de supervivencia eran mejores si captabas el miedo de tus compañeros sin perder tiempo en discutirlo. O quizás siento algo directamente. Algo horripilante que mi cerebro primitivo reconoce.

Mi estómago se revuelve y trata de rechazar sus contenidos. Los trago de vuelta, sin hacer caso del ardor ácido en mi garganta.

Nos agachamos detrás de un gran árbol, fuera de la vista de los soldados. Miro a Raffe, en cuclillas a mi lado. Mira hacia todos lados menos hacia los soldados, como si ellos fueran lo único en este bosque de lo que no tenemos que preocuparnos. Me sentiría mejor si no pareciera tan inquieto.

¿Qué podría asustar a un ángel que es más fuerte, más rápido y que tiene los sentidos más agudos que un ser humano?

Los soldados se mueven. La forma del círculo cambia para convertirse en una lágrima.

Los hombres exudan nerviosismo mientras se retiran lentamente hacia el campamento. Lo que sea que los atacó ya se fue. O por lo menos, eso piensan ellos.

Mis instintos no están convencidos. Creo que no todos los soldados están convencidos tampoco, porque se ponen tan frenéticos que el más mínimo sonido podría ser suficiente para que abran fuego, rociando balas en la oscuridad.

La temperatura baja drásticamente y la blusa mojada se me pega al cuerpo como una capa de hielo. Sin embargo, gruesas gotas de sudor escurren por mi rostro, se aglomeran en mis axilas. Cuando veo a los soldados retirarse es como si se cerrara la puerta de un sótano, apagando la única luz en la casa y abandonándome sola en una oscuridad repleta de monstruos. Cada músculo en mi cuerpo me pide a gritos que corra detrás de los soldados. Todos mis instintos se activan para no ser el pececillo solitario que se separa de su banco.

Miro a Raffe, esperando que me transmita algo de seguridad. Está en alerta total: su cuerpo está tenso, sus ojos revisan el bosque, sus oídos están avispados.

—¿Dónde están? —su susurro es tan bajo que estoy leyendo sus labios más que escuchando sus palabras.

Al principio, supuse que se refería a los monstruos que causaron estos daños. Pero antes de que pueda preguntarle cómo demonios lo sabría yo, me doy cuenta de que pregunta dónde están escondidas las alas. Apunto hacia enfrente, donde estaban los soldados.

Silenciosamente corre hacia el otro lado del círculo de destrucción, ignorando la masacre. Corro de puntillas detrás de él, ansiosa por no quedarme sola en el bosque.

Me cuesta mucho trabajo ignorar los miembros de cuerpos. No hay suficientes cuerpos y miembros como para dar cuenta de todos los hombres desaparecidos. Con suerte, algunos salieron huyendo y por eso hay menos hombres de los que debería. Me resbalo con la sangre en medio de la masacre pero logro mantenerme en pie antes de caer. La idea de caer de cara en un montón de intestinos humanos me impulsa a seguir avanzando sin tropezar hasta llegar al otro lado.

Raffe está parado en medio de los árboles, buscando el que tiene el hueco. Le lleva algunos minutos encontrarlo. Cuando saca las alas envueltas en la manta, la tensión de su cuerpo se disuelve. Abraza el bulto con todo su cuerpo de manera protectora.

Me mira y hay suficiente luz para que yo pueda ver que susurra «gracias». Parece ser nuestro destino, estar continuamente pasándonos la deuda el uno al otro.

Me pregunto cuánto tiempo tiene que pasar antes de que sea demasiado tarde para pegar las alas a su espalda. Si fuera humano, ya habríamos pasado hace mucho la fecha de caducidad. Pero quién sabe cómo sea con los ángeles. Si los ángeles cirujanos o magos o lo que sea logran pegarlas otra vez, me pregunto si seguirán siendo útiles o solamente decorativas, del mismo modo en que un ojo de vidrio sirve sólo para que la gente te pueda ver a la cara sin estremecerse.

Un viento frío revolotea en mi cabello, acaricia mi nuca como dedos de hielo. El bosque es una masa de sombras cambiantes. El golpe de las ramas suena como miles de víboras siseando sobre mi cabeza. Miro hacia arriba, sólo para asegurarme de que en realidad no sean serpientes. Todo lo que veo son secuoyas amenazadoras bajo el cielo ennegrecido.

Raffe toca mi brazo. Doy un salto por el susto, pero logro guardar silencio. Me pasa mi mochila. Se queda con las alas y la espada.

Asiente en dirección al campamento y camina hacia él, siguiendo a los soldados. No entiendo por qué quiere regresar cuando deberíamos correr en dirección contraria. Pero el bosque me tiene tan asustada que no tengo intención de caminar sola, ni tampoco de romper el silencio. Me pongo la mochila y lo sigo.

Me quedo lo más cerca posible de Raffe antes de tener que explicarle por qué casi lo estoy abrazando. Llegamos al margen del bosque.

El campamento está silencioso bajo la sombra jaspeada de la luna, debajo del follaje. No hay luces encendidas en las ventanas, aunque observando con más detenimiento, puedo detectar un brillo de metal asomándose en algunas de las ventanas. Me pregunto a cuántos soldados armados con rifles han entrenado para buscar sus blancos a través de las ventanas.

No envidio a Obi, que tiene que mantener el orden en esos edificios. Estoy segura de que el pánico en lugares confinados debe ser bastante horrendo.

Raffe se inclina para decirme algo y lo susurra tan bajito que apenas puedo escucharlo.

—Yo vigilo desde aquí que regreses segura al edificio. Anda, ve.

Lo miro atónita, sintiéndome estúpida, trato de encontrarle sentido a lo que me acaba de decir.

—Pero ¿qué pasará contigo?

Sacude la cabeza. Se muestra reacio, pero eso no me sirve de nada.

—Estás más segura aquí. Y estás más segura sin mí. Si todavía tienes intenciones de encontrar a tu hermana, dirígete a San Francisco. Ahí encontrarás el nido.

Me está dejando. Me está dejando en el campamento de Obi mientras él se dirige al nido.

—No.

«Te necesito», casi le digo.

—Yo te salvé. Tienes una deuda conmigo.

—Escúchame. Estás más segura sola que conmigo. Esto no ha sido accidental, este tipo de desenlace... —hace un gesto en dirección a la masacre—. Le sucede mucho a mis acompañantes —pasa una mano por su cabello—. Ha pasado tanto tiempo desde que tenía a alguien que me cuidara las espaldas... me engañé a mí mismo y creí... que las cosas podrían ser distintas. ¿Me entiendes?

—No —mi negativa es más un rechazo a lo que me está diciendo que una respuesta a su pregunta.

Me mira a los ojos con intensidad.

Aguanto la respiración.

Puedo jurar que está memorizándome, como si su cámara mental estuviera disparando, capturándome en este momento. Incluso inhala profundamente, como si se estuviera llenando de mi aroma.

Pero el momento pasa y él mira hacia otro lado y me deja preguntándome si lo imaginé.

Luego se da la vuelta y se funde con la oscuridad.

Cuando me animo a dar un paso en su dirección, su forma se ha fundido completamente con las sombras más oscuras. Quiero llamarlo pero no me atrevo a hacer ruido.

La oscuridad me envuelve. Mi corazón da martillazos en mi pecho, me pide que corra, corra, corra.

No puedo creer que me abandonó. Sola en la oscuridad con un monstruo demoníaco en los alrededores.

Aprieto mis puños, me entierro las uñas en la piel para poder concentrarme. No hay tiempo para compadecerme de mí misma. Tengo que concentrarme si voy a sobrevivir lo suficiente para salvar a Paige.

El lugar más seguro para pasar la noche es el campamento. Pero si corro hacia el campamento, no me dejarán ir hasta que estén listos para moverse a otra parte. Eso podría llevar días, semanas. Paige no tiene semanas. Lo que sea que están haciendo con ella, lo hacen en estos precisos instantes. Ya he gastado mucho tiempo.

Por otro lado, ¿cuáles son mis opciones? ¿Correr hacia el bosque? ¿A oscuras? ¿Sola? ¿Con un monstruo que despedazó a media docena de hombres armados?

Ansiosamente, presiono a mi cerebro para que piense en una tercera opción. Pero no obtengo nada.

He titubeado suficiente. Ser encontrada por el monstruo, mientras estoy parada e inmovilizada por la indecisión es la manera más estúpida de morir que pueda imaginar. De modo que debo elegir ¿espada o pared?

Me preparo para apartar la sensación que crepita a mis espaldas. Respiro larga y profundamente, exhalo, con la esperanza de que me tranquilice. No funciona.

Doy la espalda al campamento y me sumerjo en el bosque.

22

No puedo evitar mirar hacia atrás para asegurarme de que no hay necesidad de preocuparme por algo que me ataque por la espalda. No es que un monstruo capaz de despedazar a un grupo de hombres armados se tomaría la molestia de atacarme con sigilo. Me pregunto por qué no hemos evolucionado para tener ojos detrás de la cabeza...

Mientras más penetro en el bosque, más me envuelve la oscuridad. Me digo a mí misma que esto no es un suicidio. Los bosques están llenos de criaturas vivas —ardillas, pájaros, venados, conejos— y el monstruo no puede matarlos a todos. De modo que mis posibilidades de estar dentro de la mayoría de los seres vivos en el bosque que sobrevivirán a la noche son bastante buenas. ¿Verdad?

Me muevo por instinto en este negro bosque, con la esperanza de dirigirme hacia el norte. Tras un lapso corto comienzo a tener serias dudas sobre la dirección que estoy tomando. Leí en alguna parte que cuando las personas están perdidas sin remedio, tienden a caminar en círculos grandes. ¿Qué pasaría si camino por el rumbo equivocado?

Las dudas erosionan mi razón y puedo sentir el pánico en mi pecho otra vez.

Me doy a mí misma una bofetada mental. Este no es momento para perder los estribos. Me prometo a mí misma que me dejaré entrar en pánico cuando esté sana y salva, escondida en una casa bonita con una cocina bien abastecida con Paige y mi madre.

Sí, cómo no. La idea casi me hace sonreír. Es posible que esté perdiendo la razón.

Siento amenazas en cada crujido y en cada sombra cambiante, detrás de cada pájaro que emprende el vuelo y en cada ardilla que salta de rama en rama.

Después de lo que parecen horas de caminar por los senderos del bosque en la oscuridad, una de las sombras se mueve desde un árbol, como muchas ramas movidas por el viento. Sólo que esta vez, se sigue moviendo, alejándose del árbol. Se separa de la masa mayor de sombras, luego se funde en otras.

Me detengo.

Pudo haber sido un ciervo. Pero las patas de la sombra no se movían como las de un venado. Parece algo que camina sobre dos pies. O más precisamente, varios «algos» que caminan en dos pies.

Mi corazonada resulta cierta cuando las sombras se dispersan, rodeándome. Odio tener siempre la razón.

Entonces ¿qué se para en dos patas, mide un metro de altura y gruñe como una jauría de perros? Es difícil pensar en algo más que los cuerpos esparcidos en el suelo del bosque.

Una sombra se lanza hacia mí tan rápidamente que sólo veo una imagen borrosa en la oscuridad. Algo me golpea el brazo. Doy un paso atrás, pero lo que haya sido ya no está ahí.

Las otras sombras se mueven. Algunas se desplazan hacia delante y hacia atrás, parecen en ebullición. Algo me golpea en el otro brazo antes de que pueda registrar que otra sombra se ha lanzado hacia mí.

Me tambaleo mientras doy un paso atrás.

Nuestro vecino Justin solía tener una colección de dentaduras de piraña, tan afiladas como agujas, colocadas sobre la repisa de la chimenea. Nos dijo una vez que estos peces, carnívoros y en ocasiones incluso caníbales, en realidad son muy tímidos y normalmente golpean a su presa antes de atacarla, ganando confianza mientras los otros miembros del grupo hacen lo mismo. Esto me resulta terroríficamente parecido.

El coro de gruñidos crece. Suena como una mezcla de gruñidos animales y quejidos humanos bastante perturbadores.

Otro golpe. Esta vez, un dolor agudo se encaja en mi muslo, como si me hubieran dado un navajazo. Me estremezco mientras la sangre se escurre alrededor de la herida.

Luego me golpean dos veces, en rápida sucesión. ¿Acaso es la sangre la que los está volviendo locos?

Otro golpea mi muñeca. Esta vez suelto un grito.

Esto no ha sido sólo un rápido corte. Es prolongado, si acaso se puede decir que una sombra que te ataca se prolonga. El ardor me azota un segundo después de que me doy cuenta de que he sido... ¿mordida? Seguramente tendría menos miedo si tan sólo pudiera ver qué son. Hay algo particularmente terrorífico en no ser capaz de ver lo que te está atacando.

Respiro tan fuerte que podría estar gritando.

23

Detecto otro movimiento por el rabillo del ojo. Ni siquiera tengo tiempo de prepararme para otro golpe cuando Raffe está parado frente a mí. Sus músculos están tensos, y sostiene su espada mientras enfrenta a las sombras enfurecidas. Ni siquiera percibí el crujido de las hojas cuando se acercó. En un segundo no estaba ahí, al siguiente segundo, ahí está.

—Corre, Penryn.

No necesito otra invitación. Corro.

Pero no corro lejos. Probablemente no es mi movimiento más inteligente. No puedo evitarlo. Me quedo parada, titubeante, detrás de un árbol, para observar a Raffe pelear contra los demonios.

Ahora que sé lo que estoy buscando, puedo detectar que hay como media docena de ellos. Indudablemente corren sobre dos patas. Indudablemente son de estatura baja. Y no todos son del mismo tamaño. Uno es por lo menos un palmo más grande que el más bajo. Otro parece ser bastante gordo.

Sus formas pequeñas podrían ser humanas o de ángel, aunque no se mueven como ninguno de los dos. Cuando se impulsan con todas sus fuerzas, sus movimientos son fluidos, como si ese fuera su ritmo natural. Estas cosas definitivamente no son humanas. Quizá sean un engendro terrible de ángeles. Recuerdo que los querubines siempre son dibujados como niños.

Raffe atrapa a uno que intenta escabullirse por un lado. Los otros dos estaban a punto de embestirlo pero se detuvieron cuando vieron cómo Raffe rebanó al pequeño demonio.

Comienza a emitir un chillido horrendo mientras se retuerce en el suelo.

Los otros dos no parecen intimidarse y se abalanzan sobre Raffe para hacer su rutina de golpearlo y correr para que pierda el equilibrio. Supongo que no pasará mucho tiempo antes de que comiencen a morderlo o pincharlo o lo que sea que hagan.

—¡Raffe, detrás de ti!

Agarro la piedra más cercana y me tomo medio segundo para apuntar. Soy conocida por dar en el blanco cuando juego a los dardos, pero también soy conocida por no atinarle ni siquiera a la diana. No apuntar bien en estas circunstancias significa pegarle a Raffe.

Aguanto la respiración, apunto a la sombra más cercana, y arrojo la piedra con todas mis fuerzas.

¡Di en el blanco!

La piedra se estrella en una sombra, deteniéndola en seco. Es casi gracioso ver cómo el demonio más bajito casi da una pirueta en el aire antes de caer. Raffe no necesita saber que yo le estaba apuntando al otro.

Raffe da una estocada brutal con su espada, partiendo el pecho de un demonio.

—¡Te dije que corrieras!

Qué poco agradecido. Me agacho y cojo otra piedra. Es puntiaguda y tan pesada que apenas puedo levantarla. Puede que esté siendo demasiado voraz, pero de todos modos se la aviento a uno de los demonios. Claro, la piedra cae como a un metro de la pelea.

Esta vez, busco una piedra más pequeña y aerodinámica. Cuido de no estar muy cerca del círculo de pelea, y los demonios bajitos me lo permiten. Supongo que estas piedras que les lanzo ni siquiera las registran en su radar. Apunto bien hacia otra sombra, luego la lanzo con todas mis fuerzas.

Golpea a Raffe en la espalda.

Debió haberle golpeado en su herida, porque él se tambalea hacia enfrente, luego se detiene justo enfrente de dos demonios.

Su espada está abajo, casi lo suficiente como para hacer que tropiece, y pierde el equilibrio mientras los enfrenta. Me trago el corazón, empujándolo desde mi garganta de vuelta a mi pecho.

Raffe logra levantar la espada. Pero no tiene tiempo para detenerlos antes de que lo muerdan.

Raffe suelta un gemido. Mi estómago se encoge, compartiendo el dolor.

Luego, algo extraño ocurre. Bueno, más extraño de lo que está sucediendo. Los demonios bajitos escupen y hacen unos ruidos de asco. Escupen como si quisieran sacarse el mal sabor de boca. Cómo quisiera verles el rostro. Estoy segura que están haciendo gestos de asco.

Raffe suelta otro gemido cuanto el tercero lo muerde en la espalda. Logra golpearlo para que lo suelte después de varios intentos. Éste hace un sonido como de ahogo y también escupe ruidosamente.

Las sombras retroceden. Luego, se funden en la oscuridad del bosque.

Antes de que pueda comprender lo que acababa de ocurrir,

Raffe hace algo igual de extraño. En vez de declarar victoria y salir vivo de la pelea, como cualquier sobreviviente en su sano juicio, decide perseguirlos.

—¡Raffe!

Lo único que escucho son los gritos moribundos de los demonios. Los sonidos son tan espeluznantemente humanos que me dan escalofríos. Supongo que todos los animales suenan así al morir.

Luego, tan rápido como comenzó, el último grito se desvanece en la oscuridad.

Me quedo sola, estremeciéndome, en la oscuridad. Doy un par de pasos hacia donde Raffe había desaparecido, luego me detengo. ¿Qué se supone que debo hacer ahora?

El viento sopla fuerte y enfría el sudor en mi piel. Después de un rato, hasta el viento se tranquiliza y todo está en silencio. No estoy segura si debo correr para tratar de encontrar a Raffe, o si huir de todo. Recuerdo que se supone que debo ir en busca de Paige, y mantenerme viva hasta rescatarla es una buena meta. Comienzo a temblar, pero no es de frío. Deben ser los efectos posteriores de la pelea.

Mis oídos se esfuerzan por escuchar algo. Aceptaría cualquier cosa, incluso un gruñido de dolor por parte de Raffe. Por lo menos sabría que está vivo.

El viento mueve las copas de los árboles y azota mi cabello.

Estoy a punto de darme por vencida y dirigirme de nuevo a los árboles oscuros en su búsqueda, cuando el sonido de las hojas crujiendo en el suelo se vuelve más fuerte. Podría ser un ciervo. Doy un paso hacia atrás de donde proviene el sonido. Podrían ser los demonios, regresando a terminar lo que comenzaron.

Las ramas se mueven mientras algo las atraviesa. Una sombra con la forma de Raffe entra en el claro.

Siento un alivio en todo el cuerpo. Se relajan músculos que ni siquiera me había dado cuenta de que estaban tensos.

Corro hacia él. Estoy a punto de darle un fuerte abrazo, pero él retrocede. Estoy segura de que incluso un hombre como él —es decir, un no-hombre— puede sentir lo reconfortante que es un abrazo después de una pelea de vida o muerte. Pero aparentemente, no lo quiere. No de mi parte, al menos.

Me detengo justo enfrente de él y dejo caer mis brazos, incómoda. Mi gusto por verlo, sin embargo, no desaparece por completo.

—Entonces... ¿los has matado?

Asiente. Sangre oscura gotea de su cabello como si lo hubieran rociado. La sangre le empapa los brazos y el abdomen. Su camisa está rota del pecho y parece que lo hirieron un poco. Tengo el impulso de preocuparme por él, pero me detengo.

—¿Estás bien? —es una pregunta estúpida, porque de todos modos no hay mucho que pueda hacer por él en caso de que no estuviera bien, pero de todos modos la balbuceo.

Suelta un bufido.

—Aparte de ser casi derribado por una roca, sobreviviré.

—Lo siento —me siento muy mal por eso, pero no tiene caso insistir en el tema.

—La próxima vez que tengas una discusión conmigo, te agradecería si pudiéramos hablarlo primero, antes de que comiences a lanzarme piedras.

—Ya, ya, está bien —le digo entre dientes—. Qué civilizado eres.

—Sí, así soy yo. Civilizado —se sacude la sangre de una mano—. ¿Estás bien?

Asiento. No hay manera posible de retroceder con gracia

después de mi fallido intento de abrazarlo, de modo que ahora estamos incómodamente cerca uno del otro. Supongo que él opina lo mismo, pues me pasa de lado para dirigirse al claro abierto. Debe haber estar bloqueando el viento porque siento frío cuando se aleja. Aspira profundo, como si quisiera aclarar su mente y exhala lentamente.

—¿Qué demonios eran esas cosas?

—No estoy seguro —limpia la espada con su camisa.

—No eran de tu especie, ¿o sí?

—No —desliza la espada de nuevo en su funda.

—Bueno, tampoco eran de la mía. ¿Hay una tercera opción?

—Siempre hay una tercera opción.

—¿Algo como pequeño demonios malignos? ¿Incluso más malignos que los ángeles?

—Los ángeles no son malignos.

—Ajá, sí. ¿Cómo se me metió esa loca idea a la cabeza? Ah, espera. Quizá surgió de aquel asunto de atacar y destruir el mundo que comenzasteis no hace mucho.

Se dirige de vuelta al bosque por el otro extremo del claro. Camino deprisa detrás de él.

—¿Por qué perseguiste a esas cosas? —le pregunto—. Podríamos haber estado lejos antes de que cambiaran de opinión y regresaran a por nosotros.

—Son demasiado cercanas a algo que no debería existir —responde sin girarse—. Si dejas ir a algo semejante a ellos, algún día volverán a por ti. Créeme, lo sé.

Acelera el paso. Corro para seguirlo de cerca, prácticamente colgándome a él. No quiero volver a estar sola en la oscuridad. Me mira de soslayo.

—Ni lo pienses —digo—. Me voy a pegar a ti como una lapa, por lo menos hasta que sea de día.

Me resisto a alcanzarlo y agarrarlo de la camisa para guiarme en la oscuridad.

—¿Cómo has dado conmigo tan rápido? —le pregunto. Deben haber pasado sólo unos segundos desde el momento que grité hasta el momento en que llegó.

Raffe sigue avanzando en su camino por el bosque.

Abro la boca para repetir la pregunta pero él responde antes.

—Te estaba rastreando.

Me detengo, sorprendida. Él sigue su paso, de modo que tengo que correr para asegurarme de alcanzarlo de nuevo. Todo tipo de preguntas flotan en mi cabeza pero no tiene caso hacerlas todas. Le planteo una pregunta simple.

—¿Por qué?

—Te dije que me aseguraría de que regresaras al campamento a salvo.

—Yo no iba de vuelta al campamento.

—Eso lo noté.

—También dijiste que me llevarías al nido de los ángeles. ¿Dejarme sola aquí en la oscuridad era tu manera de llevarme hacia allí?

—Era mi idea de invitarte a que fueras sensata y regresaras al campamento. Aparentemente, la sensatez no forma parte de tu vocabulario. Y de todos modos, ¿de qué te quejas? Estoy aquí, ¿o no?

Era difícil discutir con eso. Me salvó la vida. Caminamos en silencio un tiempo mientras pensaba un poco.

—Entonces… tu sangre debe tener un sabor horrible, como para que ahuyentaras a esas cosas —digo.

—Sí, eso fue un poco extraño, ¿verdad?

—¿Un poco extraño? Yo diría que fue algo sacado de Bizarrolandia.

Hace una pausa y da la vuelta para mirarme.

—¿En qué idioma estás hablando?

Abro mi boca para darle una respuesta astuta pero me interrumpe.

—Mantengámonos en silencio, ¿quieres? Puede que haya más de esos monstruos por aquí.

Eso me cierra la boca.

Siento un arrebato de cansancio, quizá una cosa postraumática o algo así.

Supongo que tener compañía en medio de la oscuridad, incluso si se trata de un ángel, es lo mejor que puedo pedir esta noche. Además, por primera vez desde que comencé esta expedición de pesadilla por el bosque, no tengo que preocuparme de ir en la dirección indicada. Raffe camina en línea recta con mucha seguridad. Nunca titubea, sutilmente ajusta nuestra ruta aquí y allá cuando tenemos que rodear algún desfiladero o pradera.

No cuestiono si sabe a dónde se dirige. La ilusión de que es así es suficiente para mí. Quizás los ángeles tienen un sentido de ubicación similar al de las aves. ¿Acaso no saben siempre hacia dónde migrar y cómo regresar a sus nidos, incluso cuando no pueden verlos? O quizás es sólo mi desesperación inventando historias para hacerme sentir mejor, como una versión mental de silbar en la oscuridad.

Rápidamente me siento perdida y exhausta al borde del delirio. Después de unas horas de marcha ardua por el bosque en plena noche, comienzo a preguntarme si Raffe es quizás un ángel caído que me lleva al infierno. Quizás, cuando finalmente lleguemos al nido, descubriré que en realidad es una cueva, llena de fuego y azufre, con personas ensartadas en varillas y asándose. Por lo menos, eso explicaría algunas cosas.

Apenas logro notar cuando nos conduce a una casa encla-
vada en el bosque. Para entonces yo soy un zombi caminante.
Pasamos por encima de cristales rotos y un animal huye des-
pavorido, desapareciendo entre las sombras. Raffe encuentra
una habitación. Me quita la mochila de los hombros y me
empuja delicadamente hacia la cama.

El mundo se desvanece en el instante que mi cabeza toca
la almohada.

Sueño que peleo nuevamente entre las tinas de la lavandería
del campamento. Estamos cubiertas con la espuma de lavado.
Mi cabello está chorreando y mi ropa está pegada a mi cuerpo. Anita me tira del cabello y grita.

La gente está demasiado cerca, apenas nos dan espacio
para pelear. Sus rostros están contorsionados, muestran demasiado los dientes y demasiado blanco alrededor de los ojos.
Gritan cosas como «¡Rómpele la camisa!» o «¡Arráncale el
sujetador!» Un tipo grita: «¡Bésala! ¡Bésala!».

Rodamos hasta chocar contra una de las tinas y la derri-
bamos. Pero en vez de agua de ropa sucia, se derrama sangre por todas partes. Es tibia y color carmesí, y me cubre por
completo. Todos nos detenemos y vemos la sangre que sale
derramada de la tina. Una cantidad imposible de sangre fluye
como un río interminable.

La ropa lavada flota encima. Camisas y pantalones empa-
pados de sangre, vacíos y arrugados, perdidos y sin alma sin
los cuerpos que las visten.

Escorpiones del tamaño de ratas de las cloacas navegan
las islas de ropa enrojecida. Tienen aguijones enormes con
gotas de sangre en sus puntas. Cuando nos ven, encorvan sus
colas y abren sus alas, amenazadores. Estoy segura de que los

escorpiones no tienen alas, pero no tengo tiempo para pensar en eso porque alguien grita y apunta hacia algo que está en el cielo.

A través del horizonte, el cielo oscurece. Una nube oscura y creciente tapa el sol del atardecer. Un zumbido bajo, como el batido de un millón de alas de insectos, llena el aire.

El viento comienza a correr y rápidamente crece hasta adquirir la fuerza de un huracán, mientras la nube agitada y su sombra vuelan hacia nosotros. La gente corre en medio del pánico, sus rostros perdidos e inocentes, como niños asustados.

Los escorpiones emprenden el vuelo. Se congregan y se llevan a alguien de la multitud. Alguien pequeño y con las piernas delgadas e inmóviles.

—¡Penryn! —grita ella.

—¡Paige! —doy un salto y corro hacia ellos. Emprendo una carrera ciega a través de la sangre, que ahora llega hasta los tobillos y sigue subiendo.

Pero no importa lo rápido que corra, no puedo acercarme más a ella, mientras los monstruos se llevan a mi hermanita y la conducen a esa oscuridad que se aproxima.

24

Cuando abro los ojos, la luz del sol atraviesa la ventana. Estoy sola, en lo que alguna vez fue una hermosa habitación con techos altos y ventanas arqueadas. El primer pensamiento que llega a mi mente es que Raffe me ha abandonado una vez más. El pánico se acumula en mi estómago. Pero es de día, y puedo conducirme sin problemas con la luz del sol, ¿no es así? Y sé cómo dirigirme a San Francisco, si es que debo creer a Raffe. Le concedo una probabilidad del cincuenta por ciento.

Salgo de la habitación, bajo las escaleras hacia el pasillo, y entro a la sala. Con cada paso, elimino los restos de mi pesadilla, dejándola atrás en la oscuridad, donde pertenece.

Raffe está sentado en el suelo, empaquetando mi mochila. El sol de la mañana acaricia su cabello, acentuando los mechones de color caoba y miel ocultos debajo del color negro. Los hombros de mis músculos se relajan, se libera la tensión en cuanto lo veo. Él se gira para mirarme con sus ojos más azules que nunca bajo la suave luz.

Nos miramos el uno al otro sin decirnos nada. Me pregunto qué observa él, mientras me mira bajo los rayos dorados del sol que se filtra por las ventanas.

Aparto mi vista primero. Mis ojos revisan la habitación, esforzándose por encontrar algo que me distraiga, y caen en una hilera de fotografías colocadas en la repisa de la chimenea. Me acerco a ellas, para poder tener algo que hacer, más allá de estar parada incómodamente bajo su escrutinio.

Hay una fotografía de familia, con mamá, papá y tres niños. Están parados en una pista de esquí, juntos y felices. Otra fotografía muestra un campo deportivo con el hijo mayor con un uniforme de fútbol americano chocando las manos con su padre. Cojo una de las fotos, la que muestra a la hija con su vestido de baile de graduación, sonriendo a la cámara, con un chico guapo vestido de esmoquin.

La última fotografía es un primer plano del hijo menor, colgado boca abajo en la rama de un árbol. Su cabello flota debajo de él y su sonrisa traviesa revela que le faltan dos dientes.

La familia perfecta en la casa perfecta. Miro a mi alrededor, a lo que debió ser una casa hermosa. Una de las ventanas está rota y la lluvia ha manchado el suelo de madera en un gran semicírculo frente a ella. No somos los primeros visitantes, como lo evidencian las envolturas de golosinas tiradas alrededor.

Mis ojos se desvían de vuelta a Raffe. Sigue mirándome con esos ojos indescifrables.

Pongo la fotografía de vuelta en su lugar.

—¿Qué hora es?

—Mediodía —vuelve a hurgar en mi mochila.

—¿Qué estás haciendo?

—Me deshago de cosas que no necesitamos. Obadiah tenía razón, debemos montar mejor nuestros equipajes —arroja una olla al suelo. Rebota un par de veces antes de quedarse quieta.

—El lugar no tiene comida. Incluso robaron las últimas

sobras —dice—. Pero hay agua potable —levanta dos botellas llenas de agua. Encontró una mochila verde para él, pone una botella dentro. La otra la coloca en mi mochila.

—¿Quieres algo para desayunar? —sacude la bolsa de comida de gato que llevaba en mi mochila.

Tomo un puñado de croquetas de camino al baño. Me muero por darme una ducha pero me siento demasiado vulnerable al quitarme la ropa y enjabonarme, así que me conformo con limpiarme como puedo con una toalla. Por lo menos puedo lavarme la cara y cepillarme los dientes. Me recojo el cabello y me pongo una gorra negra.

Este será otro largo día, y esta vez caminaremos bajo la luz del sol. Mis pies están hinchados y cansados, y hubiera deseado dormir sin las botas puestas. Pero entiendo por qué Raffe decidió no quitármelas, y se lo agradezco. No hubiera llegado muy lejos sin mis botas en caso de que hubiéramos tenido que huir hacia el bosque.

Cuando salgo del baño, Raffe está listo para irnos. Su cabello está mojado y escurre sobre sus hombros, su rostro ya no tiene sangre. Dudo que se haya duchado, pero está fresco, mucho más fresco de lo que me siento yo.

No hay ni una cicatriz ni herida visible en él. Se ha cambiado los pantalones ensangrentados de ayer, y ahora lleva unos pantalones de combate que le sientan muy bien a las curvas de su cuerpo. También encontró una camisa de manga larga de un color muy similar al de sus ojos. Le queda un poco apretada de los hombros y un poco floja en su torso, pero le queda bien de todas formas.

Cojo un suéter y unos pantalones del guardarropa. Tengo que enrollarme las mangas y las piernas de los pantalones, pero me quedan suficientemente bien.

Mientras salimos de la casa, me pregunto cómo le irá a mi madre. Una parte de mí se preocupa por ella, otra parte de mí está feliz porque me deshice de ella, y toda yo me siento culpable por no poder cuidarla mejor. Es como una gata salvaje herida. Nadie puede cuidarla sin ponerla en una jaula. Ella odiaría eso, y yo también. Sólo espero que haya podido mantenerse alejada de la gente. Tanto por su bien como el de los otros.

Mi mochila es mucho más ligera. No tenemos nada para acampar en el exterior, pero me siento mejor al saber que puedo correr más rápido. También me siento mejor por tener una nueva navaja de bolsillo colgada de mi cinturón. Raffe la encontró en alguna parte y me la dio poco antes de salir. Yo encontré un par de cuchillos para cortar carne y los coloqué en mis botas. Quien sea que haya vivido aquí, le gustaba bastante comer carne. Son unos cuchillos alemanes de primera calidad, hechos de buen metal. Después de tocar uno de estos, no quiero volver a usar el típico cuchillo dentado de hojalata con mango de madera.

Es un día hermoso. El cielo es de un azul vívido por encima de las secuoyas y el aire es fresco y agradable.

Sin embargo, la sensación de tranquilidad no me dura mucho. Mi mente pronto se llena de preocupaciones sobre lo que andará merodeando en el bosque, y si los hombres de Obi nos estarán buscando. Mientras caminamos por la ladera, puedo ver en algunas partes la brecha en el bosque donde debe estar la carretera, a nuestra izquierda.

Raffe se detiene enfrente de mí. Sigo su ejemplo y contengo la respiración. Luego lo escucho.

Alguien llora. No es el lamento descorazonado de alguien que acaba de perder a un miembro de la familia. He escuchado suficientes de estos llantos en las últimas semanas como para reconocer el sonido. No hay asombro ni negación en este llanto, sólo una tristeza pura, y el dolor de aceptarla como una acompañante para toda la vida.

Raffe y yo intercambiamos miradas. ¿Qué es más seguro? ¿Subir por el camino para evitar a la persona en duelo, o quedarse en el bosque y arriesgarnos a un encuentro con él o ella? Probablemente esto último. Raffe debe pensarlo también, porque se gira y prosigue su camino en el bosque.

Un momento más tarde, vemos a las niñas.

Están colgadas de un árbol. No cuelgan de una soga, sino de cuerdas amarradas debajo de sus brazos y alrededor de sus pechos.

Una niña parece ser de la edad de Paige y la otra un par de años mayor. Tendrían alrededor de siete y nueve años respectivamente. La mano de la niña mayor sigue aferrada al vestido de la más pequeña, como si todavía intentara cuidarla para que no sufra daño.

Visten lo que parece ser un juego de vestidos a rayas. Es difícil distinguirlos porque el estampado está cubierto de sangre. La mayor parte de la tela ha sido arrancada y deshilachada. Lo que sea que masticó sus piernas y torsos se llenó antes de llegar a sus pechos. O estaba demasiado lejos del suelo como para alcanzarlas.

Lo peor de todo son sus expresiones de tortura. Estaban vivas cuando se las comieron.

Me doblo por la mitad y vomito las croquetas hasta que no escupo más que aire.

Todo este tiempo, un hombre de mediana edad con lentes de pasta gruesa llora debajo de las niñas. Es un tipo flacucho, de los que seguramente se sentaron solos en el comedor de la escuela durante toda su adolescencia. Todo su cuerpo tiembla con los sollozos. Una mujer con los ojos hinchados envuelve sus brazos alrededor de él.

—Fue un accidente —dice la mujer, pasando su mano por la espalda del hombre, tranquilizándolo.

—Esto no fue un accidente —dijo el hombre.

—No quisimos hacerlo.

—Eso no quiere decir que estuviera bien.

—Claro que no estuvo bien —dice ella—. Pero vamos a superarlo. Todos nosotros.

—¿Quién es peor? ¿Él o nosotros?

—No es su culpa —dice ella—. No puede evitarlo. Él es la víctima, no el monstruo.

—Tenemos que acabar con él —dice el hombre. Se le escapa otro sollozo.

—¿Te das por vencido así como así? —la expresión de la mujer se vuelve feroz. Da unos pasos atrás.

Él parece aún más triste, ahora que ya no puede apoyarse en ella. Pero el odio endurece su cuerpo. Lanza sus brazos hacia las niñas colgadas.

—¡Le dimos de comer a estas niñas!

—Él está enfermo, eso es todo —dice ella—. Lo único que necesitamos es curarlo.

—¿Cómo? —se agacha para mirarla intensamente a los ojos—. ¿Qué vamos a hacer, llevarlo al hospital?

Ella le pone las manos en el rostro.

—Cuando lo tengamos de vuelta, sabremos lo que hay que hacer. Confía en mí.

Él se da la vuelta.

—Hemos ido demasiado lejos. Ya no es nuestro niño. Es un monstruo. Todos nos hemos convertido en monstruos.

Ella levanta la mano y le da una bofetada. El golpe de la palma en su mejilla suena como un disparo.

Siguen discutiendo, ignorándonos por completo, como si cualquier peligro que nosotros representáramos fuera tan irrelevante comparado con lo que tienen que lidiar que ni siquiera vale la pena gastar energía. No estoy segura de lo que dicen exactamente, pero unas oscuras sospechas entran en mi mente.

Raffe me coge del codo y me dirige cuesta abajo, alrededor de las personas enloquecidas y las niñas medio devoradas y colgadas grotescamente del árbol.

El ácido en mi estómago se revuelve y amenaza con salir de nuevo. Pero trago a la fuerza y obligo a mis pies a seguirlo.

Mantengo mi mirada en el suelo, hacia los pies de Raffe, trato de no pensar en lo que había allá arriba. Detecto un vago aroma que me aprieta en el estómago con cierta familiaridad. Veo a mi alrededor, trato de identificar de dónde viene. Es la peste sulfúrica de huevos podridos. Mi nariz me lleva a un par de huevos anidados en las hojas muertas. Están rotos en varias partes y puedo ver la yema café en su interior. La mancha de un rosado desvanecido aún se nota en el cascarón, alguien lo pintó hace mucho tiempo.

Miro cuesta arriba. Desde aquí, tengo una vista perfecta de las niñas colgadas entre los árboles.

Ya sea que mi madre puso los huevos aquí como un talismán protector para nosotros, o si está jugando el tipo de fantasía que los periódicos hubieran encabezado como «El diablo me hizo hacerlo», nunca lo sabré. Ambas son igualmente posibles ahora que ella está sin sus medicamentos.

Mi estómago se revuelve y tengo que doblarme de nuevo para soltar un vómito seco.

Una mano cálida toca mi hombro y me pone una botella de agua enfrente. Doy un trago, remojo mi boca y luego la escupo. El agua cae en los huevos, moviéndolos un poco con la fuerza de mi expulsión. Un huevo suelta la yema oscura hacia un lado, como si fuera sangre seca. El otro tiembla y cae por la colina hasta que choca con la raíz de un árbol.

Un brazo cálido rodea mi hombro y me ayuda a ponerme de pie.

—Anda, vamos —dice Raffe.

Nos alejamos de los huevos rotos y las niñas colgadas.

Me apoyo en él hasta que me doy cuenta de que lo estoy haciendo. Me echo abruptamente hacia atrás. No tengo el lujo de apoyarme en la fuerza de otra persona, mucho menos en la de un ángel.

Mi hombro se siente frío y vulnerable una vez que su calidez desaparece.

Me muerdo el interior de la mejilla para obligarme a sentir otra cosa.

25

—¿Qué piensas que estaban haciendo? —pregunto. Raffe se encoge de hombros.

—¿Crees que estaban alimentando a los demonios?

—Puede ser.

—¿Por qué lo harían?

—Yo me he dado por vencido en tratar de entender a los humanos.

—No todos somos así —le digo. No sé por qué tengo que justificar nuestro comportamiento ante un ángel.

Él sólo me mira con superioridad y sigue caminando.

—Si nos hubieras visto antes de los ataques, lo sabrías —digo testarudamente.

—Lo sé —dice sin girarse.

—¿Cómo lo sabes?

—Veía la televisión.

Suelto una carcajada. Luego, me doy cuenta de que no lo ha dicho en broma.

—¿En serio?

—¿No es lo que hacen todos?

Supongo que sí. Estaba en el aire, gratis. Lo único que tenían que hacer era sintonizar la señal para saber todo sobre nosotros. Aunque la televisión no era exactamente un manifiesto de la realidad, por lo menos reflejaba nuestras más grandes esperanzas y nuestros más grandes temores. Me pregunto qué pensarán de nosotros los ángeles, si es que acaso piensan en nosotros.

Me pregunto qué hace Raffe en su tiempo libre, más allá de ver la televisión. Es difícil imaginarlo sentado en su sillón después de un duro día de guerra, viendo programas de televisión sobre seres humanos para relajarse. ¿Cómo es su vida diaria?

—¿Estás casado? —Inmediatamente me arrepiento de haber hecho esa pregunta, ya que me hace construir una imagen de él con una esposa ángel dolorosamente bella, con pequeños querubines revoloteando en una finca con pilares griegos.

Se detiene y me mira como si hubiera dicho algo completamente inapropiado.

—No dejes que mi apariencia te engañe, Penryn. No soy humano. Las Hijas del Hombre están prohibidas para los ángeles.

—¿Y qué hay de las Hijas de la Mujer? —Intento una sonrisa burlona pero es inútil.

—Esto es algo serio. ¿No sabes nada sobre historia de las religiones?

Lo poco que sé sobre religión lo aprendí de mi madre. Pienso en todas las veces que parecía poseída y hablaba en idiomas raros en mitad de la noche en mi habitación. Entró tantas veces mientras dormía que adquirí el hábito de dormir con la espalda hacia la pared para poder verla venir sin que ella supiera que yo estaba despierta.

Se sentaba en el suelo junto a mi cama, meciéndose en una especie de estado de trance, aferrándose a su Biblia y hablando en idiomas incomprensibles durante horas. Los sonidos guturales y sin sentido tenían la cadencia de un cántico furioso. O de una maldición.

Cosas que son realmente espeluznantes mientras estás acostada en la oscuridad, casi dormida. Hasta ahí llega mi educación religiosa.

—Eh, no —le respondo—. Creo que no sé mucho sobre historia de las religiones.

—Un grupo de ángeles llamados los Vigilantes estuvieron instalados en la Tierra para observar a los humanos —comienza a caminar nuevamente—. Con el paso del tiempo, comenzaron a sentirse solos y tomaron a mujeres como esposas, aun cuando sabían que no debían hacerlo. Sus hijos fueron llamados Nephilim. Eran abominables. Se alimentaban de seres humanos, bebían su sangre y aterrorizaban la Tierra. Por eso, los Vigilantes fueron condenados a la Fosa hasta el Día del Juicio Final.

Da varios pasos en silencio, como si se preguntara si debiera contarme más. Yo no digo nada, esperando escuchar un poco más. Me interesa todo del mundo de los ángeles, aunque se trate de historia antigua.

El silencio es pesado como un telón. Percibo que hay algo más de lo que me está contando.

—¿Y entonces? —lo incito—. En pocas palabras, ¿los ángeles no tienen permitido juntarse con los humanos? De lo contrario ¿están condenados?

—Exacto.

—Qué fuerte —me sorprende que puedo sentir compasión por los ángeles, aunque sólo sea de los que formaron parte de la historia antigua.

—Si piensas que eso es fuerte, deberías haber visto el castigo que recibieron las esposas.

Es casi como si me invitara a preguntar. Es mi oportunidad para averiguar más. Pero no quiero saber cuál es el castigo para una mujer que se enamorara de un ángel. En vez de eso, me concentro en observar cómo la hierba seca cruje bajo mis pies mientras caminamos.

El Boulevard Skyline termina abruptamente en la carretera 92 y seguimos por la autopista 280 hacia el norte, hacia la antes sobrepoblada zona al sur de San Francisco. Esta es una arteria principal hacia el interior de la ciudad, de modo que no debería ser extraordinario escuchar un vehículo cruzar por el camino que hay debajo de nosotros. Pero lo es.

Ha pasado casi un mes desde que escuché un vehículo. Hay bastantes coches que funcionan, bastante combustible, pero no sabía que todavía existían vías libres para transitar. Nos escondemos entre los matorrales y revisamos la carretera. El viento atraviesa mi abrigo y algunos mechones de cabello se desprenden de mi cola de caballo.

Debajo de nosotros, una camioneta Hummer color negro serpentea, siguiendo un sendero liberado de coches atascados. Se detiene unos momentos. Si apagara el motor, no sería muy distinto de los otros miles de coches abandonados en las calles. Mientras se movía, podía ver el camino de coches desplazados que parecía seguir. Pero ahora, puedo ver que el sendero está astutamente trazado para ocultar el hecho de que se trata de un camino.

Ahora que la Hummer se ha parado, el sendero está bloqueado y sería muy difícil ver el camino a menos que lo conocieras. Ahora es sólo uno entre un mar de coches vacíos, y el sendero sólo un patrón azaroso de brechas en medio de un laberinto infinito. Desde el suelo, seguramente podrías ver al conductor y los pasajeros, pero desde el aire, jamás podrías notarlo. Estos tipos se están escondiendo de los ángeles.

—Los hombres de Obi —dice Raffe, llegando a la misma conclusión a la que yo he llegado—. Muy astuto —dice, con algo de respeto en la voz.

Sí, es astuto. Los caminos son la manera más directa de llegar a cualquier parte. La Hummer apaga el motor y desaparece de la escena. Un momento después, Raffe apunta hacia arriba. Unas pequeñas motas marcan el cielo antes completamente azul. Las motas se mueven con rapidez y pronto se convierten en un escuadrón de ángeles que vuelan en forma de V. Se mueven al ras de la autopista como si estuvieran al acecho de alguna presa.

Aguanto la respiración y me escondo lo más posible en el matorral, preguntándome si Raffe llamará su atención. Otra vez me doy cuenta de lo poco que sé sobre los ángeles. Ni siquiera puedo adivinar si Raffe es amigo de este nuevo grupo. ¿Cómo podría distinguir si son hostiles o no?

Si logro infiltrarme en la madriguera de los ángeles pronto, ¿cómo encontraré a los que se llevaron a Paige? Si supiera algo acerca de ellos, sus nombres o la identificación de su unidad, tendría algo con qué comenzar. Sin saberlo, supuse que los ángeles son una comunidad pequeña, quizá un poco más grande que el campamento de Obi. Vagamente imaginé que, siempre y cuando pudiera encontrar el nido, podría espiarlo y deducir qué hacer desde ahí.

Por primera vez se me ocurre que podría ser mucho más grande. Lo suficiente para que Raffe no fuera capaz de identificar si estos ángeles son amigos o enemigos. Lo suficientemente grande para que hubieran formado facciones asesinas en sus filas. Si caminara en un campamento del tamaño de un ejército romano, ¿podría descubrir dónde tienen a Paige y escapar con ella de ese lugar?

A mi lado, los músculos de Raffe se relajan y se aplasta contra el suelo. Ha decidido no llamar la atención de los ángeles. No sé si esto significa que los ha identificado como ángeles hostiles o si simplemente no ha podido identificarlos.

Sea lo que sea, me indica que sus enemigos son peores que los riesgos que toma en tierra. Si pudiera encontrarse con ángeles amistosos, podrían llevarlo a donde fuera que necesitara ir, y recibiría atención médica mucho más pronto. La amenaza debe ser muy grande para desaprovechar esta oportunidad.

Los ángeles giran y pasan por encima del mar de coches, como si husmearan el aire en busca de sus presas.

Apenas puedo encontrar la Hummer nuevamente, aunque vi dónde se había detenido. Los hombres de Obi saben camuflarse.

Me pregunto qué misión los hace arriesgarse a ser atrapados en el camino. No podemos ser nosotros. No vale la pena el riesgo, por lo menos, no que ellos sepan. Entonces deben pensar que hay algo importante cerca o en la ciudad. ¿Están en una misión de reconocimiento?

Lo que fuera que los ángeles buscaban, no lo encuentran. Ascienden de nuevo y desaparecen en el horizonte. El aire debe afectar su sentido del oído. Tal vez por eso es tan fino en un principio.

Dejo escapar un suspiro de alivio. La Hummer arranca y recomienza su serpenteo hacia el norte de la ciudad.

—¿Cómo han sabido que los ángeles los estaban buscando? —pregunta Raffe en voz baja.

Yo me encojo de hombros. Podría lanzar algunas conjeturas, pero no quiero compartirlas con él. Somos monos inteligentes, especialmente cuando se trata de supervivencia. Y Silicon Valley tiene a algunos de los monos más inteligentes e innovadores en el mundo. Incluso si tuve que escapar del campamento de Obi, siento un atisbo de orgullo por lo que nuestro lado está haciendo.

Raffe me mira detenidamente y me pregunto si de lo que pienso se nota en mi cara.

—¿Por qué no los has llamado? —le pregunto.

Ahora es su turno de encogerse de hombros.

—Podrías haber recibido atención médica antes de que caiga la tarde —le digo.

Se levanta del suelo de un salto y se sacude la ropa.

—Sí. O podría entregarme de vuelta a mis enemigos.

Comienza a caminar en la misma dirección que el sendero. Sigo sus pasos.

—¿Los has reconocido? —trato de mantener un tono indiferente. Cómo desearía preguntarle directamente cuántos son, pero esa no es una pregunta que él pudiera responder sin traicionar secretos militares.

Sacude la cabeza sin decir nada.

—¿No, no has reconocido quiénes eran? ¿O no, no los has visto lo suficientemente bien para reconocerlos?

Hace una pausa para coger el resto de la comida de gato de su bolso.

—Toma. Por favor, métetelo en la boca. Puedes quedarte con mi parte.

A eso llegó mi búsqueda de información. Supongo que jamás seré una gran espía como Tweedledee y Tweedledum.

26

—¿**P**uedes conducir una de esas cosas? —me pregunta, apuntando hacia el camino.

—Sí —digo lentamente.

—Vamos —comienza a caminar cuesta abajo rumbo al sendero.

—Hmmm… ¿no será peligroso?

—Es poco probable que haya dos unidades volando en la misma dirección a una hora de distancia entre una y otra. Una vez que estemos en el sendero, estaremos más seguros de los monos que podamos encontrar en el camino. Pensarán que somos gente de Obi, demasiado bien armados y bien alimentados como para atacarnos.

—No somos monos —¿no acabo de pensar yo misma que somos monos inteligentes? ¿Por qué me molesta cuando él dice que lo somos?

Me ignora y sigue su camino.

¿Qué esperaba? ¿Una disculpa? Lo dejo pasar y lo sigo hasta la autopista.

En cuanto pisamos el asfalto, Raffe me agarra del brazo y se oculta detrás de una camioneta. Me pongo en cuclillas a su lado y hago un esfuerzo por oír lo que él escucha. Después de un minuto, escucho un vehículo aproximarse. ¿Otro? ¿Qué posibilidades hay de que otro vehículo cruce casualmente por el mismo camino después del primero?

Ahora es una camioneta negra con una lona que cubre la caja. Lo que sea que carga en la parte trasera es grande, voluminoso e intimidante, por una razón que no alcanzo a comprender. Se parece mucho a la camioneta que llenaban con explosivos ayer. Pasa por nuestro lado, lenta y segura rumbo a la ciudad.

Una caravana. Es una caravana bien espaciada, pero apuesto el contenido de mi mochila a que hay más coches adelante y atrás. Se han espaciado para que se note menos. La Hummer probablemente sabía de los ángeles que sobrevolaban la zona porque recibieron aviso de los vehículos que van delante. Incluso si el primer vehículo es atacado, el resto de la caravana estará bien. Mi respeto por el grupo de Obi sube de nivel.

Cuando se desvanece el sonido del motor, nos ponemos en pie y comenzamos a buscar nuestro vehículo. Prefiero conducir un coche económico de bajo perfil, que no haga mucho ruido y no se quede sin combustible. Pero ese es el último tipo de coche que conducirían los hombres de Obi, de manera que buscamos entre la variedad de camionetas todoterreno que hay a nuestro alrededor.

La mayoría de los coches no tienen las llaves dentro. Hasta en el fin del mundo, donde una caja de galletas vale más que un Mercedes Benz, las personas se siguieron llevando las llaves cuando abandonaron sus coches. Supongo que fue por costumbre.

Después de inspeccionar una media docena de coches, encontramos una todoterreno negra con ventanas polarizadas y las llaves en el asiento del conductor. Este conductor debió sacar las llaves por costumbre y luego se lo pensó dos veces antes de cargar con ese inútil pedazo de metal. Tiene un cuarto de tanque de combustible. Eso podría llevarnos hasta San Francisco, suponiendo que el camino esté libre hasta allá. Aunque no es suficiente para volver.

«¿Volver? ¿Volver a dónde?».

Callo la voz en mi cabeza y me subo a la camioneta. Raffe se instala en el asiento del copiloto. Arranca a la primera y comenzamos a movernos por la 280 rumbo al norte.

Nunca pensé que moverse a treinta kilómetros por hora pudiera ser tan emocionante. Mi corazón palpita fuertemente mientras me aferro al volante como si fuera a perder el control en cualquier momento. No puedo ver todos los obstáculos en el camino y estar alerta en caso de que haya atacantes. Miro rápidamente a Raffe. Está revisando los alrededores, incluso a través de los espejos laterales, así que me relajo un poco.

—¿A dónde vamos, exactamente? —no soy experta en la distribución geográfica de la ciudad, pero he estado en San Francisco varias veces y tengo una idea general de dónde se encuentran los distintos barrios.

—El distrito financiero —él conoce la ciudad lo suficiente como para identificar los distritos. Me pregunto cómo lo sabe, pero lo dejo pasar. Sospecho que ha estado mucho más tiempo explorando el mundo de lo que yo llevo en él.

—Creo que esta autopista lo atraviesa, o por lo menos cruza cerca de ahí. Eso, suponiendo que el camino está libre hasta allí, pero lo dudo.

—Hay más orden en la zona cercana al nido. Los caminos deben estar libres.

Lo miro fijamente.

—¿A qué te refieres con más orden?

—Habrá guardias en el camino cercano al nido. Antes de llegar, debemos prepararnos.

—¿Prepararnos? ¿Cómo?

—Encontré algo en la última casa que podrás usar. Yo también necesito cambiarme. Deja que me encargue de los detalles. Burlar a los guardias será la parte fácil.

—Genial. ¿Y después qué?

—Entonces iremos de fiesta al nido.

—¿Podrías ser un poco más críptico, por favor? No iré a ninguna parte a menos que me expliques en dónde me estoy metiendo.

—Entonces no vengas —su tono no es duro, pero el significado es muy claro.

Me aferro al volante tan fuerte que me sorprende que no se haya aplastado.

No es ningún secreto que sólo somos aliados temporales. Ninguno de los dos quiere que esta sea una sociedad duradera. Lo ayudaré a llegar a su hogar con sus alas, él me ayudará a encontrar a mi hermana. Después de eso, seguiré por mi propia cuenta. Esto lo sé. En ningún momento lo he olvidado.

Pero después de un par de días de tener a alguien cuidando mi espalda, la idea de estar de nuevo sola me hace sentir... sola.

Choco contra la puerta abierta de una camioneta.

—Pensaba que sabías conducir.

Me doy cuenta de que estoy pisando muy fuerte el acelerador. Serpenteamos como borrachos al volante a unos cincuenta kilómetros por hora. Bajo la velocidad a treinta y obligo a mis dedos a relajarse.

—Déjame conducir y yo te dejaré los planes —tengo que respirar profundamente después de decir esto. He estado enfadada con mi padre todos estos años por haberme dejado tomar todas las decisiones difíciles sola. Pero ahora que Raffe ha asumido el liderazgo e insiste en que lo siga ciegamente, se me revuelve el estómago.

Vemos a algunas personas andrajosas aquí y allá, pero no muchas. Se escabullen en cuanto ven nuestro coche. La forma cómo nos miran y se esconden, la forma cómo sus rostros furtivos y sucios nos espían con una curiosidad tan tensa me hace pensar en esa palabra tan odiada: mono. Los ángeles nos han convertido en eso.

Encontramos más gente conforme nos acercamos a la ciudad. El camino se vuelve menos laberíntico.

De repente, el camino está casi libre de coches, aunque no de personas. Todos siguen mirando el coche pasar, pero hay menos interés, como si un vehículo en el camino fuera algo que ven con regularidad. Mientras más nos acercamos a la ciudad, hay más personas caminando a nuestro paso. Vigilan su alrededor ante cada sonido y movimiento, pero transitan en espacios abiertos.

Una vez que entramos de lleno en la ciudad, el daño es evidente en todas partes. San Francisco fue atacada junto con muchas otras ciudades. Parece una pesadilla postapocalíptica, una ciudad derretida y en llamas, sacada de alguna película de Hollywood.

Al entrar en la ciudad puedo ver algunas partes del puente que atraviesa la bahía. Parece una línea pintada sobre el agua, con algunos trozos faltantes. He visto fotografías de San Francisco después del terremoto de 1906. La devastación fue impactante y me costaba trabajo imaginar cómo pudo haber sido.

Ahora no tengo que imaginarlo.

Bloques enteros no son más que escombros carbonizados. Las lluvias iniciales de meteoritos, los terremotos y los tsunamis sólo ocasionaron parte del daño. San Francisco era una ciudad que tenía hileras e hileras de casas y edificios construidos tan cerca los unos de los otros que no podías meter un trozo de papel entre ellos. Las tuberías de gas explotaron y ocasionaron incendios que se extendieron sin posibilidad de extinguirlos. El cielo se llenó de humo sangriento durante días.

Ahora, lo único que queda son los esqueletos de los rascacielos, alguna iglesia de ladrillo aún en pie, cientos de pilares que no sostienen nada.

Un anuncio proclama que «*Life is G od*»*. Es difícil identificar qué producto vendía, ya que están chamuscadas todas las palabras incluyendo la letra que falta. Supongo que el anuncio decía «*Life is Good*»**. El edificio derrumbado detrás del anuncio parece estar derretido, como si sufriera todavía los efectos de un incendio que simplemente no se extingue, incluso ahora, bajo el extraño cielo azul.

—¿Cómo es posible? —ni siquiera me doy cuenta de que lo digo en voz alta, hasta que escucho mi voz ahogada por las lágrimas—. ¿Cómo han podido hacer esto?

Mi pregunta suena personal y quizás lo es. Él podría ser el responsable de las ruinas a mi alrededor.

Raffe se mantiene en silencio durante el resto del trayecto.

En medio de este vertedero de cadáveres, unos bloques del distrito financiero se mantienen derechos y relucientes bajo la luz del sol. Parece no haber sufrido daños. Para mi

---

* *Life is Good:* La vida es Dios. (N. del E.)

** *Life is Good:* La vida es buena. (N. del E.)

asombro, hay un campamento justo en las afueras de la parte sin daños del distrito financiero.

Trato de rodear a otro coche, suponiendo que está detenido, hasta que de repente se mueve frente a mí. Piso el freno. El otro conductor me lanza una mirada asesina mientras me rebasa. Parece como de unos diez años, apenas lo suficientemente alto como para ver por encima del salpicadero.

El campamento es más como una ciudad perdida o una favela, de las que vemos en los noticiarios, a donde miles de refugiados se dirigieron después del desastre. Las personas —aunque no se están comiendo las unas a las otras, por lo menos hasta donde yo puedo ver— parecen hambrientas y desesperadas. Tocan las ventanas de la camioneta como si tuviéramos riquezas ocultas en el interior que podríamos compartir con ellos.

—Párate ahí —Raffe apunta a un área donde hay un montón de coches apilados y desparramados en lo que antes era un párking. Conduzco el coche hacia allí y aparco—. Apaga el motor. Cierra las puertas y vigila atentamente hasta que se olviden de nosotros.

—¿Se van a olvidar de nosotros? —le pregunto, mientras observo a un par de tipos subirse al techo del coche. Se sientan como en casa sobre la calidez de nuestro coche.

—Mucha gente duerme en sus coches. Probablemente no intentarán nada hasta que piensen que estamos dormidos.

—¿Vamos a dormir aquí? —lo último que tengo ganas de hacer con toda esta adrenalina que corre por mis venas es dormir en una caja con ventanas y rodeada de gente desesperada.

—No. Nos vamos a cambiar aquí.

Se gira hacia el asiento trasero y coge su mochila. Saca un vestido de fiesta color escarlata. Es tan pequeño que, al principio, pienso que es una bufanda. Es el tipo de vestido diminuto que una vez pedí prestado a mi amiga Lisa cuando me convenció para salir a un club a bailar. Ella consiguió identificaciones falsas para las dos, y hubiera sido una noche divertida, pero ella se emborrachó y se fue con algún universitario, y yo tuve que regresar a casa sola.

—¿Para qué es esto? —por alguna razón, no creo que tenga en mente que salgamos a algún club.

—Póntelo. Trata de verte lo mejor posible. Es nuestro billete de entrada —quizá sí tiene en mente una salida a un club.

—¿No vas a regresar a casa con una universitaria borracha, o sí?

—¿Qué?

—Nada —cojo el escueto trozo de tela, junto con un par de zapatos que le combinan y, para mi sorpresa, unas medias sedosas. Raffe quizá no sepa mucho sobre los humanos, pero sí sabe sobre ropa de mujer. Le lanzo una mirada penetrante, mientras me pregunto cómo se volvió experto en este tema. Me devuelve la mirada con una actitud relajada, sin decir nada.

No tengo privacidad para cambiarme lejos de las miradas fisgonas de los vagabundos en el techo del coche. Es gracioso... sigo pensando en la gente como vagabundos, pero ninguno de nosotros tiene casa ahora. Seguro eran unos *hipsters* en aquel entonces. «En aquel entonces» siendo apenas hace un par de meses.

Por suerte, toda chica sabe cómo vestirse en público. Meto el vestido por encima de mi cabeza y debajo de mi abrigo. Saco los brazos de las mangas del abrigo y me deslizo en el vestido usando el abrigo como cortina. Luego, bajo el vestido hasta mis muslos y me quito las botas y el pantalón.

El vestido es más corto de lo que quisiera, de modo que sigo estirándolo para que sea más modesto. Mis muslos están al descubierto y el último lugar donde me gustaría llamar la atención es aquí, rodeada de hombres sin ley en condiciones desesperadas.

Cuando miro a Raffe con ansiedad en mis ojos, me dice:

—Es la única manera —puedo notar que a él tampoco le gusta.

No quiero quitarme el abrigo porque puedo sentir lo revelador que es el vestido. En una fiesta en el mundo civilizado, podría sentirme cómoda en él. Incluso podría sentir emoción por lo bonito que es, aunque no tengo idea si es bonito o no, ya que no puedo verme de cuerpo entero. Puedo notar, sin embargo, que quizá es una talla demasiado pequeña para mí, porque me va muy apretado. No estoy segura de si esa es la intención del diseñador, pero sólo añade más sensación de estar desnuda enfrente de un montón de salvajes.

Raffe, en cambio, no se inhibe al desnudarse frente a desconocidos. Se quita la camisa y se baja los pantalones militares para ponerse una camisa blanca formal y unos pantalones negros. La sensación de ser observada me impide observarlo como me gustaría. No tengo hermanos y nunca he visto a un hombre desnudarse antes. Es natural tener curiosidad, ¿o no?

En vez de observar a Raffe, miro tristemente los zapatos que me ha dado. Son del mismo tono escarlata que el vestido, como si la anterior dueña los hubiera confeccionado para combinarlos con el vestido. Los tacones altos y delgados están hechos para acentuar las curvas de las piernas.

—No puedo correr con estos zapatos.

—No tendrás que hacerlo si las cosas marchan según el plan.

—Perfecto. Porque las cosas siempre marchan según el plan.

—Si las cosas se ponen feas, correr no te servirá de nada.

—Sí, claro, tampoco puedo pelear con ellos.

—Yo te he traído aquí. Yo te protegeré.

Estoy tentada de recordarle que yo soy la que lo sacó de la calle para que no terminara como un animal muerto.

—¿Es la única manera de entrar?

—Sí.

Lanzo un suspiro. Me pongo los inútiles zapatos con la esperanza de no romperme un tobillo al caminar. Me quito el abrigo y bajo la visera del coche para inspeccionarme en el espejo. El vestido es tan apretado como lo había imaginado, pero me queda mejor de lo que pensaba.

Mi cabello y mi cara, en cambio, me hacen sentir como si llevara un albornoz viejo y apolillado. Trato de peinarme el cabello con los dedos. Está grasiento y apelmazado. Mis labios están partidos y mis mejillas quemadas por el sol. Mi mandíbula todavía tiene distintos colores por el golpe que Boden me propinó en la pelea. Por lo menos los guisantes evitaron que se inflamara.

—Toma —me dice, mientras abre su mochila—. No sabía qué necesitarías, así que cogí algunas cosas que estaban en el armario del baño —antes de pasarme la mochila, extrae un esmoquin.

Lo veo inspeccionar la americana y me pregunto qué estará pensando que está tan serio. Luego me pongo a hurgar en la mochila.

Encuentro un peine. Mi cabello está tan grasiento que de hecho es más fácil de estilizar, aunque no me gusta mucho su apariencia. También hay un poco de crema que me unto en la cara, labios, manos y piernas. Quiero arrancarme los trocitos de piel seca de la boca, pero sé por experiencia que sólo haré que sangren, de modo que los dejo en paz.

Me pongo pintalabios y rímel. El pintalabios es de un color rosa neón y el rímel es azul. No son mis colores habituales, pero combinados con el vestido ajustado, seguro que parezco una cualquiera, lo cual supongo que es exactamente lo que buscamos. No hay sombra para los párpados así que me aplico un poco de rímel alrededor de los ojos para enfatizar la apariencia de chica fácil. Me unto un poco de base color piel alrededor de la mandíbula. Sigue un poco adolorida y las partes que necesitan el maquillaje son las más sensibles. Espero que esto valga la pena.

Cuando termino, noto que los tipos en el techo observan cómo me pongo el maquillaje. Miro a Raffe. Está ocupado haciendo un amarre que involucra su mochila, sus alas y unas correas.

—¿Qué estás haciendo?

—Estoy haciendo una… —levanta la mirada y me ve.

No sé si se dio cuenta cuando me quité el abrigo, pero supongo que estaba ocupado en ese momento, porque ahora me mira con cierta sorpresa. Sus pupilas se dilatan. Sus labios se abren mientras olvida momentáneamente controlar su expresión, y podría jurar que detiene su respiración unos instantes.

—Necesito simular que tengo alas en la espalda —me dice en voz baja. Sus palabras suenan roncas y sedosas, como si estuviera diciendo algo personal. Como si me quisiera hacer un cumplido afectivo.

Me muerdo los labios para enfocarme en el hecho de que él sólo está respondiendo a mi pregunta. No puede evitar que su voz sea cautivadoramente sexy.

—No puedo ir a donde necesito si ellos creen que soy humano —baja la mirada y asegura una de las correas alrededor de la base de una de sus alas.

Coloca en su espalda la mochila con las alas amarradas.

—Ayúdame a ponerme la americana.

Ha cortado en la parte de atrás dos rajas paralelas, para dejar que las alas se asomen.

Claro. La americana. Las alas.

—¿Las alas deben ir por fuera?

—No, sólo asegúrate de que los amarres y la mochila estén cubiertos.

Las alas parecen estar bien aseguradas a la mochila. Lo dispongo todo de tal forma que las plumas exteriores cubran las correas. Las plumas todavía se sienten vibrantes y vivas, aunque parecen estar un poco marchitas desde la última vez que las toqué, hace un par de días. Resisto la tentación de acariciar las plumas, aunque seguramente él no sentiría nada.

Las alas se amoldan a la mochila vacía como se amoldarían a su espalda. Para unas alas de tal envergadura, es asombroso cómo se comprimen contra su cuerpo cuando están dobladas. Una vez vi un saco de dormir de más de dos metros compactado hasta convertirse en un cubo pequeño, pero no fue tan impresionante como el cambio de volumen de estas alas.

Coloco la americana en medio y a cada lado de las alas. Las alas blancas se asoman por las dos franjas en la tela oscura, pero no se ven ni la mochila ni las correas. El saco es suficientemente grande y sólo parece un poco abultado. No lo suficiente para llamar la atención, a menos que alguien esté muy familiarizado con la figura de Raffe.

Se inclina hacia delante para no aplastar las alas contra el respaldo del asiento.

—¿Qué tal? —sus hombros hermosamente amplios y la línea firme de su espalda ahora son acentuados por las alas. Alrededor del cuello lleva una pajarita color plata con unos pequeños motivos en rojo que combinan con mi vestido. También combina la faja que lleva en la cintura. Con excepción de una mancha de mugre en su mandíbula, parece recién salido de una revista de modas.

La forma de su espalda se ve bien para una americana que no fue confeccionada para las alas. Me viene a la cabeza la magnificencia de sus alas abriéndose detrás de él, cuando enfrentó a sus enemigos la primera vez que lo vi. Siento un poco lo que su pérdida debe significar para él.

Asiento con la cabeza.

—Se ve bien. Te ves bien.

Levanta los ojos para mirarme. Detecto un destello de gratitud, un destello de pérdida, un destello de preocupación.

—No es que… te vieras mal antes. Digo, siempre te ves… magnífico —¿magnífico? Podría darme una patada. Qué idiota. No sé por qué he dicho eso. Me aclaro la garganta—. ¿Podemos irnos ya?

Él asiente. Esconde la sonrisa coqueta pero puedo verla en sus ojos.

—Conduce hasta donde están reunidas esas personas y detente en el puesto de vigilancia —señala a nuestra izquierda, lo que parece una especie de mercado, repleto de gente—. Cuando los guardias te detengan, diles que quieres ir al nido. Diles que escuchaste que a veces dejan entrar mujeres.

Se pasa al asiento trasero y se esconde entre las sombras. Se pone la vieja manta encima, la que usamos para envolver sus alas.

—Yo no estoy aquí —me dice.

—Hmmm… ¿me explicas otra vez por qué te escondes en vez de cruzar por la puerta conmigo?

—Los ángeles no cruzan por la puerta de control. Vuelan directamente al nido.

—¿No puedes decirles que estás herido?

—Eres como una niñita que exige respuestas a preguntas tontas durante una operación encubierta. «¿Por qué el cielo es azul, papi?». «¿Puedo preguntarle al hombre de la metralleta dónde está el baño?». Si no cierras la boca, tendré que dejarte aquí. Necesitas hacer lo que te digo, sin preguntas ni titubeos. Si no te gusta, encuentra a otro a quien molestar para que te ayude.

—Está bien, está bien, ya lo he entendido. Vaya, no sabía que eras tan gruñón.

Arranco el motor y salgo del aparcamiento. Los vagabundos que estaban en el techo se quejan, y uno de ellos golpea el techo mientras se desliza hacia el suelo.

27

Conduzco entre la multitud en la calle Montgomery a una velocidad que es casi la mitad de la que conseguiría a pie. La gente se aparta, pero de mala gana y sólo después de observarme con cuidado. Reviso nuevamente las puertas para asegurarme de que están cerradas. Aunque no es que los seguros vayan a detener a alguien que esté dispuesto a romper una de las ventanillas.

Por suerte, no somos los únicos que andan en coche. Hay una pequeña línea de coches que aguardan en el puesto de control, rodeados de una masa de personas que vienen a pie. Aparentemente, todos esperan cruzar al otro lado. Me acerco lo más que puedo y me detengo al final de la fila de coches.

Hay un porcentaje inusualmente grande de mujeres que esperan cruzar. Están limpias y vestidas como si fueran a una fiesta. Están paradas con sus tacones altos y sus vestidos de seda en medio de hombres harapientos, y todos se comportan como si fuera normal.

El punto de control es una brecha en un alto cerco de malla que bloquea las calles alrededor del distrito financiero. Con lo que queda del distrito, no sería muy difícil cercarlo permanentemente. Pero este es un cerco temporal que fabricaron con paneles que se sostienen solos. Los paneles están conectados para formar el cerco, pero no están pegados al asfalto.

No costaría mucho trabajo que un grupo de personas lo empujara y atravesara por encima de él. Aun así, la gente respeta la zona limítrofe como si estuviera electrificada.

Luego me doy cuenta de que, de algún modo, lo está.

Seres humanos patrullan el cerco desde el otro lado y golpean con un tubo de metal a cualquiera que intente acercarse. Cuando el tubo toca a alguien, emite un zumbido junto con una chispa azul de electricidad. Usan esa picana para mantener a la gente alejada. Todas las personas que llevan picanas, excepto una, son hombres de rostros sombríos que no muestran ninguna emoción mientras patrullan y ocasionalmente electrocutan a alguien.

La única mujer es mi madre.

Golpeo mi cabeza contra el volante al verla. No me hace sentir mejor.

—¿Qué pasa?

—Mi madre está ahí.

—¿Y eso es un problema?

—Probablemente —conduzco hacia delante unos cuantos metros, conforme se mueve la fila.

Mi madre parece más apasionada de su trabajo que los otros matones. Se estira lo más que puede para electrocutar a la mayor cantidad de gente posible. En una ocasión, incluso suelta una carcajada después de electrocutar a un hombre antes de que éste pueda alejarse. No cabe la menor duda de que disfruta al infligir dolor a otras personas.

A pesar de las apariencias, reconozco el temor en mi madre cuando lo veo. Si no la conociera, pensaría que su júbilo viene de la malicia. Pero existe la posibilidad de que no reconozca a sus víctimas como personas.

Probablemente piensa que está atrapada en una jaula en el infierno, rodeada de monstruos. Quizá fue el pago por un trato que hizo con el diablo. Quizá sea que el mundo conspira contra ella. Probablemente piense que las personas que se acercan en realidad son monstruos disfrazados que acechan su jaula. Alguien milagrosamente le dio un arma para alejar a esos monstruos. De modo que está usando esta rara oportunidad para defenderse.

—¿Cómo ha acabado aquí? —pregunto en voz alta.

Tiene mugre en el rostro y el cabello grasiento, y su ropa está rasgada en los codos y rodillas. Parece que ha estado durmiendo en el suelo. Pero parece sana y bien alimentada, con un color rosado en las mejillas.

—Todos los que están en el camino acaban aquí, si no mueren en el trayecto.

—¿Cómo?

—No tengo la menor idea. Vosotros los humanos siempre habéis tenido una suerte de instinto de manada que parece urniros. Y esta es la manada más grande de todas.

—Pueblo. No manada. Los pueblos son para las personas. Las manadas son para los animales.

Suelta una carcajada como respuesta.

Probablemente sea mejor dejarla ahí en vez de intentar llevarla al interior del nido. Es difícil ser sigilosa con mi madre alrededor. Eso podría costarnos la vida de Paige. No hay mucho que pueda hacer para tranquilizar su tormento cuando se pone así. La gente aprenderá que debe alejarse de ella mientras patrulla el cerco. Está más segura aquí. Todos estamos más seguros con ella aquí. Por ahora.

Mi justificación no me libera de la culpa que siento por dejarla. Pero no puedo pensar en una solución mejor.

Alejo la vista de mi madre y trato de enfocarme en mi entorno. No puedo distraerme si quiero que salgamos vivas de aquí.

Enfrente de mí, la multitud comienza a mostrar un patrón. Mujeres y adolescentes, todas vestidas y arregladas lo mejor que pudieron, esperan llamar la atención de los guardias. Muchas de las mujeres están rodeadas de personas que parecen sus padres o abuelos. Algunas están paradas al lado de sus hombres, a veces con hijos.

Los guardias sacuden la cabeza a casi todas las que solicitan entrar. De vez en cuando, una mujer o un grupo de mujeres se niegan a moverse después de ser rechazadas, y optan por llorar y rogar. Al ángel no parece importarle, pero a la gente sí. La turba empuja a las rechazadas hacia atrás con sus cuerpos, hasta que las perdedoras son expulsadas hasta el final de la multitud.

Ocasionalmente, el guardia deja entrar a alguna. Hasta donde puedo reconocer, las que logran entrar son siempre mujeres. Mientras nos acercamos a la puerta, dos de ellas son admitidas.

Ambas llevan vestidos ajustados y tacones altos, igual que yo. Una de ellas entra sin mirar atrás, taconeando con seguridad por el sendero vacío que está al otro lado de la puerta. La otra ingresa titubeante, dándose la vuelta para lanzar besos a un hombre y a dos niños mugrientos que se sujetan a la malla del cerco. Pero se alejan cuando ven venir al sujeto con la picana.

Después de que se les permite pasar, un grupo en la orilla de la multitud intercambia bienes. Tardo un minuto en entender que están haciendo apuestas para ver quién entra y quién no. Un corredor de apuestas señala a varias mujeres cercanas a los guardias, luego acepta objetos de las personas a su alrededor. Los apostadores son en su mayoría hombres, pero también hay mujeres en el grupo. Cada vez que dejan pasar a una mujer, uno de los apostadores se va con un montón de cosas en las manos.

Quiero preguntar qué sucede, por qué los humanos querrían entrar en territorio de ángeles y por qué estas personas acampan aquí. Pero eso sólo comprobaría lo que Raffe dijo, que no soy más que una niña preguntona, así que me guardo mis preguntas y formulo la única que es operativamente relevante.

—¿Y qué pasa si no nos dejan entrar? —pregunto, tratando de no mover los labios.

—Sí lo harán —responde desde la profundidad recóndita del asiento trasero.

—¿Cómo lo sabes?

—Porque tienes la apariencia que ellos buscan.

—¿Qué apariencia es ésa?

—Hermosa —su voz es como una caricia que viene desde las sombras.

Nadie nunca me había dicho que era hermosa. He estado tan preocupada lidiando con mi madre y cuidando de Paige que dejé de prestar atención a mi apariencia. Se me ruborizan las mejillas y espero no parecer un payaso cuando lleguemos al puesto de control. Si Raffe tiene razón y esta es la única manera de entrar, necesito verme lo mejor posible.

Cuando llegamos al frente de la caótica fila, varias mujeres están casi tirándose contra los guardias. Ninguna de ellas entra. No me hace sentir mejor mi cabello grasiento mientras me acerco a los guardias.

Me miran con desinterés. Son dos de ellos. Sus alas manchadas parecen pequeñas y gastadas comparadas con las de Raffe. El rostro de uno de los guardias está ligeramente salpicado de motas verdes, igual que sus alas. La palabra «moteado» me viene a la mente, como un dálmata. Ver su rostro es un recordatorio doloroso de que no son humanos. De que Raffe no es humano.

El moteado me indica que me baje del coche. Dudo unos segundos antes de bajar lentamente. No hizo eso con las chicas de los coches que venían enfrente de mí.

Bajo el diminuto vestido para asegurarme de que no se me vea el trasero. Los guardias me revisan de pies a cabeza. Resisto la tentación de encorvarme y de cruzar los brazos sobre mis pechos.

El moteado me pide que dé una vuelta. Me siento como una bailarina exótica y quisiera romperle los dientes, pero giro lentamente frente a ellos en mis tacones inestables. «Paige. Piensa en Paige.»

Los guardias intercambian miradas. Pienso frenéticamente qué podría decirles para convencerlos de dejarme entrar. Si Raffe dice que este es el camino para entrar, entonces debo encontrar la manera de convencerlos.

El moteado me hace una señal para que entre.

Me deja tan atónita que me quedo ahí parada.

Y luego, antes de que cambien de opinión, me subo al coche lo más despreocupadamente posible.

Tengo la piel de gallina por la anticipación de que se escuche un silbato, o que alguien ponga su mano en mi hombro, o que de pronto lleguen unos pastores alemanes a husmearme como en esas viejas películas de guerra. Después de todo, estamos en una guerra, ¿no es así?

Pero nada de eso sucede. Arranco el motor y me dejan pasar. Eso me da otro poco de información. Los ángeles no ven a los seres humanos como una amenaza. ¿Qué peligro puede representar un grupo de monos que entren por algunas ranuras del cerco o se arrastren en pequeños coches en la base de su nido? ¿Cómo de difícil sería para ellos detenernos y contener a los animales intrusos?

—¿Dónde estamos? —pregunta Raffe desde atrás.

—En el infierno —le digo. Mantengo la velocidad a unos treinta kilómetros por hora. Las calles están vacías aquí, de modo que podría ir mucho más rápido, pero no quiero llamar la atención.

—Si esta es tu idea del infierno, eres muy inocente. Busca un ambiente como de club. Muchas luces, muchas mujeres. Aparca cerca, pero no demasiado.

Me pongo a buscar entre las calles extrañamente desoladas. Unas cuantas mujeres, que parecen heladas y tristes bajo el aullante viento de San Francisco, se tambalean por la acera rumbo a un destino que sólo ellas conocen. Luego veo a un grupo de personas salir de un edificio alto que está en una calle lateral.

Cuando me acerco, veo un grupo de mujeres en la entrada de un club nocturno como de la década de 1920. Deben estar congelándose en sus vestiditos entallados, pero se mantienen erguidas y atractivas. La entrada es un arco de estilo *art déco* y los guardias que vigilan la puerta están vestidos con esmoquin con cortes en la espalda para poder introducir las alas.

Aparco el coche a unas manzanas del club. Pongo las llaves en el bolso del visor y dejo mis botas debajo del asiento del copiloto, donde pueda cogerlas rápidamente si es necesario. Cómo desearía poder meterlas en mi bolsita de lentejuelas, pero sólo hay espacio para una pequeña linterna y mi navaja de bolsillo.

Bajo de la camioneta. Raffe se escabulle detrás de mí. El viento me golpea en cuanto salgo, batiendo mi cabello alrededor de mi cara. Me envuelvo con los brazos, deseando un abrigo.

Raffe coloca su espada alrededor de su cintura; parece un viejo caballero en un esmoquin.

—Siento no poder ofrecerte mi americana. Cuando estemos cerca, necesito que no parezca que tienes frío, para que nadie se pregunte por qué no te ofrezco la americana.

Dudo que alguien se pregunte por qué un ángel no le ofrece su americana a una chica, pero lo dejo pasar.

—¿Por qué ahora ya no importa que te vean?

Me ofrece una mirada de hastío, como si ya lo estuviera cansando.

—Está bien, está bien —levanto las manos en señal de rendición—. Tú mandas, yo sigo. Sólo ayúdame a encontrar a mi hermana —hago la mímica de la llave que cierra la boca y que luego la tiro.

Se coloca bien la americana, que ya estaba bien como estaba. ¿Acaso está nervioso? Me ofrece su brazo. Lo cojo y caminamos por la acera.

Al principio, sus músculos están tensos y sus ojos revisan constantemente los alrededores. ¿Qué está buscando? ¿Tendrá tantos enemigos entre su propia gente? Sin embargo, después de unos pasos se relaja. No estoy segura de si es natural o forzado. De cualquier modo, ahora nos vemos ante el mundo como una pareja común y corriente que sale por la noche a divertirse.

Conforme nos acercamos a la gente, puedo ver más detalles. Varios de los ángeles que entran al club están vestidos con esos antiguos trajes de gángster estilo mafioso, con sombreros de fieltro y plumas vistosas. Largos relojes de cadena cuelgan de sus pantalones hasta sus rodillas.

—¿Qué es esto, una fiesta de disfraces? —pregunto.

—Es la moda actual en el nido —su voz suena un poco cortante, como si no estuviera de acuerdo.

—¿Y qué pasó con la regla de no fraternizar con las Hijas del Hombre?

—Una excelente pregunta —su mandíbula se aprieta hasta formar una línea rígida. Creo que no quiero estar presente cuando exija una respuesta a esa pregunta.

—Así que producir hijos con seres humanos te condena porque los Nephilim son un no definitivo —le digo—. ¿Pero más allá de eso...?

Se encoge de hombros.

—Aparentemente, decidieron que esa es una zona gris. Podrían arder por esto —luego añade, en un susurro, casi para sí mismo—: Pero el fuego puede ser tentador.

La idea de seres sobrehumanos con tentaciones humanas me produce escalofríos.

Caminamos más allá de la protección del edifico para cruzar una calle y nuevamente soy azotada sin misericordia por el viento.

—Trata de que no parezca que tienes frío.

Me mantengo firme aunque quisiera acurrucarme por el frío glacial. Por lo menos mi falda no es tan larga como para levantarse con el viento.

La oportunidad para hacer más preguntas se acaba conforme nos acercamos a la gente. Toda la escena produce una sensación surrealista. Es como si estuviera huyendo de un campo de refugiados para internarme en un club de etiqueta, con esmoquins, mujeres de largo, cigarros costosos y joyas.

El frío parece no molestar a ninguno de los ángeles, que relajadamente sueltan el humo de sus cigarros en el viento. Ni en un millón de años hubiera imaginado que los ángeles fumaran. Estos tipos parecen más gángsters que ángeles piadosos. Cada uno tiene por lo menos a dos mujeres procurando su atención. Algunos tienen cuatro o más amontonadas alrededor. De los trozos de conversación que escucho mientras pasamos a su lado, todas estas mujeres están haciendo lo imposible por llamar la atención de un ángel.

Raffe se dirige a la puerta. Hay dos ángeles parados como guardias, pero los ignora y sigue caminando. Su mano está enganchada a mi codo y yo solamente voy a donde él va. Uno de los guardias nos observa como si sus instintos le enviaran señales de alarma en torno a nosotros.

Hay un instante en el que estoy segura de que nos vaya a detener.

En cambio, detiene a dos mujeres. Pasamos por su lado y las dejamos convenciendo al guardia de que su ángel simplemente las olvidó en el exterior y las está esperando dentro. El guardia sacude la cabeza con firmeza.

Por lo visto, necesitas a un ángel para entrar en el nido. Exhalo lentamente mientras entramos por la puerta.

28

Adentro, el techo abovedado de doble altura y los toques *art déco* dan la impresión de que el vestíbulo pretendía darle la bienvenida a personas de muchos recursos. Una escalera curva y dorada domina el lugar, creando un escenario perfecto para parejas de vestidos largos y esmoquin, acento británico y pedigrí. Irónicamente, un grupo de querubines regordetes nos miran desde el fresco en el techo.

A un lado se encuentra un largo mostrador de mármol que debería tener a varios recepcionistas detrás, preguntándonos cuánto tiempo pensamos quedarnos. Ahora es sólo un vacío recordatorio de que este edificio solía ser un hotel de categoría hace unos meses. Bueno, no está completamente vacío. Hay un recepcionista, que parece muy pequeño y humano entre todo ese mármol y gracia angelical.

El vestíbulo está salpicado de grupos pequeños que hablan y ríen, todos con vestidos de noche. La mayoría de las mujeres son humanas, sólo veo una mujer ángel que circula por el vestíbulo de vez en cuando. Los hombres son una mezcla de humano y de ángel. Los humanos son sirvientes que llevan copas, recogen vasos vacíos y guardan los abrigos de las pocas mujeres afortunadas que los tienen.

Raffe se detiene un momento, sólo para revisar la escena. Nos desplazamos junto a la pared hacia un pasillo amplio con suelo de mármol y tapizado de terciopelo. La iluminación en el vestíbulo y el pasillo es más decorativa que práctica. Esto permite que se dibujen sombras suaves en las paredes, un hecho que seguramente no se le escapó a Raffe. No puedo decir que nos estamos escabullendo por el edificio, no exactamente, pero no estamos llamando la atención de nadie.

Un flujo constante de personas entra y sale de un par de enormes puertas de cuero con contrastes de metal. Vamos en esa dirección, cuando tres ángeles entran por ahí. Son grandes y macizos. Cada movimiento grácil, cada músculo voluminoso, los delata como atletas. No, atletas no. «Guerreros» es la palabra que me viene a la cabeza.

Dos de ellos sacan por lo menos una cabeza a los demás. El tercero es más compacto, más ligero, como un guepardo en comparación con el par de osos. Todos llevan espadas que cuelgan de sus muslos mientras caminan. Me doy cuenta de que, a excepción de Raffe y los guardias, estos son los primeros ángeles con espadas que hemos visto.

Raffe inclina la cabeza como para aproximarse a mí y sonríe como si yo acabara de decir algo gracioso. Acerca su cabeza lo suficiente como para que yo piense que está a punto de besarme. En vez de eso, simplemente pega su frente a la mía.

Para los hombres que han pasado a nuestro lado, Raffe parecería un hombre afectuoso. Pero no pueden ver sus ojos. A pesar de la sonrisa, la expresión de Raffe es de dolor, del tipo de dolor que no puedes detener con aspirinas. Mientras los ángeles caminan junto a nosotros, Raffe gira sutilmente su cuerpo de modo que siempre les da la espalda. Se ríen por algo que dijo el guepardo, y Raffe cierra los ojos, sumergiéndose en un sentimiento agridulce que no logro comprender.

Su cara está tan cerca de la mía que nuestros alientos se mezclan. No obstante, él está lejos, en un lugar donde es golpeado por emociones profundas y amargas. Lo que esté sintiendo es muy humano. Siento un fuerte impulso de tratar de sacarlo de ese estado de ánimo, de distraerlo.

Pongo mi mano en su mejilla. Es cálida y placentera. Quizá demasiado. Al ver que sus ojos no se abren, tentativamente toco sus labios con los míos.

Al principio, no obtengo respuesta y considero retroceder.

Luego, su beso se vuelve hambriento.

No es el beso delicado de una pareja en su primera cita, ni el beso de un hombre impulsado por simple lujuria. Me besa con la desesperación de un hombre moribundo que cree que la magia de la vida eterna se encuentra en este beso. La manera feroz en que me coge de la cintura y de los hombros, la fuerte presión de sus labios, me hacen perder el equilibrio y mis pensamientos pierden el control.

La presión se relaja y el beso se vuelve sensual.

Una suave calidez brota de sus labios sedosos y su lengua, y llega hasta el centro de mi ser. Mi cuerpo se derrite en el suyo y estoy hiperconsciente de los duros músculos de su pecho contra el mío, el calor de sus manos en mi cintura y mis hombros, la humedad de su boca sobre la mía.

Y luego, se termina.

Raffe retrocede, toma una bocanada de aire como si emergiera de aguas turbulentas. Sus ojos son como dos remolinos de emoción.

Cierra sus ojos para no ver los míos. Relaja su respiración con una exhalación controlada.

Cuando abre los ojos, son más negros que azules y completamente ilegibles. Lo que esté sucediendo detrás de esos ojos extasiados es ahora impenetrable.

Lo que vi ahí hace un momento ahora está enterrado tan adentro que me pregunto si no me lo he imaginado. Lo único que me indica que él ha sentido algo es que su respiración sigue siendo más rápida de lo normal.

—Deberías saber —me dice. Su susurro es tan bajo que ni siquiera los ángeles serían capaces de escucharlo más allá del barullo en el pasillo—. Que ni siquiera me gustas.

Me tenso en sus brazos. No sé qué es lo que esperaba que me dijera, pero de verdad que eso no.

A diferencia de él, yo estoy muy segura de que mis emociones se manifiestan muy claramente en mi rostro. Puedo sentir una de esas emociones encendiendo mis mejillas a causa de la humillación.

Da unos pasos hacia atrás, con indiferencia, se da la vuelta y se abre paso por las puertas dobles.

Me quedo parada en el pasillo, viendo cómo las puertas se mecen hasta detenerse por completo.

Una pareja empuja las puertas desde el otro lado. El ángel rodea a la mujer con su brazo. Ella lleva un largo vestido plateado de lentejuelas que ciñe su cuerpo y se contonea a su paso. Él viste un traje color púrpura con una camisa color rosa neón que envuelve su amplio cuello en sus hombros. Ambos me miran al pasar.

Cuando un hombre vestido de púrpura y rosado fluorescente se te queda mirando, sabes que es momento de cambiar tu apariencia. Aunque mi vestido color carmesí es corto y ajustado, no está fuera de lugar aquí. Debe haberles llamado la atención mi expresión de asombro y humillación.

Le pido a mi rostro que regrese a una expresión neutral y obligo a mis hombros a relajarse, o por lo menos que parezcan relajados.

He besado a otros chicos antes. A veces llegó a ser incómodo después, pero nunca así. Siempre me pareció que besar era placentero, como el aroma de las rosas o las risas en el verano. Lo que experimenté con Raffe fue otra cosa. Fue un verdadero desastre nuclear, de los que doblan las rodillas, retuercen las entrañas y estremecen las venas, si lo comparamos con los otros besos que he recibido.

Inspiro muy hondo. Suelto el aire lentamente.

«Ni siquiera le gusto.»

Dejo que la idea dé vueltas en mi cabeza. Todo lo que siento en ese momento queda guardado en una bóveda, con la puerta de dos metros de grosor cerrándose de golpe al entrar, en caso de que cualquier cosa ahí dentro tenga intenciones de salir.

Incluso si me quisiera, ¿qué importa? El resultado sería el mismo. Un camino sin salida. Nuestra alianza está a punto de disolverse. En cuanto encuentre a Paige, necesito salir de aquí lo más rápido posible. Y él necesita que le vuelvan a coser las alas para lidiar con esos enemigos que le están causando problemas. Luego, él regresará con sus amigos a destruir mi mundo y yo a tratar de sobrevivir con mi familia. Así son las cosas. No hay lugar para fantasías de colegiala.

Inspiro profundamente otra vez y dejo salir el aire, asegurándome de que cualquier sentimiento residual esté bajo control. Lo que importa es encontrar a Paige. Para hacer eso, necesito trabajar con Raffe por lo menos un poco más.

Entro por las puertas dobles y me abro paso entre la gente para encontrarlo.

29

En cuanto estoy dentro, el mundo se llena del rugido del jazz, risas y parloteo junto con un golpe de calor, el olor acre de los cigarros, perfume y comida exquisita, todo envuelto en una ola incomprensible de sensaciones.

No puedo sacudirme el sentimiento irreal de haber sido transportada al pasado. Afuera, las personas mueren de hambre y no tienen casa, en un mundo destrozado por un ataque mundial. Aquí, sin embargo, los buenos tiempos nunca se acabaron. Claro, los hombres tienen alas, pero aparte de eso, es como estar en un club de la década de 1920. Muebles *art déco*, hombres de etiqueta, mujeres de largo.

Bueno, no toda la ropa parece ser de los años veinte. Existe el ocasional atuendo futurista o de ciencia ficción de los setenta, como una fiesta de disfraces en la que algunos de los invitados no entendieron cuál era el tema. Pero el salón y los muebles son *art déco*, y la mayoría de los ángeles visten trajes antiguos de cola.

El salón tintinea con relojes de oro, sedas brillantes y joyería centelleante. Los ángeles cenan y beben, fuman y ríen. En medio de todo eso, un ejército de hombres sirvientes con guantes blancos llevan bandejas con copas de champán y aperitivos, todo bajo la luz de unos candelabros parpadeantes. Los miembros de la orquesta, los sirvientes y la mayoría de las mujeres parecen ser humanos.

Siento un golpe irracional de asco por los seres humanos en el salón. Todos son traidores como yo. No, debo ser justa. Lo que están haciendo no es tan terrible como lo que hice yo al no revelar la verdadera identidad de Raffe en el campamento de Obi.

Quiero descartarlos a todos como cazafortunas, pero recuerdo a la mujer con el esposo y los niños hambrientos que se quedaron en el cerco mientras ella caminaba hacia el nido. Ella es probablemente la única esperanza para que esa familia tenga algo de comer. Espero que haya logrado entrar. Observo la gente, para ver si identifico su cara.

En vez de eso, veo a Raffe.

Está inclinado despreocupadamente contra la pared en un rincón, observando a la gente. Una mujer de cabello oscuro con un vestido negro, de piel tan blanca que parece vampiresa, se acerca a él sugerentemente. Toda ella emana sexualidad.

Quiero ir a cualquier parte menos hacia Raffe en estos momentos, pero tengo una misión y él es una parte crucial de ésta. No desaprovecharé la oportunidad de encontrar a Paige sólo porque me siento socialmente incómoda.

Reúno todas mis fuerzas y camino hacia él.

La chica de cabello oscuro pone la mano en su pecho y le susurra algo. Él observa algo al otro lado del salón y parece no escucharla. Sostiene un vaso con líquido ambarino que bebe de un solo trago. Pone el vaso vacío junto a otros dos vasos que están en una mesa cercana.

No se gira cuando me inclino contra la pared a su lado, pero sé que me ha visto, así como ve a la mujer que ahora me lanza una mirada mortífera. Como si su mensaje no hubiera quedado bastante claro, se envuelve en el cuerpo de Raffe.

Raffe toma un martini de la bandeja que lleva un camarero que pasa a su lado. Lo bebe de un trago y coge otro antes de que el camarero se vaya. Se ha tomado cuatro copas en el tiempo que he tardado en recuperarme y encontrarlo. O está aturdido por algo o se ha vuelto alcohólico en cuestión de segundos. Genial. Qué suerte la mía, asociarme con un ángel vicioso.

Raffe finalmente mira a la mujer, que le ofrece una sonrisa resplandeciente. Sus ojos brillan con una invitación que me produce vergüenza presenciar.

—Búscate a otro —dice Raffe. Su voz es distraída, indiferente. Ay. Aunque me dedicó esa mirada asesina, siento un poco de compasión por ella.

De todos modos, sólo le ha dicho que se largue. Por lo menos no le ha dicho que ni siquiera le gustaba.

Ella retrocede lentamente, como si quisiera darle oportunidad para cambiar de opinión. Cuando él no se da la vuelta para mirarla, me lanza una última mirada cruel y se va.

Reviso el salón para ver qué es lo que Raffe observa. El club es acogedor. No es tan grande como inicialmente había imaginado. Tiene la energía de un lugar más grande por el bullicio de la gente, pero es más como un *lounge* que como un club moderno. Mis ojos inmediatamente se dirigen a un grupo que está sentado en asientos reservados, como si fuera el estrado del rey y ellos fueran los elegidos.

Hay ciertos grupos que pueden hacer eso: los chicos populares en los bancos del patio de la escuela, los héroes de fútbol americano en una fiesta, las estrellas de cine en un club. Hay media docena de ángeles reunidos en la zona reservada.

Bromean y ríen, cada uno con una copa en una mano y una chica glamurosa en la otra. El área está atestada de mujeres. Frotan sus cuerpos contra los hombres para llamar su atención, o se contonean lentamente como si estuvieran en una pasarela, observando a los ángeles con ojos hambrientos.

Estos ángeles son más grandes que los otros en el club: más altos, más fornidos, con un aura de peligro que los otros no tienen. El tipo de peligro que sentirías con tigres en su hábitat. Me recuerdan a los que vimos salir del club, los que Raffe quería evitar.

Todos llevan sus espadas con aire despreocupado. Imagino que los guerreros vikingos podrían parecerse a ellos, si se afeitaran y modernizaran. Su presencia y actitud me recuerda a la de Raffe. Él se acoplaría muy bien ahí. Es fácil imaginarlo sentado en el reservado con el grupo, mientras bebe y ríe con sus amigos. Bueno, visualizarlo riendo requiere un poco de imaginación, pero estoy segura de que es capaz de sonreír.

—¿Ves a ese tipo con el traje blanco? —señala con la cabeza casi imperceptiblemente hacia el grupo. Es difícil no verlo. El tipo no sólo viste un traje blanco, sino que sus zapatos, cabello, piel y alas son de un blanco sedoso. El único color en él está en sus ojos. Desde esta distancia, no puedo identificar de qué color son, pero apostaría a que son asombrosos de cerca, en absoluto contraste con el resto de él.

Nunca antes había visto a un albino. Estoy segura de que, incluso entre los albinos, su total ausencia de color es inusual. La piel humana simplemente no existe en ese tono. Qué bueno que no es humano.

Está apoyado contra el asiento del reservado, que es circular. Parece fuera de lugar. Su risa llega dos segundos más tarde, como si esperara la señal de los otros para reír. Todas las mujeres caminan a su lado, cuidando de no acercarse mucho. Es el único sin una mujer abrazándolo. Él las observa merodeando pero no se acerca a ninguna de ellas. Hay algo en la manera en que las mujeres lo evitan que me hace querer evitarlo también.

—Necesito que vayas y trates de llamar su atención —me dice Raffe. Debí imaginarlo—. Haz que te siga hasta el baño de los hombres.

—¿Estás bromeando? ¿Cómo se supone que lo voy a hacer?

—Tienes tus recursos —sus ojos se pasean por mi vestido—. Ya pensarás en algo.

—¿Qué va a pasar en el baño una vez que lo lleve ahí? —mantengo la voz lo más baja posible. Supongo que si hablo demasiado fuerte, como para que los otros me escuchen en medio del bullicio, Raffe seguramente me lo hará saber.

—Lo convenceremos de ayudarnos —lo dice amargamente. No parece creer que nuestras posibilidades de convencerlo sean buenas.

—¿Qué sucede si nos dice que no?

—El juego se termina. Abortamos la misión.

Probablemente tengo la misma expresión que la mujer de cabello oscuro cuando le dijo que se fuera. Lo observo unos momentos, para darle oportunidad de que me diga que está bromeando. Pero no hay humor en sus ojos. ¿Por qué ya sabía que así sería?

Asiento.

—Lo llevaré al baño. Y tú haz todo lo que tengas que hacer para que nos diga que sí.

Me abro paso entre las sombras, con el blanco en la mira.

30

No soy actriz y soy muy mala para mentir. También estoy muy lejos de ser una seductora. Es difícil practicar el arte de la seducción cuando te pasas la vida empujando a tu hermana pequeña en su silla de ruedas. Y qué decir de los pantalones de mezclilla y camisetas amplias que uso todo el tiempo: difícilmente son el atuendo de una seductora.

Mi cerebro da vueltas, buscando cómo llamar la atención del albino. No se me ocurre nada.

Tomo el camino largo alrededor del salón con la esperanza de que se me ocurra algo en el trayecto.

Al otro lado del club, un séquito de mujeres y guardias se abre paso hacia los guerreros. Siguen el paso de un ángel que casi tiene la belleza de los guerreros, pero con la suficiente normalidad en su apariencia para resultar inofensivo. Es apuesto sin ser intimidatorio. Cabello acaramelado, ojos cálidos y una nariz que es un poco más grande que el resto de su cara perfecta. Es todo sonrisas y amabilidad, un político innato.

Viste un traje gris claro, estilo años 1920, con zapatos lustrados y un reloj dorado de cadena que cuelga de su cintura hasta el bolsillo de su chaleco. Se detiene aquí y allá para intercambiar algunas palabras de bienvenida. Su voz es igual de cálida que sus ojos, igual de amigable que su sonrisa. Todos le devuelven la sonrisa.

Todos, con la excepción de las dos mujeres que caminan a su lado. Están paradas unos cuantos pasos atrás, cada una en un lado. Llevan vestidos plateados idénticos con largas colas, parecen sirenas de platino. Son humanas, pero sus ojos están muertos. El único momento en el que cobran vida es cuando el Político se aproxima a ellas.

El miedo se enciende en sus ojos, pero pronto lo ocultan, como si mostrarlo fuera la invitación a algo realmente espantoso. Casi puedo ver el temblor en sus músculos mientras se tensan para no encogerse frente al Político.

Estas mujeres no sólo le tienen miedo; están aterrorizadas, como si gritaran despavoridas en su interior.

Observo nuevamente al ángel sonriente, pero no veo nada más que amabilidad y sinceridad. Si no hubiera notado la reacción de las mujeres, pensaría que sería el mejor amigo que alguien pudiera tener. En un mundo donde los instintos importan más que nunca, algo va mal si no eres capaz de detectar directamente a la persona que esas dos mujeres conocen en él.

Debido al flujo circular del club, el Político y yo nos encontramos en el camino, al acercarnos al reservado de los guerreros.

Levanta la mirada y se da cuenta de que lo observo.

Su rostro se ilumina con interés y me lanza una sonrisa. Hay tanta amabilidad en ella que mis labios automáticamente se curvan hacia arriba, segundos antes de que se enciendan las alarmas en mi cabeza.

El Político se ha fijado en mí.

Una imagen de mí vestida como esos trofeos plateados pasa por mi mente. Mi rostro de cera, vacío, tratando desesperadamente de ocultar el terror.

¿A qué le tienen tanto miedo estas mujeres?

Mi paso se detiene, como si mis pies se negaran a acercarse.

Un camarero vestido de esmoquin con guantes blancos se para frente a mí, rompiendo el contacto visual entre el Político y yo. Me ofrece unas copas largas de champán burbujeante que trae en la bandeja.

Para desviar la atención, tomo una copa. Me enfoco en las burbujas que se elevan en el líquido dorado para concentrarme. El camarero se da la vuelta y puedo ver al Político.

Se inclina hacia la mesa de los guerreros y habla en un tono bajo.

Suelto un suspiro de alivio. Nuestro momento ha pasado.

—Gracias —le murmuro al camarero.

—De nada, señorita.

Algo familiar en su voz me hace girarme para ver su rostro. Hasta este momento, había estado tan distraída con el Político que no había visto a mi salvador.

Mis ojos se abren de asombro cuando veo a un pelirrojo con pecas en la nariz. Es uno de los gemelos, Dee o Dum.

La mirada que me dedica es de un profesionalismo total. Absolutamente ninguna señal de reconocimiento o sorpresa.

Anda que no es bueno. Nunca lo hubiera imaginado, pensando en mis interacciones previas con él. Pero habían mencionado que eran los maestros espías de Obi, ¿verdad? Supuse que estaban bromeando o exagerando.

Hace una pequeña reverencia y se retira. Sigo a la espera de que se de la vuelta y me suelte una sonrisa traviesa, pero camina con la espalda erguida y ofrece bebidas a la gente.

Me pongo detrás de un grupo de personas para esconderme del Político. ¿Sabía acaso Dee o Dum que me estaba rescatando o fue una grata coincidencia?

¿Qué hace aquí? Una imagen de la caravana de Obi abriéndose paso hacia la ciudad me vuelve a la memoria. El camión lleno de explosivos. El plan de Obi de reclutar a luchadores de la resistencia para una batalla espectacular contra los ángeles.

Genial. Simplemente genial. Si los gemelos están aquí, deben estar inspeccionando el lugar para su contraataque.

¿Cuánto tiempo tengo para sacar a Paige de aquí antes de que vuelen el lugar en mil pedazos?

31

Después de una breve conversación, el Político se aleja del reservado de los guerreros. Para mi alivio, atraviesa por el centro del club en vez de ir en mi dirección. Parece haberse olvidado de mí. Se abre paso por el club, se detiene aquí y allá saludando gente.

Todos miran cómo se mueve por los alrededores. Durante unos momentos nadie habla. Luego, la conversación comienza, tentativamente, como si no estuvieran seguros de que ya podían hablar. Los guerreros beben con seriedad y en silencio. Lo que sea que les haya dicho el Político, no les ha gustado.

Espero hasta que la conversación sube de volumen otra vez, antes de intentar acercarme al albino. Ahora que sé que la resistencia está en el nido, siento una oleada adicional de premura.

Aun así, me detengo al margen de donde se encuentra el río de hembras. Hay una zona libre de mujeres alrededor del albino. Una vez que entre en ella, será difícil que no adviertan mi presencia.

Los ángeles parecen más interesados en socializar entre ellos que con las mujeres. A pesar de sus grandes esfuerzos, son tratadas como accesorios a los disfraces de los ángeles.

Cuando el albino se gira hacia donde estoy, logro identificar lo que mantiene a las mujeres alejadas. No es su absoluta falta de pigmentación, aunque estoy segura de que eso inquietaría a algunas personas. Pero estas mujeres no parecen rechazar a los hombres con plumas en sus espaldas, y quién sabe dónde más. ¿Cuál es el problema con no tener color alguno en la piel? Son sus ojos. Un vistazo y entiendo por qué los seres humanos prefieren mantenerse lejos.

Son de un color rojo sangre. Nunca había visto algo así. El iris es tan grande que abarca casi todo el ojo. Son como bolas carmesí inyectadas de blanco, como dos rayos en miniatura fulminados por la sangre. Unas largas pestañas de marfil enmarcan los ojos, como si no fueran lo suficientemente llamativos.

No puedo más que quedarme mirándolo. Aparto la mirada, avergonzada, y me doy cuenta de que hay otros humanos que también lo miran nerviosamente. Los otros ángeles, a pesar de su terrible agresividad, parecen creados en el cielo. Éste, en cambio, parece haber salido directamente de las pesadillas de mi madre.

He tenido bastantes oportunidades de estar alrededor de personas cuya apariencia física es inquietante para los demás. Paige era una niña muy popular entre la comunidad de discapacitados. Su amiga Judith nació con brazos cortos y unas pequeñas manos mal formadas. Alex se tambaleaba al caminar y tenía que contorsionar la cara dolorosamente para formar palabras coherentes, lo cual muchas veces lo obligaba a chorrear una cantidad vergonzosa de baba; Will era un cuadripléjico que necesitaba una bomba para respirar.

Las personas se les quedaban mirando y los esquivaban al pasar de la misma forma en que los seres humanos se comportan alrededor de este albino. Cada vez que algún incidente particularmente malo le ocurría a un miembro de su grupo de amigos, Paige los reunía para celebrar una fiesta temática. Una fiesta de piratas, una fiesta de zombis, una fiesta donde tenías que llegar como estuvieras vestido en ese momento, en la que un chico llegó en pijama y con un cepillo de dientes en la boca.

Bromeaban y reían y reconocían en sus almas que eran más fuertes unidos. Paige era su animadora, su consejera y su mejor amiga, todo en una.

Me queda claro que el albino necesita a alguien como Paige en su vida. Tiene las señales de alguien tremendamente consciente de que las personas lo miran y lo juzgan por su apariencia. Sus brazos y hombros se mantienen pegados a su cuerpo, su cabeza está inclinada hacia abajo, sus ojos rara vez miran hacia delante. Se mantiene al lado del grupo donde la luz es más tenue, donde es más probable que las miradas curiosas pudieran confundir el rojo de sus ojos con un color café oscuro.

Supongo que si hay algo que pudiera perturbar los prejuicios de un ángel, es alguien que parece salido de las llamas del infierno.

A pesar de su postura y de su sutil vulnerabilidad, es indiscutiblemente un guerrero. Todo en él es impositivo, desde sus hombros amplios y su altura excepcional hasta sus músculos voluminosos y sus enormes alas. Justo como los ángeles en el reservado. Justo como Raffe.

Cada uno de los miembros de este grupo parece haber sido creado para pelear y conquistar. Sus movimientos seguros y sus manifestaciones de autoridad lo confirman. Nunca hubiera notado que el albino está incómodo si no conociera ese tipo de incomodidad.

En cuanto ingreso a la zona libre de humanos alrededor del albino, éste se gira hacia mí. Lo miro directamente a los ojos como lo haría con cualquier otra persona. Una vez que supero el shock de ver un par de ojos tan extraños, percibo en él una leve curiosidad. Me contoneo un poco, al mismo tiempo que le lanzo una sonrisa brillante.

—Qué pestañas tan bonitas tienes —le digo, arrastrando un poco las palabras. Trato de no exagerar.

Él parpadea con cierto asombro con sus pestañas de marfil. Camino hacia él, tropezando justo lo suficiente para derramar algo de mi bebida en su impecable traje blanco.

—¡No! ¡Cuánto lo siento! ¡No puedo creerlo que acabo de hacer! —cojo un pañuelo de la mesa y froto un poco la mancha—. Te ayudo a limpiarlo.

Agradezco que mis manos no tiemblen. No soy ajena a las malas vibraciones a mi alrededor. Estos ángeles han matado más seres humanos que cualquier guerra en la historia. Y aquí estoy yo, salpicando a uno de ellos con mi bebida. No es la treta más original, pero es lo mejor que puedo hacer en el impulso del momento.

—Estoy segura de que se va a quitar —estoy parloteando como la chica medio borracha que se supone debo ser. El área alrededor del reservado se queda en silencio y todos nos observan.

No había contado con eso. Si a él le incomoda ser observado subrepticiamente, probablemente odie ser el centro de atención en un escenario tan estúpido como este.

Coge mi muñeca y la aleja de su traje. Su apretón es firme pero no causa dolor. Sin duda alguna podría partir en dos mi muñeca con el más mínimo capricho.

—Yo lo arreglo —noto un poco de irritación en su voz. La

irritación está bien. Eso puedo controlarlo. Pensaría que es un buen tipo, si dejara de lado el hecho de que forma parte del equipo que trajo fuego y azufre a la Tierra.

Camina a paso ligero hacia el baño, ignorando las miradas de ángeles y humanos por igual. Lo sigo en silencio. Considero seguir con la actuación de la chica borracha, pero decido no hacerlo a menos que alguien lo distraiga en su camino al baño.

Nadie lo detiene, ni siquiera para saludarlo. Echo una mirada para ver dónde se encuentra Raffe, pero no lo veo en ninguna parte. Espero que no cuente conmigo para mantener al albino ahí dentro hasta que sienta que puede hacer su aparición.

En cuanto el albino se abre paso para meterse en el baño, Raffe surge de las sombras con un cono rojo y un letrero doblado de mantenimiento que dice «Temporalmente fuera de servicio». Coloca el cono y el letrero enfrente de la puerta y se mete tras el albino.

No estoy segura de qué se supone que debo hacer ahora. ¿Me quedo aquí afuera y vigilo? Si confiara completamente en Raffe, eso es exactamente lo que haría.

Entro al baño de hombres. Paso a un lado de tres tipos que salen deprisa. Uno de ellos se sube apresuradamente la cremallera. Son humanos y probablemente no se cuestionarán por qué un ángel los está expulsando del baño.

Raffe está parado en la puerta y mira al albino, quien a su vez lo mira a través del espejo encima del lavabo. El albino se muestra precavido y cauteloso.

—Hola, Josiah —dice Raffe.

Los ojos sangrientos de Josiah se entrecierran, observan con atención a Raffe.

Luego, los ojos se abren del asombro al reconocerlo.

Se gira para estar frente a Raffe. La incredulidad se mezcla con la confusión, la dicha y la alarma. No tenía idea de que una persona pudiera sentir todas esas cosas simultáneamente, mucho menos mostrarlas en su cara.

Contiene su expresión hasta regresar a un estado normal y en control. Parece que le cuesta un poco de trabajo.

—¿Te conozco? —pregunta Josiah.

—Soy yo, Josiah —dice Raffe, mientras da un paso para acercarse a él.

Josiah retrocede hasta chocar con la encimera de mármol.

—No —sacude la cabeza, sus ojos rojos enormes y llenos de reconocimiento—. Creo que no te conozco.

Raffe parece confundido.

—¿Qué te ocurre, Josiah? Sé que ha pasado mucho tiempo pero...

—¿Mucho tiempo? —Josiah resopla mientras suelta una risa incómoda, y se echa para atrás como si Raffe tuviera la peste—. Sí, podría decirse —estira los labios para formar una sonrisa torcida, blanco con blanco—. Mucho tiempo, eso es gracioso. Sí.

Raffe se le queda mirando. Inclina la cabeza.

—Escucha —dice Josiah—. Me tengo que ir. No... no me sigas, ¿entendido? Por favor, por favor, no puedo arriesgarme a ser visto con... extraños —inhala un suspiro tembloroso y da un paso determinado hacia la puerta.

Raffe lo detiene, colocándole la palma de su mano en el pecho.

—No hemos sido extraños desde que te saqué del barrio de los esclavos para entrenarte como soldado.

El albino se estremece al sentir el tacto de Raffe, como si lo hubiera quemado.

—Eso fue en otra vida, en otro mundo —da otro suspiro tembloroso. Baja la voz hasta convertirla en un susurro apenas audible—. No deberías estar aquí. Es demasiado peligroso para ti.

—¿En serio? —Raffe suena aburrido.

Josiah se da la vuelta y se coloca otra vez en la encimera del lavabo.

—Muchas cosas han cambiado. Las cosas se han vuelto complicadas —aunque su voz está perdiendo el nerviosismo, no puedo más que notar que Josiah se aleja lo más posible de Raffe.

—¿Tan complicadas que mis propios hombres se han olvidado de mí?

Josiah entra en uno de los cubículos y tira de la cadena del inodoro.

—Nadie te ha olvidado —apenas puedo escuchar sus palabras por el ruido del agua, así que estoy segura de que nadie fuera del baño puede oírlo—. Todo lo contrario. Te has convertido en el tema de conversación en el nido —camina a otro cubículo y tira de la cadena—. Prácticamente hay una campaña anti Rafael.

¿Rafael? ¿Quiere decir Raffe?

—¿Por qué? ¿A quién le importaría?

El albino se encoge de hombros.

—Yo sólo soy un soldado. Las maquinaciones de los arcángeles están muy por encima de mí. Pero si estuviera obligado a adivinar… ahora que Gabriel fue derribado…

—Hay un vacío de poder. ¿Quién es el Mensajero ahora?

Josiah tira de la cadena de otro inodoro.

—Nadie. Hay un empate. Todos estuvimos de acuerdo en que fuera Miguel, pero no lo desea. Le gusta ser general y no abandonaría el ámbito militar. Uriel, por otro lado, lo desea tanto que está prácticamente peinando nuestras plumas con sus propias manos para poder obtener el apoyo que necesita.

—Eso explica la fiesta interminable y las mujeres. Está tomando un camino muy peligroso.

—Entre tanto, ninguno de nosotros sabe qué está sucediendo o por qué demonios estamos aquí. Como es habitual, Gabriel no nos dijo nada. Sabes cómo le gustaba ser dramático. Todo se revelaba sólo en caso de que fuera necesario, e incluso en esa instancia, tenías suerte si le sacabas algo que de todos modos era transmitido de manera críptica.

Raffe asiente con la cabeza.

—Entonces ¿qué detiene a Uriel de obtener el apoyo que necesita?

El albino tira de otra cadena. Y aunque el estruendo del agua taparía cualquier sonido, él sólo señala con el dedo a Raffe y se dibuja en su boca la palabra «tú».

Raffe arquea una ceja.

—Claro —dice Josiah—. Hay algunos a quienes no les gusta la idea de que Uriel se convierta en el Mensajero, porque tiene un vínculo demasiado cercano con el infierno. No deja de decirnos que visitar la Fosa es parte de su trabajo, pero ¿cómo saber lo que realmente sucede ahí abajo? ¿Sabes a qué me refiero?

Josiah camina de vuelta al primer cubículo para llenar el lugar con otra ruidosa descarga de agua.

—Pero el problema más grande de Uriel son tus hombres. Todos son unos brutos testarudos. Están tan enfadados por el hecho de que los abandonaste, que ellos mismos te despedazarían, pero no van a permitir que alguien más lo haga. Dicen que todos los arcángeles sobrevivientes deberían contender para ser Mensajeros, incluyéndote a ti. Uriel no ha logrado ganárselos a ellos. Todavía no.

—¿A ellos?

Josiah cierra sus ojos de sangre.

—Sabes que yo no puedo asumir una postura, Rafael. Nunca he podido hacerlo. Nunca podré. Tendré suerte si no termino lavando platos al final de todo esto. Apenas puedo mantenerme unido al grupo así como está —escupe esto último con un enorme sentimiento de frustración.

—¿Qué dicen de mí?

La voz de Josiah se vuelve gentil, como si no quisiera ser la persona que trae esa clase de mala noticia:

—Que ningún ángel puede soportar estar solo durante tanto tiempo. Que si no has regresado significa que estás muerto. O que te has unido al otro lado.

—¿Que he caído? —pregunta Raffe. Un músculo en su mandíbula se tensa mientras aprieta los dientes.

—Se escuchan rumores de que cometiste el mismo pecado que los Vigilantes. Que no has regresado porque no se te permite regresar. Que escapaste astutamente de la humillación y la tortura eterna construyendo una historia sobre cómo tú les evitaste la pena a tus Vigilantes de cazar a sus propios hijos. Que todos los Nephilim que circulan alrededor de la Tierra son prueba suficiente de que ni siquiera lo intentaste.

—¿Qué Nephilim?

—¿En serio? —Josiah mira a Raffe como si estuviera observando a alguien fuera de sus casillas—. Están en todas partes. Los humanos mueren de miedo de salir por la noche. Todos los sirvientes han contado historias de cómo se encontraron cuerpos devorados a medias o de cuando su grupo fue atacado por los Nephilim.

Raffe parpadea, se toma unos momentos para asimilar lo que acaba de escuchar.

—No son Nephilim. No se parecen en nada a los Nephilim.

—Suenan como Nephilim. Comen como Nephilim. Aterrorizan como Nephilim. Tú y los Vigilantes son los únicos vivos que saben qué apariencia tienen. Y no sois testigos muy creíbles que digamos.

—He visto a estas cosas y no son Nephilim.

—Sean lo que sean, juro que será más fácil cazar a cada uno de ellos que convencer a las masas de que no lo son. Porque ¿qué otra cosa podrían ser?

Raffe me mira rápidamente. Mira el suelo encerado mientras responde.

—No tengo ni idea. Los hemos estado llamando «pequeños demonios».

—¿Hemos? —Josiah se gira para mirarme mientras yo trato de ser invisible, parada en la puerta del baño—. ¿Tú y tu Hija del Hombre? —su tono es parte acusación, parte decepción.

—No es como lo piensas, Josiah, por Dios. Tú sabes que yo sería el último que tomaría ese camino, después de lo que le pasó a mis Vigilantes, por no decir a sus esposas —Raffe camina pausadamente, en señal de frustración—. Además, este es el último lugar donde puedes lanzarme esa acusación.

—Hasta donde yo sé, nadie ha cruzado la barrera —dice Josiah—. Algunos de los muchachos dicen que sí, pero son los mismos que dicen que solían pelear con dragones en el pasado, con las alas y las manos atadas, para que la contienda fuera justa.

El albinotira de la cadena del siguiente inodoro.

—Por el otro lado, tú sí que tendrás serios problemas para convencer a la gente de que… tú sabes —se gira para mirarme nuevamente—. Necesitarás contrarrestar la propaganda en tu contra con tu propia campaña, antes de que intentes cualquier tipo de regreso triunfal. De lo contrario, podrías enfrentarte a un linchamiento. De modo que sugiero que huyas por la salida más cercana.

—No puedo. Necesito un cirujano.

—¿Para qué? —Josiah levanta las cejas en señal de sorpresa.

Raffe mira fijamente los ojos ensangrentados de Josiah. No quiere decirlo. Vamos, Raffe. No tenemos tiempo para momentos psicológicos delicados. Sé que es un poco frío de mi parte, pero alguien podría entrar por esa puerta en cualquier instante y ni siquiera hemos llegado al tema de Paige. Estoy a punto de abrir la boca para decir algo cuando Raffe habla.

—Me han cortado las alas.

Ahora es el turno de Josiah de ver fijamente a Raffe.

—¿Cortado? ¿Cómo?

—Cortado.

El rostro del albino se transforma, cubierto de shock y terror. Es extraño ver un par de ojos de apariencia tan maligna llenarse de lástima. No obtendrías una respuesta más compasiva si Raffe le hubiera dicho que lo habían castrado. Josiah abre la boca para decir algo, luego la cierra, como si hubiera decidido que era estúpido decirlo. Mira la americana de Raffe, con las alas asomándose, luego vuelve a mirar a su rostro.

—Necesito a alguien que pueda coserlas de nuevo. Alguien lo suficientemente bueno para que vuelvan a ser funcionales.

Josiah le da la espalda y se apoya en un lavabo.

—No puedo ayudarte —hay duda en su voz.

—Todo lo que tienes que hacer es preguntar, hacer la introducción.

—Rafael, sólo el jefe de los cirujanos puede operar aquí.

—Perfecto. Eso hace que tu tarea sea mucho más sencilla.

—La jefa de cirujanos es Laylah.

Raffe mira a Josiah como si esperara no haberlo escuchado bien.

—¿Es la única que puede hacerlo? —hay temor en su voz.

—Sí.

Raffe se pasa las manos por el cabello, parece como si quisiera arrancárselo.

—¿Vosotros seguís…?

—Sí —dice Josiah a regañadientes, casi avergonzado.

—¿Podrías convencerla?

—Sabes que no me puedo dar el lujo de arriesgar el pescuezo —el albino comienza a moverse, obviamente agitado.

—No te lo pediría si tuviera otra opción.

—Sí tienes otra opción. Ellos tienen médicos.

—Esa no es una opción, Josiah. ¿Lo harías?

Josiah suspira pesadamente, arrepintiéndose de lo que está a punto de decir:

—Veré qué puedo hacer. Escóndete en una habitación. Te buscaré en un par de horas.

Raffe asiente con la cabeza. Josiah se da la vuelta y marcha. Abro la boca para decir algo, preocupada de que Raffe haya olvidado a mi hermana.

—Josiah —dice Raffe antes de que yo pueda preguntarle algo—. ¿Qué sabes acerca de los niños que han sido robados?

Josiah se detiene en su camino a la puerta. Su perfil está muy quieto. Demasiado quieto.

—¿Qué niños?

—Creo que sabes bien qué niños. No necesitas decirme lo que está pasando. Sólo quiero saber dónde los guardan.

—No sé nada de eso —sigue sin mirarnos; se mantiene congelado de perfil, hablándole a la puerta.

El jazz del exterior se filtra al baño. El espesor de la fiesta se rompe en pedazos de conversación mientras un par de hombres se aproximan al baño, luego se desvanecen en el ruido de fondo conforme se alejan del área. El letrero de mantenimiento debe estar funcionando.

—Muy bien —dice Raffe—. Te veré dentro de un par de horas.

Josiah abre la puerta y sale como un alma que lleva el diablo.

32

Mi mente da vueltas con lo que acabo de escuchar. Ni siquiera los ángeles saben por qué están aquí. ¿Quiere esto decir que tenemos oportunidad de convencerlos de que deben irse? ¿Podría Raffe ser la clave para iniciar una guerra civil de ángeles? Mi mente se esfuerza por darle sentido a la política de los ángeles y a las oportunidades que puede representar.

Pero luego controlo mis pensamientos. Nada de eso me ayudará a encontrar a Paige.

—¿Pasas todo este tiempo hablando con él y le haces solamente una pregunta acerca de mi hermana? —lo miro enfurecida—. Él sabe algo.

—Sólo lo suficiente como para ser cauteloso.

—¿Cómo lo sabrías? Ni siquiera lo presionaste para que te diera información.

—Lo conozco. Algo le asusta. Es lo más lejos que está dispuesto a llegar. Y si lo presiono, no hará siquiera eso.

—¿No crees que esté involucrado?

—¿En el secuestro de niños? No es su estilo. No te preocupes. Es casi imposible mantener un secreto entre los ángeles. Encontraremos a alguien dispuesto a contárnoslo.

Se dirige a la puerta.

—¿En serio eres un arcángel?

—¿Estás impresionada? —dice, lanzándome una sonrisa coqueta.

—No —le miento—. Pero sí quiero presentar una queja contra tu plantilla.

—Habla con los mandos medios.

Lo sigo por la puerta mientras le dedico mi mirada más asesina.

En cuanto empujamos las puertas dobles del club, estamos fuera del calor sofocante y el ruido. Nos dirigimos al vestíbulo, que está más fresco, y hacia una hilera de ascensores. Tomamos el camino largo, cerca de las paredes, donde las sombras son más gruesas.

Raffe se detiene rápidamente en la recepción. Un recepcionista de cabello rubio está detrás del mostrador, vestido con traje y con pinta de robot, como si su mente estuviera en otra parte hasta que nos acercamos a él. En cuanto estamos a una distancia suficiente para que nos sonría, su rostro se anima y se convierte en una máscara cortés y profesional.

—¿Qué puedo hacer por usted, señor? —de cerca, su sonrisa parece un poco rígida. Sus ojos, aunque respetuosos cuando ven a Raffe, se vuelven fríos cuando me ven a mí. Bien por él. No le gusta trabajar para los ángeles y mucho menos que los humanos congenien con ellos.

—Dame una habitación —el nivel de arrogancia de Raffe está a tope ahora mismo. Se mantiene erguido y no se molesta en mirar al tipo mientras le habla. No sé si quiere intimidar al recepcionista para que no haga preguntas, o todos los ángeles se comportan así con los humanos y no quiere ser recordado como alguien distinto. Supongo que las dos cosas.

—Las habitaciones de los últimos pisos ya han sido reservadas, señor. ¿Está bien si lo alojo unos pisos más abajo?

—De acuerdo —Raffe suspira como si eso fuera una imposición.

El recepcionista me mira, luego escribe algo en su vieja libreta de registro. Le da una llave a Raffe y dice que nuestra habitación será la 1712. Quiero pedir una extra para mí, pero me detengo antes de abrir la boca. Pienso en las mujeres que buscan acompañantes para entrar al edificio y tengo la sospecha de que los únicos humanos a los que se les permite moverse por cuenta propia son los sirvientes. La posibilidad queda descartada.

El recepcionista se dirige a mí y me dice:

—Siéntase segura de usar el ascensor, señorita. La energía eléctrica es confiable aquí. La única razón por la que usamos llaves en vez de tarjetas electrónicas es porque los amos lo prefieren así.

¿En serio acaba de llamar a los ángeles sus «amos»? Mis dedos se ponen fríos con la idea. A pesar de mi determinación de encontrar a Paige y salir corriendo de ahí, no puedo más que preguntarme si hay algo que yo pueda hacer para derrotar a estos bastardos.

Es verdad que su control sobre lo que alguna vez fue nuestro mundo sigue dejándome atónita. Pueden tener energía eléctrica y ascensores y asegurarse de que haya un suministro constante de comida. Supongo que podría ser magia. Esa parece ser la única explicación en estos tiempos. Pero no estoy lista para tirar por la borda siglos de progreso científico para comenzar a pensar como una campesina medieval.

Me pregunto si, dentro de una generación, los humanos asumirán que todo lo que hay en este edificio es generado por magia. Aprieto los dientes al pensar en ello. A esto nos han reducido los ángeles.

Observo con detenimiento el perfil perfectamente formado de Raffe. No hay un ser humano que pudiera verse tan bien. Es sólo un recordatorio más de que no es uno de nosotros.

Veo de reojo el rostro del recepcionista. Sus ojos son más cálidos y entiendo que aprueba la amargura de mi rostro cuando miro a Raffe. Transforma de nuevo su cara en una máscara de profesionalismo y le dice a Raffe que puede llamarlo para lo que se le ofrezca.

El pequeño pasillo de los ascensores conduce a un área abierta y extendida. Echo un vistazo antes de presionar el botón del ascensor. Encima de mí hay hileras e hileras de balcones que llegan hasta el techo abovedado de cristal.

Hay ángeles circulando arriba, volando de piso en piso. Un anillo exterior de ángeles sube en espiral, mientras que un anillo interior de ángeles desciende en espiral.

Supongo que lo hacen para evitar choques, tal como nuestros patrones de tráfico se ven organizados desde arriba. Pero a pesar de sus orígenes prácticos, el efecto final es una colección asombrosa de cuerpos celestiales realizando una coreografía de ballet aéreo. Si Miguel Ángel hubiera visto esto a la luz del día, con el sol atravesando el techo de cristal, hubiera caído de rodillas y pintado hasta quedarse ciego.

Las puertas del ascensor se abren con el sonido de un timbre y mis ojos se apartan rápidamente, alejándose del esplendor encima de mí.

Raffe está a mi lado, observando a sus pares volar. Antes de que cierre los ojos, detecto algo que parece desesperanza.

O tristeza.

Me niego a sentirme mal por él. Me niego a sentir nada por él más allá de coraje y odio por las cosas que su gente ha hecho a la mía.

Pero el odio nunca llega.

En cambio, siento compasión. Aunque seamos diferentes, en muchas maneras somos espíritus afines. Sólo somos dos personas que luchan por recuperar sus vidas normales.

Pero luego recuerdo que él no es una persona.

Entro en el ascensor. Tiene un espejo, los paneles de madera y una alfombra roja que esperarías en un hotel costoso. Las puertas están a punto de cerrarse, pero Raffe sigue parado afuera. Coloco mi mano entre las puertas para evitar que se cierren.

—¿Qué pasa?

Mira a su alrededor, de manera insegura.

—Los ángeles no suben a los ascensores.

Claro, ellos vuelan a sus pisos. Cojo sus muñecas juguetonamente y le doy vueltas en un círculo embriagado, riéndome para beneficio de cualquiera que pueda observando. Luego, nos metemos bailando en el ascensor.

Presiono el botón del séptimo piso. Mi estómago se agita junto con el ascensor, al pensar en tener que escapar de un lugar de esta altura. Raffe tampoco parece muy cómodo. Supongo que un ascensor sería como un féretro de acero para alguien acostumbrado a volar por los cielos.

Sale a toda prisa cuando se abre la puerta. Aparentemente, la necesidad de salirse de una máquina que parece un féretro es más fuerte que su miedo de ser visto saliendo de un ascensor.

La habitación resulta ser una suite completa con un dormitorio, una sala y un bar. Todo está cubierto de mármol y de piel, hay una alfombra afelpada y unos ventanales. Hace dos meses, esa vista hubiera sido espectacular. Lo mejor de San Francisco.

Ahora, sólo me dan ganas de llorar ante la vista panorámica de destrucción y cenizas.

Camino hacia el ventanal como una sonámbula. Apoyo mi frente y mis manos en el cristal frío, como lo habría hecho en la tumba de mi padre.

Las colinas negras están llenas de edificios inclinados, como dientes rotos en una mandíbula quemada. Los barrios Haight-Ashbury, Mission, North Beach, SOMA, el parque Golden Gate, todos han desaparecido. Algo se rompe dentro de mí, como un cristal aplastado por unas botas.

Aquí y allá, columnas de humo suben hasta el cielo, como los dedos de un hombre que se ahoga y trata de subir a la superficie una última vez.

Aun así, hay zonas que no parecen completamente quemadas, áreas que pudieran servir para alojar pequeñas comunidades. San Francisco es conocido por sus barrios. ¿Quizá algunos de ellos pudieron sobrevivir el ataque de asteroides, incendios, masacres y enfermedades?

Raffe cierra las cortinas frente a mí.

—No sé por qué dejaron abiertas las cortinas.

Yo sé por qué. Las camareras son humanas. Quieren arruinar esta ilusión de civilización. Quieren asegurarse de que nadie olvide lo que los ángeles hicieron. Yo hubiera dejado las cortinas abiertas también.

Cuando me alejo de la ventana, Raffe está colgando el teléfono. Sus hombros se caen, como si el cansancio por fin se apoderara de él.

—¿Por qué no te duchas? He pedido comida.

—¿Servicio a la habitación? ¿Es real? ¿Vivimos el infierno en la Tierra y vosotros pedís comida a la habitación?

—¿La quieres o no?

—Claro —me encojo de hombros. Ni siquiera me avergüenzo de mi doble estándar. Quién sabe cuándo podré tener otra comida—. ¿Qué pasa con mi hermana?

—En su debido momento.

—Yo no tengo tiempo y ella tampoco —«y tampoco tú». ¿Cuánto tiempo falta para que los luchadores de la libertad ataquen el nido?

Por más que quiera que la resistencia golpee a los ángeles lo más duro posible, la idea de que Raffe sea atrapado en el ataque me revuelve el estómago. Estoy tentada de decirle que he visto a algunos miembros de la resistencia aquí, pero olvido la idea en cuanto llega. Dudo que él guardara silencio y no alertara a su gente, no más de lo que yo podría si supiera que los ángeles atacarían el campamento de resistencia.

—Muy bien, Señorita-No-Tengo-Tiempo, ¿dónde te gustaría que buscáramos primero? ¿Quieres que comencemos en el octavo piso o en el número veintiuno? ¿Qué tal la azotea, o el aparcamiento? Quizás puedas preguntarle al recepcionista dónde la tienen. Hay otros edificios intactos en este distrito. Quizás debamos comenzar con uno de ellos. ¿Qué opinas?

Me horroriza descubrir que mi determinación se derrite y se convierte en llanto. Mantengo los ojos abiertos para evitar que caigan las lágrimas. No lloraré enfrente de Raffe.

Su voz pierde dureza y se vuelve gentil:

—Llevará tiempo encontrarla, Penryn. Mantenernos limpios nos ayudará a no ser detectados y alimentarnos nos dará energía para buscar. Si no te gusta, la puerta está ahí. Yo me ducharé y comeré algo mientras tú buscas.

Se dirige al baño.

Doy un suspiro.

—Está bien —encajo mis tacones al cruzar la alfombra y me adelanto a entrar en el baño—. Yo me ducharé primero —tengo la delicadeza de no dar un portazo.

El baño es sutilmente lujoso, cubierto de piedra fósil y elementos metálicos. Podría jurar que es más grande que nuestra vieja casa. Me quedo de pie debajo del rocío caliente del agua y dejo que la mugre se disperse y caiga. Nunca pensé que una ducha y un lavado de cabello fueran algo tan lujoso.

Durante largos minutos debajo del agua, casi puedo olvidar lo mucho que ha cambiado el mundo e imagino que gané la lotería y me he hospedado una noche en un ático en la ciudad. La idea no me trae el mismo confort que el recuerdo de nuestra pequeña casa en los suburbios, antes de mudarnos al condominio. Mi papá todavía cuidaba de nosotras y Paige todavía no había perdido el uso de sus piernas.

Me envuelvo con una toalla afelpada tan grande como una manta. Ya que no hay nada más disponible, vuelvo a ponerme el vestido, pero decido que las medias y los tacones se quedarán ahí hasta que los necesite.

Cuando salgo a la habitación, hay una bandeja con comida sobre la mesa. Corro hacia ella y levanto el domo que la cubre. Costillas sin hueso cubiertas de salsa, crema de espinacas, puré de patatas y una generosa rebanada de pastel de chocolate. El aroma casi me hace desmayar del placer.

Cojo porciones de comida antes de sentarme. El contenido en grasa debe ser tremendo. En los viejos tiempos, hubiera intentado alejarme de todos estos platillos, excepto quizá del pastel de chocolate, pero en la tierra de la comida de gato y los tallarines secos, este festín es para morirse. Es la mejor comida que recuerdo haber tenido.

—Por favor, no me esperes —dice Raffe mientras ve cómo devoro. Coge un trozo de pastel antes de entrar en el baño.

—No lo haré —balbuceo con la boca llena, a sus espaldas.

Cuando regresa, me he terminado mi parte y me resulta difícil no robar algo de la suya. Obligo a mis ojos a alejarse de la comida para mirarlo a él.

Me olvido por completo del manjar en cuanto lo veo.

Está parado en la entrada del baño, el vapor se dispersa lánguidamente a su alrededor, y no lleva puesto nada salvo una toalla apenas amarrada a su cintura. Unas gotas de agua están suspendidas en su cuerpo como diamantes en un sueño. El efecto combinado de la luz suave que viene del baño a sus espaldas y el vapor que se enrosca en sus músculos me da la impresión de un mítico dios del agua que viene a visitar nuestro mundo.

—Puedes tomarlo todo —me dice.

Parpadeo un par de veces, tratando de comprender lo que ha dicho.

—Supuse que sería mejor tener una doble ración mientras podamos —alguien llama a la puerta—. Aquí viene mi orden —se dirige a la sala.

Se refiere a que los dos pedidos enfrente de mí son míos. Correcto. Claro que querría su comida caliente. No hay razón para dejarla enfriar mientras se ducha, de modo que ordenó primero la mía, luego la suya, justo antes de salir del baño. Claro.

Devuelvo mi atención a la comida, trato de recordar cuánto la deseaba hace unos momentos. La comida. Sí, la comida. Tomo un pedazo enorme de costilla. La salsa cremosa es un recordatorio sensual de los raros lujos que en algún momento menospreciaba.

Camino hacia la sala y hablo con la boca llena:

—Eres un genio por haber ordenado esta cantidad de…

El ángel albino, Josiah, entra en la sala con la mujer más hermosa que yo jamás he visto. Finalmente puedo ver a una ángel de cerca. Sus rasgos son tan finos y delicados que es imposible no quedársela mirando. Parece el molde de Venus, la diosa del amor. Su cabello, que cae hasta su cintura, brilla con la luz mientras se mueve, mezclándose con el plumaje dorado de sus alas.

Sus ojos color azul aciano serían el reflejo perfecto de inocencia y todo lo que es bueno, excepto que hay algo detrás de ellos. Algo que atisba la idea de que ella debería ser el ejemplo de la raza maestra.

Esos ojos me revisan desde la punta del cabello mojado hasta las puntas de mis pies descalzos.

Estoy agudamente consciente de que me entusiasmé de más cuando me metí ese trozo de carne en la boca. Mis mejillas están infladas y apenas puedo mantener la boca cerrada mientras mastico lo más rápido que puedo. La carne de costilla no es algo que pueda tragarme de un solo bocado. No me había preocupado por cepillarme ni secarme el cabello antes de sumergirme en el festín después de mi ducha, de modo que cuelga apelmazado y escurriéndose en mi vestido rojo. Sus ojos arios lo observan todo y me juzgan.

Raffe me lanza una mirada y se señala la mejilla. Me paso la mano por la cara, que estaba manchada con salsa. Perfecto.

La mujer ahora dirige su mirada a Raffe. Yo he sido descartada por insignificante. También le dedico una mirada de valoración, bebiendo sus hombros musculosos, su cabello mojado, su torso desnudo. Sus ojos se deslizan hacia mí como para formular una rápida acusación.

Da un paso para acercarse a Raffe y deja correr sus dedos en el pecho reluciente.

—Así que realmente eres tú —su voz es tan suave como un batido. Un batido con cristal molido dentro—. ¿Dónde has estado todo este tiempo, Raffe? ¿Y qué has hecho para merecer que te cortaran las alas?

—¿Puedes volver a coserlas, Laylah? —pregunta Raffe, secamente.

—Directo al asunto —dice Laylah, trasladándose hacia el ventanal—. ¿Hago un espacio en mi ocupada agenda para atenderte y ni siquiera me preguntas cómo estoy?

—No tengo tiempo para juegos. ¿Puedes hacerlo o no?

—En teoría, puede hacerse. Claro, suponiendo que todas las estrellas se alineen. Y hay muchas estrellas que necesitan alinearse para que funcione. Pero la verdadera pregunta es ¿por qué debería hacerlo? —abre de golpe las cortinas, asombrando a mis ojos nuevamente con la vista panorámica de la ciudad destruida—. Después de todo este tiempo, ¿existe acaso la posibilidad de que te hayan atraído al otro lado? ¿Por qué debería ayudar a los caídos?

Raffe camina al mostrador, donde se encuentra su espada. La desliza de su funda, logrando que el gesto no sea amenazador, lo cual es todo un reto si consideramos la nitidez de su doble filo. La hace girar en el aire y la atrapa del mango. Con un movimiento vuelve a enfundar la espada, mientras observa a Laylah con expectación.

Josiah asiente con la cabeza.

—Bien. Su espada no lo ha rechazado.

—No significa que no lo hará —dice Laylah—. A veces se aferran a su lealtad más tiempo de lo que deberían. No quiere decir...

—Significa todo lo que se supone que debe significar —dice Raffe.

—No estamos hechos para estar solos —dice Laylah—. No más de lo que los lobos fueron creados para estar solos. No existe un ángel que pueda soportar tal soledad por mucho tiempo, incluyéndote a ti.

—Mi espada no me ha rechazado. Fin de la discusión.

Josiah se aclara la garganta:

—¿Qué hay de las alas?

Laylah fulmina a Raffe con la mirada.

—No tengo recuerdos bonitos de ti, Raffe, si es que lo has olvidado. Después de todo este tiempo, llegas de nuevo a mi vida sin avisar. Y luego me exiges cosas. Me insultas al presumir de tu juguete humano en mi presencia. ¿Por qué debería hacer esto por ti, en vez de dar la alarma y avisar a todos que decidiste regresar?

—Laylah —dice Josiah nerviosamente—. Sabrían que fui yo quien lo ayudó.

—Te mantendría fuera de esto, Josiah —dice Laylah—. ¿Y bien, Raffe? ¿Ninguna explicación? ¿Ni una súplica? ¿Ni una adulación?

—¿Qué es lo que quieres? —pregunta Raffe—. Dime tu precio.

Estoy tan acostumbrada a que él tome el control de una situación, tan acostumbrada a su orgullo, que es difícil para mí verlo así. Tenso y bajo el poder de alguien que se comporta como una amante despechada. ¿Quién dice que los seres celestiales no pueden ser mezquinos?

Sus ojos se deslizan hacia mí, como si quisiera decir que su precio es que me maten. Luego se gira hacia Raffe, sopesando sus opciones.

Alguien llama a la puerta.

Layla se tensa en señal de alarma. Josiah parece como si lo acabaran de condenar al infierno.

—Es sólo mi cena —dice Raffe—. Abre la puerta antes de que alguien salga huyendo.

En la puerta está parado Dee-Dum, profesional y desinteresado, aunque no puede evitar mirarnos a todos de un solo vistazo. Sigue vestido de mayordomo, con el traje de cola y los guantes blancos. A su lado hay un carrito con una bandeja con un tapa plateada y cubiertos envueltos en una servilleta. La habitación se impregna de nuevo con un aroma de carne y vegetales frescos.

—¿Dónde quiere que lo ponga, señor? —pregunta Dee-Dum. No muestra señales de reconocimiento, ni de juicio ante el cuerpo semidesnudo de Raffe.

—Yo lo llevo —Raffe toma la bandeja. Tampoco muestra señas de reconocerlo. Quizá Raffe nunca se fijó en los gemelos en el campamento. No cabe duda de que los gemelos sí se fijaron en él.

Al cerrar la puerta, Dee-Dum hace una reverencia pero sus ojos no dejan de revisar la escena en la estancia. Estoy segura de que captó cada detalle, cada rostro, memorizándolo.

Raffe nunca le da la espalda para mostrarle sus cicatrices, de modo que Dee-Dum seguirá pensando que se trata de un humano. Aunque me pregunto si vio a Raffe en el club con sus alas asomándose por las ranuras de la americana. De cualquier modo, la gente de Obi no debe estar muy contenta de que dos «invitados» que se escaparon de su campamento terminen en compañía de ángeles en el nido. Me pregunto: si Raffe abriera la puerta repentinamente, ¿nos encontraríamos a Dee-Dum con una oreja pegada?

Laylah se relaja un poco y se sienta en un sillón de piel, como una reina en su trono.

—Apareces de la nada, sin invitación, te comes nuestra comida, te sientas como en casa en nuestro lugar, como una rata, ¿y todavía tienes el descaro de pedir ayuda?

Quise guardar silencio. Recuperar sus alas es tan importante como rescatar a Paige lo es para mí. Pero verla apoltronarse enfrente de una vista panorámica de la ciudad en ruinas es demasiado para mí.

—No es tu comida y tampoco es tu lugar —prácticamente escupo las palabras.

—Penryn —dice Raffe con una voz de advertencia mientras coloca la bandeja en la barra.

—Y no te metas con nuestras ratas —mis manos se aprietan tanto que las uñas se quedan marcadas en mis palmas—. Ellas tienen derecho a estar aquí. A diferencia de vosotros.

La tensión es tan espesa que me pregunto si me ahogaré en ella. Es probable que haya arruinado la oportunidad de Raffe para recuperar sus alas. La aria parece estar a punto de partirme en dos.

—Tranquilos —dice Josiah con una voz que intenta suavizar las cosas—. Tomemos un descanso y enfoquémonos en lo importante —de todos ellos, es el que se ve más maléfico, con sus ojos rojo sangre y ese blanco sobrenatural en el resto del cuerpo. Pero las apariencias engañan—. Raffe necesita sus alas. Todo lo que necesitamos hacer es averiguar qué puede obtener la bella Laylah de todo esto y estaremos contentos. Eso es lo único que importa, ¿verdad?

Nos mira a cada uno de nosotros. Estoy a punto de decir que yo no estaré contenta, pero creo que ya he dicho suficiente.

—Muy bien, entonces, Laylah… —dice Josiah—. ¿Qué podemos hacer para complacerte?

Las pestañas de Laylah descienden tímidamente sobre sus ojos.

—Ya pensaré en algo —no tengo duda de que ya sabe su precio, ¿por qué ser evasiva al respecto?—. Ven a mi laboratorio dentro de una hora. Me llevará tiempo prepararlo todo. Necesito las alas ahora mismo.

Raffe titubea un poco, como si estuviera a punto de firmar un pacto con el diablo. Luego se va a la habitación, y me deja sola con Laylah y Josiah, que me miran fijamente.

Al demonio con todo. Sigo a Raffe. Lo encuentro en el baño, envolviendo sus alas en unas toallas.

—No confío en ella —le digo.

—Te pueden escuchar.

—No me importa —me apoyo en el marco de la puerta.

—¿Tienes una idea mejor?

—¿Qué pasa si se queda con tus alas?

—Entonces me preocuparé por eso en su momento —pone un ala al lado y comienza a envolver la otra con una toalla que es prácticamente del tamaño de una sábana.

—No tendrás ventaja en ese momento.

—No tengo ventaja ahora.

—Tienes tus alas.

—¿Qué puedo hacer con ellas, Penryn? ¿Colgarlas en la pared? No me sirven de nada a menos que pueda cosérmelas de nuevo —Raffe pasa su mano encima de los dos dobleces de las alas. Cierra sus ojos.

Me siento como una tonta. Sin duda, esto es lo suficientemente difícil como para que yo refuerce sus dudas.

Pasa a mi lado y se dirige a la puerta. Yo me quedo en el baño hasta que los dos ángeles se van y la puerta de la entrada se cierra.

33

Contemplo las ventanas oscuras que dan a la ciudad en ruinas.

—Cuéntame del Mensajero —esta es la primera oportunidad que he tenido de darle sentido a la conversación que sostuvo anteriormente con Josiah.

—Dios manda a Gabriel. Él es el Mensajero. Gabriel es el que nos dice al resto lo que Dios quiere —Raffe coge una cucharada enorme de su puré de patata recalentado—. Por lo menos, esa es la teoría.

—¿Y Dios no habla con ninguno de los otros ángeles?

—Por supuesto que no habla conmigo —Raffe corta un trozo de su bistec al punto—. No he sido muy popular últimamente.

—¿Nunca ha hablado contigo, ni una sola vez?

—No. Y dudo que lo haga.

—Pero según Josiah, al parecer tú podrías ser el próximo Mensajero.

—Sí, ¿no sería ese el mejor de los chistes? Aunque no es imposible. Técnicamente, estoy en la lista de sucesores.

—¿Por qué sería un chiste?

—Porque, mi querida Señorita Entrometida, soy agnóstico.

He tenido muchas sorpresas este último par de meses. Pero esta casi me tira al suelo.

—¿Eres… agnóstico? —lo miro fijamente, para ver si muestra señales de humor—. ¿Te refieres a que no estás seguro de la existencia de Dios? —está completamente serio—. ¿Cómo puede ser eso? ¡Eres un ángel!

—¿Y qué?

—Que eres una criatura de Dios. Él te creó.

—Supuestamente te creó a ti también. Pero algunos de vosotros también dudáis de su existencia.

—Bueno, pues, sí, pero él no nos habla a nosotros. Digo, por lo menos no me habla a mí —de repente me acuerdo de mi madre—. Hay personas que dicen que hablan con Dios o al revés. Pero ¿cómo puedo saber si es cierto?

Mi madre ni siquiera habla con Dios en español. Lo hace en una lengua inventada que sólo ella entiende. Su creencia religiosa es fanática. O más concretamente, su creencia en el diablo es fanática.

¿Y yo? Incluso ahora, con el mundo lleno de ángeles, no logro creer en su Dios. Aunque debo admitir que a veces temo a sus demonios. Supongo que en conclusión también me considero agnóstica. ¿Quién sabe? Estos ángeles podrían ser una especie alienígena de otro mundo que trata de obligarnos a rendirnos sin luchar. No lo sé. No creo que llegue el momento en que sepa la verdad acerca de Dios, los ángeles, o la mayoría de las preguntas de la vida. Lo he llegado a aceptar.

Pero, por lo pronto, me he topado con un ángel agnóstico.

—Me duele la cabeza —me siento a su lado en la mesa.

—La palabra del Mensajero se acepta como la palabra de

Dios. Nosotros la obedecemos. Siempre ha sido así. Lo que cada uno crea o no en su interior, incluso el mismo Mensajero, es otra historia.

—Entonces, si el siguiente Mensajero dice que hay que destruir a los humanos que quedan, ¿los ángeles lo harían?

—Sin duda alguna —hinca los dientes al último trozo de carne.

Dejo que mi cabeza absorba todo eso mientras Raffe se prepara para ir a su cirugía.

Se pone la mochila. Está envuelta con toallas blancas para dar la impresión de que sus alas están dobladas debajo de la americana.

Me levanto para ajustarla.

—¿Esto no es sospechoso?

—No habrá muchas miradas a donde voy.

Camina hacia la puerta de entrada y hace una pausa.

—Si no regreso al amanecer, busca a Josiah. Él te ayudará a salir del nido.

El corazón me da un vuelco..

Ni siquiera sé a dónde va. Probablemente a algún carnicero de la calle que trabaja con instrumentos de cirugía sucios bajo una luz tenue.

—Espera —apunto a la espada en el mostrador—. ¿Qué pasará con tu espada?

—Ella no querrá ver todos esos bisturís y agujas cerca de mí. No me puede ayudar en la mesa de operación.

Mis entrañas se retuercen intranquilas ante la imagen de Raffe recostado en una mesa de operación rodeado de ángeles hostiles. Sin mencionar la posibilidad de un ataque de la resistencia humana durante su cirugía.

¿Debería advertirle?

¿Y correr el riesgo de que se lo diga a su gente? ¿A sus viejos amigos y soldados leales?

De todos modos, ¿qué haría si lo supiera? ¿Cancelar la operación y dar por vencida su esperanza de recuperar sus alas? Por nada en el mundo.

Raffe sale por la puerta sin una palabra de advertencia de mi parte.

34

No sé qué hacer excepto caminar de un lado a otro de la habitación.

Estoy demasiado alterada para pensar bien. Mi mente revolotea con imágenes de lo que le podría estar sucediendo a Paige, a mi madre, a Raffe y a los luchadores de la libertad.

¿Cuánto tiempo puedo comer y dormir y relajarme rodeada de lujos mientras Paige está sufriendo en algún lugar cercano? A este ritmo, podrían pasar semanas antes de que podamos dar con ella. Sólo deseo que hubiera algo que yo pudiera hacer en vez de esperar aquí, indefensa hasta que Raffe salga de la operación.

Por lo que he visto hasta ahora, los humanos no están autorizados a acercarse al nido sin la compañía de un ángel.

A menos que sean sirvientes...

Descarto una media docena de ideas enloquecidas, que involucran cosas como asaltar a una sirviente de mi tamaño y robarle su ropa. Eso puede funcionar en las películas, pero probablemente condenaría a la chica a morir de hambre si es despedida del nido. Puede que no apruebe que los humanos trabajen para los ángeles, pero ¿quién soy yo para juzgar las maneras que otras personas tienen de sobrevivir a esta crisis y alimentar a su familia?

Cojo el teléfono y pido una botella de champán de su menú de servicio a la habitación. Considero preguntar por Dee-Dum pero decido dejárselo al azar.

En el Mundo de Antes, ni siquiera podría beber alcohol legalmente, mucho menos pedir una botella de champán a una suite de mil dólares la noche. Camino de un lado a otro, pienso en todos los escenarios posibles. Justo cuando estoy convencida de que voy a hacer un hoyo circular en la alfombra, alguien llama a la puerta.

Por favor, por favor, que sea Dee-Dum.

Abro la puerta y encuentro a una mujer tímida. Sus ojos oscuros miran por debajo de una melena de cabello castaño rizado. Me decepciono tanto que hasta puedo sentir el sabor metálico en mi boca. Estoy tan frustrada de que no sea Dee-Dum que considero seriamente asaltarla para robarle su uniforme blanco y negro. Viste una falda negra, larga, con una blusa blanca debajo de una americana negra que le llega hasta la cintura y que parece ser la versión femenina de un esmoquin. Es un poco más grande que yo pero no por mucho.

Abro la puerta y le indico que puede entrar. Ella entra, se dirige a la mesa y pone la bandeja encima.

—¿Tienes familia? —le pregunto.

Se gira y me mira como un conejo asustado. Asiente y hace que su melena le tape los ojos.

—¿Y este trabajo los mantiene alimentados?

Asiente otra vez, sus ojos se vuelven cautelosos. Quizá era inocente hace un par de meses, pero ha pasado toda una vida desde entonces. La inocencia en sus ojos se desvanece demasiado rápido. Esta chica tuvo que luchar por obtener este trabajo y, por la apariencia de su sombría expresión, ha tenido que pelear para mantenerlo.

—¿Cuántos de vosotros hacéis entregas a las habitaciones?

—¿Por qué?

—Por curiosidad —considero decirle que busco a Dee-Dum, pero no quiero ponerlo en peligro. Hay demasiadas cosas que no entiendo sobre la sociedad de los ángeles y las políticas de los sirvientes como para empezar a decir nombres.

—Somos una media docena —se encoge de un hombro y mantiene sus ojos cautelosos dirigidos a mí, mientras se acerca de nuevo a la puerta.

—¿Os turnáis para hacer las entregas?

Ella asiente. Sus ojos miran rápidamente la puerta de la habitación, como si se preguntara dónde está mi ángel.

—¿Te estoy asustando? —lo digo con un tono deliberadamente terrorífico. Sus ojos vuelven rápidamente hacia mí. Me acerco a ella con pasos pausados, como una vampiresa, con una expresión de hambre en mi rostro. Estoy improvisando a cada paso, pero puedo notar que ella está asustada. Supongo que eso es mejor a que se rían de ti por actuar de forma rara.

Sus ojos se abren mientras me aproximo. Abre la puerta y prácticamente sale corriendo.

Con un poco de suerte, eso la descarta para la próxima vez que pida servicio a la habitación. En el mejor de los casos, sólo necesito hacer cinco pedidos más.

Resulta que sólo necesito ordenar dos cosas más antes de que Dee-Dum llegue a mi puerta con una enorme porción de pastel de queso. Cierro la puerta detrás de él y me apoyo en ella como si esto lo obligara a ayudarme.

Lo primero que quiero preguntarle es cuándo ocurrirá el ataque. Pero él me ha visto en compañía de ángeles y temo que pensará que soy una amenaza si comienzo a hacerle preguntas sobre sus planes de ataque. De modo que me limito a las dudas básicas.

—¿Sabes dónde guardan a los niños? —no creo que mi voz sea muy alta, pero de todos modos agita su mano para pedirme que me calle. Sus ojos se dirigen a la habitación.

—Se han ido —susurro—. Por favor, ayúdame. Necesito encontrar a mi hermana.

Se me queda mirando lo suficiente como para que comience a inquietarme. Luego saca una pluma y una libreta, de las que usan los camareros cuando toman un pedido. Escribe algo y me lo pasa. La nota dice «Vete ahora, mientras puedas».

Levanto la mano para que me pase la pluma y escribo en el mismo trozo de papel. Hace unos meses, hubiera sido natural usar un nuevo trozo para anotar otra cosa, pero ahora, el papel que tenemos podría ser el último. «No puedo. Debo rescatar a hermana».

Escribe «Entonces, morirás».

«Te puedo decir cosas acerca de ellos que probablemente no sepas».

Eleva su ceja en señal de interrogación.

¿Qué podría decir que le interese? «Atraviesan problemas políticos. No saben por qué están aquí».

Escribe «¿Cuántos?».

«No lo sé».

«¿Armas?».

«No lo sé».

«¿Plan de ataque?».

Me muerdo el labio. No sé nada que sea inmediatamente relevante en términos de estrategia militar, lo cual es obviamente lo que busca.

—Por favor, ayúdame —le susurro.

Me mira durante un largo tiempo. Sus ojos son calculadores, desprovistos de emoción, lo cual combina extrañamente con su rostro rosado y pecoso. No necesito a este maestro espía de corazón frío. Lo que necesito es al chico inocente, al Dee-Dum que bromea y entretiene.

Escribo «Tú me debes algo, ¿recuerdas?». Le ofrezco una sonrisa a medias, intento persuadirlo para que vuelva a ser ese gemelo juguetón que conocí en el campamento. Funciona, más o menos. Su rostro se relaja un poco; probablemente recordó la pelea con Anita. Me pregunto cómo de mal estuvo después de que escapamos. ¿Los habrán dejado en paz los demonios?

Escribe «Te llevaré a donde podría haber niños. Pero de ahí en adelante estás por tu cuenta y riesgo».

Me emociono tanto que lo abrazo.

—¿Hay algo más que pueda hacer por usted, señorita? —asiente vigorosamente, indicándome que debo pedir algo nuevo.

—Ah, sí. ¿Qué tal... una tableta de chocolate? —los chocolates de Paige siguen en el fondo de mi mochila, en el coche. Daría lo que fuera por darle unos chocolates en cuanto la vea.

—Por supuesto —dice, mientras saca un encendedor y quema el papel en el que habíamos escrito—. Puedo conseguírselo inmediatamente, señorita —las llamas rápidamente consumen la nota, dejando atrás los restos enroscándose y el olor de papel quemado.

Abre el grifo del fregadero de la barra y lanza la nota quemada hasta que todo rastro de cenizas desaparece. Luego, coge el tenedor de la bandeja, pincha una porción enorme del pastel de queso y se la mete en la boca. Con un guiño, se retira, y me muestra su palma en señal de que espere.

Gasto un poco más la alfombra caminando en círculos hasta que regresa. Pienso en su temor a que digamos las cosas en voz alta y lo que está haciendo en este lugar.

A mí me parece que escribirnos notas es demasiado cauteloso, si consideramos el grosor de las paredes y el ruido en el nido. Creo que Raffe me hubiera advertido si las conversaciones pudieran escucharse. Pero supongo que la gente de Obi no tiene a un ángel avisándoles que están hablando muy alto. A pesar de todos los contactos y espías de Obi, es posible que yo sepa más acerca de los ángeles que cualquiera de ellos.

Cuando Dee-Dum regresa, me trae un uniforme de sirvienta y una barra grande de chocolate con avellanas. Me visto con el uniforme blanco y negro lo más rápido que puedo. Agradezco que los zapatos son prácticos, sin tacones y de suela blanda, hechos para camareras que están de pie todo el día. Zapatos con los que puedo correr. Las cosas pintan bien.

Cuando Dee-Dum saca su libreta, le digo que los ángeles no pueden escucharnos. Me lanza una mirada escéptica, incluso después de que se lo aseguro. Finalmente lo sorprendo cuando le enseño la espada de Raffe.

—¿Qué demonios es eso? —su voz es baja pero por lo menos está hablando. Dee-Dum mira la espada mientras coloco la funda en mi espalda.

—Son tiempos peligrosos, Dee-Dum. Toda chica debe tener una espada consigo —tengo que colgármela inclinada para que quede bien colocada en mi espalda sin que la empuñadura se asome por entre mi cabello.

—Esa parece una espada de ángel.

—Obviamente no, de lo contrario no podría levantarla, ¿o sí?

—Cierto —asiente con la cabeza.

Hay demasiada convicción en su voz para un hombre que nunca ha intentado levantar una. Adivino que ha intentado hacerlo varias veces.

Compruebo la correa de piel alrededor de la empuñadura para asegurarme de que puedo abrirla fácilmente para sacar la espada con una mano.

Él sigue mirándome con un poco de sospecha, como si supiera que miento en algo pero no adivina qué es.

—Bueno, supongo que es más silenciosa que una pistola. Pero ¿dónde has encontrado algo así?

—En una casa. El dueño era un coleccionista.

Me pongo encima la chaqueta corta que acompaña al uniforme. Es un poco grande para mí, de modo que resguarda muy bien la espada. No cubre muy bien la punta del mango, pero pasaría una inspección casual. Mi espalda no se ve totalmente natural, pero da el pego. Mi cabello largo oculta un poco el bulto en mi espalda.

Es obvio que Dee-Dum quiere interrogarme sobre la espada, pero no puede pensar en las preguntas apropiadas. Le pido que guíe el camino.

Lo más difícil de recordar mientras camino entre la multitud de la fiesta en el vestíbulo es comportarme como si nada. Pienso en el mango de la espada rebotando delicadamente en mi cadera al caminar. Sigo con el deseo de internarme en las sombras y desaparecer. Pero con los uniformes de sirvientes, somos invisibles siempre y cuando nos comportemos como se espera de nosotros.

Los únicos que parecen notarnos vagamente son los otros sirvientes. Afortunadamente, no tienen ni el tiempo ni la energía para prestarnos atención. La fiesta está en su esplendor en estos momentos y los sirvientes están casi corriendo para mantener el ritmo de trabajo.

La única persona que me mira atentamente es el recepcionista que nos registró. Paso un mal rato cuando sus ojos se enganchan en los míos y detecto una luz de reconocimiento. Observa a Dee-Dum. Intercambian miradas. Luego el recepcionista vuelve a su papeleo, como si no hubiera visto nada peculiar.

—Espera aquí —dice Dee-Dum y me deja en las sombras mientras camina hacia el mostrador de la recepción.

Me pregunto cuántos miembros de la resistencia se habrán infiltrado en el nido.

Dee-Dum habla brevemente con el recepcionista, luego se dirige a la entrada, llamándome para que lo siga. Ha apresurado su paso, es más urgente que antes.

Me sorprende un poco cuando Dee-Dum nos saca del edificio. Mucha más gente espera afuera y los guardias están demasiado ocupados para notar nuestra presencia.

Me sorprendo aún más cuando nos dirige a la vuelta del edificio, hacia un callejón oscuro. Casi estoy corriendo para mantener el paso.

—¿Qué está pasando? —susurro.

—Han cambiado los planes. No tenemos tiempo. Te enseñaré hacia dónde debes ir y luego hay algunas cosas que necesito hacer.

«No hay tiempo».

Corro tras él en silencio, tratando de mantener la calma.

Por primera vez, soy incapaz de controlar las dudas que me carcomen. ¿Podré encontrar a Paige a tiempo? ¿Cómo lograré sacarla del nido por mi cuenta sin una silla de ruedas? Puedo cargarla a mis espaldas, pero no podré correr ni pelear así. Seremos un blanco grande y torpe en una galería de tiros.

¿Y qué pasará con Raffe?

A nuestra derecha hay una entrada para coches cercada que conduce al aparcamiento subterráneo del nido. Dee-Dum me dirige hacia ella.

Soy agudamente consciente de que somos humanos desarmados en la calle y de noche. Me siento aún más vulnerable cuando logro ver unos ojos que vigilan a través del callejón, cerca de donde unos bultos oscuros de personas se encuentran aglomeradas para protegerse del viento. No hay nada en esos ojos que me resulte sobrenatural, pero tampoco soy experta.

—¿Por qué no entramos desde el vestíbulo? —pregunto.

—Alguien siempre vigila esas escaleras. Tienes más posibilidades de entrar por la parte trasera.

A un lado de la entrada cercada hay una puerta de metal que lleva hacia el aparcamiento. Dee-Dum saca una cantidad impresionante de llaves, las mueve rápida y apresuradamente e intenta abrir con algunas.

—¿No sabes qué llave es? Y yo que pensaba que tú eras el que estaba preparado.

—Lo estoy —me dice con una sonrisa traviesa—. Pero estas no son mis llaves.

—Me tienes que enseñar ese truco de carterista un día de estos.

Levanta la mirada para responder, pero su cara se transforma en una expresión de preocupación. Me doy la vuelta para ver lo que él ve.

Unas sombras se desplazan por el callejón, acercándose a nosotros.

Dee-Dum se mueve de su rincón y asume una posición de pelea, como un luchador que se prepara para un impacto. Yo sigo tratando de decidir si correr o pelear cuando cuatro hombres nos rodean.

Mientras la luna sale de entre las nubes de una tormenta, detecto unos cuerpos rancios y sin duchar, con ropas deshilachadas y ojos feroces. Me pregunto cómo llegaron al área restringida del nido. También podría preguntarme cómo es que las ratas entran en cualquier lugar. Simplemente lo hacen.

—Gentuza del hotel —dice uno. Sus ojos observan nuestras ropas limpias, nuestros cuerpos recién bañados—. ¿Tenéis algo de comer?

—Sí —dice otro. Éste lleva unas cadenas pesadas, de las que se ven colgando en los talleres mecánicos—. ¿Qué tal uno de esos bocadillos tan sofisticados?

—Escuchad, todos estamos en el mismo equipo aquí —dice Dee-Dum. Su voz es tranquila, reconfortante—. Todos peleamos por lo mismo.

—Oye, imbécil —dice el primer tipo, mientras cierra el círculo que nos rodea—, ¿cuándo fue la última vez que tuviste hambre, eh? Mismo equipo, y una mierda.

El tipo de las cadenas comienza a ondearlas como si fueran un lazo. Estoy casi segura de que está presumiendo, pero no sé si eso es todo lo que planea hacer con ellas.

Mis músculos se preparan para una pelea. Cómo desearía haber tenido oportunidad de practicar con la espada antes de usarla, pero es mi mejor apuesta para detener las cadenas.

Abro la correa y desenvaino la espada.

35

—¿**P**enryn? Todos se dan la vuelta para mirar a la recién llegada.

Uno de los bultos tirados en el callejón se incorpora y sale de las sombras.

Mi madre abre los brazos de par en par mientras camina hacia mí. Su picana cuelga de su muñeca como un enorme brazalete para locos. Mi corazón da un vuelco. Tiene una enorme sonrisa en el rostro, completamente inconsciente del peligro que enfrenta.

Un alegre suéter amarillo ondea con el viento alrededor de sus hombros, como una capa. Pasa a un lado de los hombres como si ni siquiera los hubiera visto. Quizá no los ve. Me abraza fuerte y me da vueltas y vueltas.

—¡Estaba tan preocupada! —acaricia mi cabello y me revisa para ver si tengo heridas. Parece muy contenta de verme.

Me muevo para zafarme de ella, mientras me pregunto cómo la voy a proteger.

Estoy a punto de sacar la espada cuando me doy cuenta de que los hombres han retrocedido, ampliando el círculo a nuestro alrededor. De repente han pasado de amenazadores a nerviosos. La cadena que hace unos momentos formaba un lazo ahora es como un rosario mientras el tipo juega ansiosamente con los eslabones.

—Lo siento, lo siento —dice el primer tipo a mi madre. Levanta las manos en señal de rendición—. No lo sabíamos.

—Sí —dice el de la cadena—. No quisimos causar ningún daño. En serio —retrocede nerviosamente hacia las sombras.

Se escabullen en medio de la noche, y nos dejan a mí y a Dee-Dum contemplando la escena, perplejos.

—Veo que has hecho algunos amigos, mamá.

Frunce el ceño cuando mira a Dee-Dum.

—Lárgate —toma su picana y la apunta hacia él.

—Él está bien. Es un amigo.

Me da un fuerte golpe en la cabeza que me deja aturdida.

—¡Estaba preocupada por ti! ¿Dónde has estado? ¿Cuántas veces te he dicho que no confíes en nadie?

Odio cuando hace eso. No hay nada más humillante que tu madre loca te golpee delante de tus amigos.

Dee-Dum nos mira, atónito. A pesar de su actitud intensa y sus habilidades para robar bolsillos, claramente no proviene de un mundo donde las madres golpean a sus hijos.

Estiro mi mano hacia él.

—Está bien. No te preocupes —me doy la vuelta para mirar a mi madre—. Él nos ayuda a encontrar a Paige.

—Él te miente. Sólo tienes que verlo —los ojos de mi madre se llenan de lágrimas. Sabe que no escucharé sus advertencias—. Él te engañará y te llevará a un hoyo sucio en el infierno y no te soltará. Te encadenará a una pared y dejará que las ratas te coman viva. ¿No puedes verlo?

Dee-Dum no hace más que mirar primero a mi madre,

luego a mí, luego a mi madre, sorprendido. Parece un niño como nunca antes lo hubiera sido.

—Ya basta, mamá —camino de vuelta a la puerta de metal a un lado de la entrada cercada—. O guardas silencio o te dejo aquí y encontraré a Paige yo sola.

Corre hacia mí y me coge del brazo en señal de súplica.

—No me dejes aquí sola —veo en sus ojos salvajes el resto de su enunciado: «sola con los demonios».

No le hago notar que ella parece ser la cosa más aterradora en estas calles.

—Entonces, guarda silencio, ¿de acuerdo?

Ella asiente. Su rostro está lleno de angustia y miedo.

Hago un gesto a Dee-Dum para que guíe el camino. Nos mira a las dos, probablemente trata de encontrarle sentido a todo esto. Después de una pausa, saca su llavero, mirando a mi madre con temor. Prueba varias llaves hasta que una funciona. La puerta se abre con un chirrido que me hace estremecer.

—Al final del aparcamiento a la derecha hay una puerta. Intenta ahí.

—¿Y qué encontraré?

—No tengo ni idea. Todo lo que puedo decirte es que hay rumores entre los sirvientes de... de que podría haber algo como niños ahí. Pero quién sabe. Quizá sólo sean unos enanos.

Respiro profundamente, con la intención de calmarme. Mi corazón revolotea en mi pecho como un pájaro moribundo. Espero, contra toda posibilidad, que Dee-Dum se ofrezca a acompañarme.

—Sabes que es una misión suicida —dice. Eso descarta por completo que me ofrezca su ayuda.

—¿Ese era tu plan desde el principio? ¿Indicarme a dónde ir y luego convencerme de que no hay nada que pueda hacer para salvar a mi hermana?

—En realidad, mi plan era convertirme en estrella de rock, viajar por todo el mundo, coleccionar fans, ponerme muy gordo y pasar el resto de mi vida jugando videojuegos mientras las chicas siguen acercándose y pienso que me sigo viendo igual que en mis vídeos musicales —se encoge de hombros, como si dijera «¿Quién iba a saber que el mundo resultaría tan distinto?».

—¿No puedes ayudarme?

—Lo siento, chica. Si voy a suicidarme, será mucho más vistoso que ser cortado en pedacitos en un sótano mientras intentaba rescatar a la hermanita de otro —sonríe bajo la luz tenue, restándole peso a sus palabras—. Además, tengo un par de cosas sumamente importantes que debo hacer.

—Gracias por traerme aquí —asiento.

Mi madre me aprieta el brazo, recordándome silenciosamente que ella piensa que todo lo que él dice es mentira. Me doy cuenta de que le digo adiós como si yo también creyera que es una misión suicida.

Guardo todas mis dudas donde no pueda sentirlas. Es muy parecido a saltar a un abismo. Si no crees que puedes hacerlo, no lo podrás hacer.

Entro por la puerta.

—¿Realmente vas a hacerlo? —pregunta Dee-Dum.

—Si fuera tu hermano el que está ahí dentro, ¿qué harías?

Titubea un poco, luego mira a su alrededor para asegurarse de que nadie pueda escucharnos:

—Escúchame muy bien. Tienes que salir de la zona en menos de una hora. Aléjate lo más que puedas.

Antes de que pueda preguntarle qué sucederá, se desvanece entre las sombras.

¿Una hora?

¿La resistencia piensa atacar tan pronto?

El hecho de que me haya advertido me pone bajo presión. Él no se arriesgaría a que alguien filtre información, lo que significa que no hay tiempo suficiente para que yo pueda causar mucho daño si me atrapan e interrogan.

Mientras tanto, no puedo quitarme la imagen de Raffe acostado e indefenso en la mesa de operaciones. Ni siquiera sé dónde está.

Respiro profundamente.

Me encamino a la oscura caverna que solía ser un aparcamiento.

Después de unos cuantos pasos, trago un poco de saliva amarga por el pánico mientras me detengo en completa oscuridad. Mi madre me aprieta el brazo con la suficiente fuerza como para dejarme un moretón.

—Es una trampa —me susurra al oído. Puedo sentir cómo tiembla. Le doy un firme apretón a su mano para reconfortarla.

No hay nada que pueda hacer hasta que mis ojos se adapten a la oscuridad, suponiendo que haya algo a lo que adaptarse. Mi primera impresión es que es un espacio completamente negro, cavernoso. Me mantengo estática mientras espero a mis ojos. Todo lo que escucho es la respiración nerviosa de mi madre.

Pasa poco tiempo, pero siento como si hubieran sido horas. Mi cerebro grita «corre, corre, corre».

Conforme mis ojos se adaptan, me siento menos como un blanco ciego debajo de un foco.

Estamos paradas en medio del aparcamiento subterráneo,

rodeadas de coches abandonados que se vislumbran entre las sombras. El techo se siente al mismo tiempo altísimo y demasiado bajo. Al principio, parecía haber un grupo de gigantes parados frente a mí, pero resultan ser pilares de hormigón. El aparcamiento es un laberinto de vehículos y pilares que se desvanecen en la oscuridad.

Sostengo la espada de ángel frente a mí como un bastón de adivino. Odio tener que entrar en los espacios más oscuros del aparcamiento, lejos de la poca luz que entra por los barrotes de la puerta, pero allí es a donde debo ir si es que quiero encontrar a Paige. El lugar se siente tan desierto que estoy tentada de decir su nombre en voz alta.

Entro cautelosamente en la casi total oscuridad, esquivando los escombros en el suelo. Me tropiezo con algo que parece ser un bolso con su contenido esparcido alrededor. Estoy a punto de perder el equilibrio, pero mi madre me agarra tan fuerte del brazo que me estabilizo sin problema.

Mis pasos hacen eco en la oscuridad. Revelan nuestra ubicación e interfieren con mi habilidad para escuchar a alguien acercarse para pillarme por sorpresa. Mi madre, por otro lado, es igual de silenciosa que un gato. Incluso su respiración es silenciosa. Ha practicado mucho, siempre ocultándose en la oscuridad, siempre intentando evitar esas cosas que la persiguen.

Me topo con un vehículo y camino a tientas a lo largo de una larga curva de coches, en lo que supongo que es un patrón zigzagueante común, aparcados unos frente a otros en hileras. Uso la espada más como un bastón de invidente que como un arma.

Casi me tropiezo con una maleta. Algún viajante debió cargarla cuando se dio cuenta de que no había nada en su interior que valiera la pena. Debí haberme tropezado con ella. Estoy tan adentro en las entrañas del aparcamiento que ya debería estar completamente oscuro, pero alcanzo a ver la forma rectangular del equipaje. En alguna parte hay una muy leve fuente de luz.

Comienzo a buscarla, trato de localizar un sitio donde las sombras sean menos densas. Podríamos pasar toda la noche moviéndonos alrededor de estas hileras de coches abandonados sin encontrar nada.

Giramos dos veces más, en cada movimiento las sombras se aligeran casi imperceptiblemente. Si no estuviera buscando esa luz, jamás me hubiera percatado de ella.

Cuando la encuentro, es tan tenue que probablemente no la hubiera visto si el edificio no estuviera tan oscuro. Es una delgada ranura de luz que esboza la forma de una puerta. Pongo mi oído sobre ésta pero no escucho nada.

Abro la puerta muy lentamente. Da paso al descanso de unos escalones. Una luz se asoma abajo.

Cierro la puerta detrás de nosotras y comienzo a bajar las escaleras. Agradezco que sean de cemento y no de metal, ya que evita que hagan un ruido hueco.

Al final de las escaleras hay otra puerta cerrada. Esta puerta está delineada por unos haces de luz brillante, la única luz en la escalera. Pego mi oreja a la puerta. Alguien está hablando.

No puedo escuchar lo que dicen, pero sí puedo detectar que son por lo menos dos personas. Esperamos, de cuclillas en la oscuridad y con nuestros oídos contra la puerta, con la esperanza de que haya otra puerta por la que estas personas puedan salir.

Las voces se desvanecen. Después de escuchar silencio

unos momentos, abro la puerta con el mayor cuidado posible, estremeciéndome en anticipación por el ruido. La puerta se abre silenciosamente.

Es un espacio de hormigón, del tamaño de un almacén. Lo primero que veo son hileras y más hileras de columnas de cristal, cada una lo suficientemente grande para alojar a un hombre adulto.

En cada uno de los cilindros flota una especie de ángel escorpión.

36

Se parecen un poco a los ángeles, con sus alas finas de libé-
lula dobladas en los contornos de sus espaldas, pero no lo
son. Por lo menos, no son como ningún ángel que haya visto.
O haya querido ver.

Hay algo retorcido en ellos. Flotan en las columnas llenas de
líquido transparente como fetos, y siento como si estuviera mirando el útero incorpóreo de un animal que no debería existir.

Algunos de ellos son del tamaño de hombres grandes,
con protuberantes músculos a pesar de que se encuentran
en posición fetal. Otros son más pequeños, como si lucharan
por sobrevivir. Algunos se chupan el pulgar, como bebés. La
cualidad humana de ese gesto hace que la imagen sea especialmente perturbadora.

De frente parecen humanos, pero de espaldas y de lado
son extraterrestres. Unas anchas colas de escorpión crecen de
sus coxis y se enroscan por arriba de sus cabezas. Las puntas
tienen unos aguijones agudos, listos para pinchar. La visión
de esas colas me hace recordar imágenes de mi pesadilla y me
estremezco.

La mayoría tiene las alas flexionadas, pero algunas están
parcialmente desdobladas, extendidas contra la curvatura de

los cilindros y crispándose, como si soñaran con volar. Estos ángeles son más fáciles de observar que aquellos cuyas colas tiemblan como si soñaran con matar a alguien.

Sus ojos están cerrados, con lo que parecen párpados aún no desarrollados. Sus cabezas no tienen pelo y su piel es casi translúcida, mostrando la red de venas y musculatura. Sean lo que sean, no se han desarrollado del todo.

Bloqueo este escenario lo más que se pueda de mi madre. Se volvería loca si viera algo de esto. Por primera vez, su reacción sería pertinente.

Le hago una señal con la mano para que me espere donde está. Intensifico el gesto en mi cara para que entienda que hablo en serio, pero no sé si servirá de algo. Lo último que necesito es que ella pierda los estribos. Nunca pensé que estaría agradecida de su paranoia, pero lo estoy. Existe la posibilidad de que mi madre se oculte en la oscuridad como un conejo en su madriguera hasta que regrese a por ella. Si algo ocurre, por lo menos trae su picana para defenderse.

Tengo un nudo en el estómago por el miedo que me produce lo que estoy a punto de hacer. Pero si Paige está aquí, no puedo dejarla.

Me obligo a mí misma a entrar en el recinto lúgubre y cavernoso.

Adentro, el aire se siente frío, clínico. El ambiente tiene un aroma a formol, un olor que asocio con cosas muertas que se guardan en frascos y se ponen en repisas.

Paso cuidadosamente entre las columnas de cristal para llegar al centro de la estancia.

Mientras camino entre las columnas, puedo notar algo que parecen ser unos montones de ropa y algas marinas en el fondo de los tanques cilíndricos.

Un escalofrío recorre mi espalda. Rápidamente me doy la vuelta hacia otro lado, para no mirar más de cerca.

Pero cuando retiro la mirada, veo algo que transforma mi escalofrío en terror puro.

Una de las bestias sostiene a una mujer en un abrazo de amantes dentro del tanque. Su cola hace un arco por encima de su cabeza hasta el cuerpo de la mujer, con el aguijón enterrado en su nuca.

Uno de los tirantes de su vestido de fiesta ha sido arrancado de su delgadísimo hombro. La boca del ángel escorpión está enterrada en uno de sus pechos, cuya piel se arruga conforme se seca, como si todos los fluidos de su cuerpo se estuvieran drenando.

Han colocado una máscara de oxígeno sobre su boca y nariz. Los tubos negros de la máscara ascienden hasta la tapa del tanque como un inquietante cordón umbilical. Su cabello oscuro es lo único que se mueve en ella. Flota etéreamente, trenzándose entre los tubos y el aguijón.

A pesar de la máscara, la reconozco. Es la mujer cuyos hijos y esposo se despidieron de ella desde el cerco cuando ingresó al nido; la mujer que se dio la vuelta para lanzar un último beso a su familia. Parece como si hubiera envejecido veinte años desde la última vez que la vi, hace sólo unas cuantas horas. Su rostro es amarillento, su piel cuelga de sus huesos. Ha perdido peso. Mucho peso.

Debajo de sus pies flotantes se encuentra un montón de tela de color brillante, y lo que ahora descubro que es piel sobre huesos. Lo que inicialmente confundí con algas marinas es en realidad cabello que ondea en el fondo del tanque.

Este monstruo lentamente licua las entrañas de la mujer para bebérselas.

Mis pies no quieren moverse. Me quedo paralizada, como una presa en espera del ataque de su predador. Todos los instintos en mi cuerpo me gritan que corra.

Cuando creo que las cosas no se pueden poner peor, veo sus ojos. Parecen distendidos y poco naturales en sus órbitas. Imagino una chispa de desesperación y de dolor en ellos. Espero que por lo menos haya muerto rápido y sin dolor, pero lo dudo.

Estoy a punto de girarme hacia el otro lado, cuando un grupo de pequeñas burbujas se escapan de su máscara de oxígeno y flotan por encima de su cabello.

Me quedo congelada. No es posible que esté viva, ¿o sí?

Pero claro. Si no fuera así, ¿por qué alguien le pondría una máscara de oxígeno?

Espero para ver si se presenten otras señales de vida. El único movimiento que observo es ocasionado por el escorpión, mientras la succiona hasta dejarla seca. La piel de la mujer, vibrante hace unas horas, se marchita frente a mis ojos. Su cabello baila, con movimientos pausados, cada vez que el escorpión se mueve.

Y luego, otro grupo de burbujas de aire sale flotando de su máscara.

Ella respira. Imposiblemente lento, pero respira.

Alejo mi vista de ella y me obligo a revisar la estancia en busca de algo que me ayude a sacarla del tanque. Ahora puedo ver otros tanques, aquí y allí, que también tienen personas atrapadas. Todas se encuentran en distintas fases de ese abrazo mortal, algunas todavía están frescas y llenas de vida, mientras que otras parecen vacías.

Uno de los escorpiones tiene una mujer fresca en sus brazos, besándola en la boca y con la máscara de oxígeno flotando encima. Otro tanque contiene a un hombre vestido con el uniforme del hotel. La bestia escorpión tiene la boca pegada en su ojo.

No es una alimentación sistemática. Algunos tanques tienen un montículo grande en la parte de abajo, mientras que otros tienen montones más pequeños. Esto también se demuestra en los distintos ángeles escorpiones. Algunos son grandes y musculosos mientras que otros son frágiles y malformados.

Mientras estoy parada ahí, atónita y nauseabunda, se abre una puerta en el fondo del sótano y escucho algo que rueda en el suelo.

Mi instinto me dice que me oculte detrás de uno de los tanques, pero no me puedo obligar a acercarme a uno de ellos. De modo que me quedo parada en medio de la matriz de las columnas de cristal, mientras intento descifrar qué está ocurriendo al otro lado. Tratar de ver un cuarto a través del cristal de una columna es como tratar de leer una nota a través de un tanque para tiburones. Todo está distorsionado e irreconocible.

Si no puedo ver a los ángeles, ellos no me pueden ver a mí. Me escabullo alrededor de una de las columnas para tener una perspectiva distinta del cuarto. Controlo mis emociones para hacer caso omiso de las víctimas. No puedo ayudarlas si me atrapan.

Al otro lado de la matriz, un ángel regaña a un sirviente humano.

—Los cajones debieron haber llegado la semana pasada —viste una bata de laboratorio puesta encima de sus alas.

El humano está parado detrás de una enorme vitrina de acero, colocada encima de un carrito con plataforma. Es de tres cajones de altura, cada una lo suficientemente grande para meter a una persona. No quiero ni pensar qué se supone que debe ir allí dentro.

—Elegiste la peor noche para entregar esto —el ángel mueve su mano desinteresadamente hacia el muro en el fondo—. Colócalas ahí, contra la pared. Necesitan estar aseguradas para que no se caigan. Los cuerpos están allí —apunta a un muro adyacente—. He tenido que amontonarlos en el suelo, gracias a tu tardanza. Puedes poner los cuerpos en los cajones cuando hayas terminado de instalarlas.

El sirviente parece horrorizado pero el ángel del laboratorio no parece advertirlo. El hombre se traslada hasta el muro del fondo con la vitrina, mientras que el ángel camina hacia el otro lado.

—La noche más interesante en siglos y este idiota tiene que escogerla, de entre todas las noches, para entregar unos muebles —el ángel balbucea algo para sí mismo mientras se dirige a la pared a mi izquierda.

Me muevo para mantenerme escondida. El ángel empuja un par de puertas batientes y desaparece.

Doy un brevísimo paso hacia delante, miro a mi alrededor para asegurarme de que no haya nadie más en el cuarto. No hay nadie más que el tipo que descarga los cajones para los cadáveres. Me pregunto si debo exponerme a él y rogarle que me ayude. Podría ahorrar mucho tiempo y problemas si alguien dentro me ayudase.

Por otro lado, él podría decidir que se ganaría un premio si delata a un intruso. Inmovilizada por la indecisión, veo cómo el tipo empuja el carrito vacío y lo saca de unas puertas dobles al otro lado de la estancia.

Después, el cuarto vacío gorgotea con el sonido de burbujas de aire de uno de los tanques. Mi cerebro grita de nuevo, «corre, corre, corre». Tengo que encontrar a Paige antes de que empiecen los ataques de la resistencia.

Pero no puedo dejar que estas personas sean consumidas por los monstruos.

Me escabullo por la matriz de columnas fetales para buscar algo que me permita sacar a las víctimas de los tanques. Al final de la matriz, veo una escalera azul. Perfecto. Puedo abrir las tapas de los tanques y tratar de sacarlos.

Deslizo la espada de vuelta en su funda para tener las manos libres. Mientras corro hacia donde está la escalera, aparece una nueva masa de colores y comienza a crecer a mi derecha. Las columnas de fluidos distorsionan la imagen, da la impresión de una masa de carne con cien manos y pies, con una serie de caras distorsionadas en distintos lugares de la masa.

Avanzo precavidamente hacia delante. Un truco de la luz hace que las distorsiones danzantes parezcan como cien ojos que me siguen.

Luego, me aparto de la matriz de la columna y veo lo que realmente es.

El corazón me da un vuelco y dejo de respirar unos instantes. Mis pies se quedan pegados al suelo, me quedo parada, y contemplo lo que está frente a mí.

37

Al principio, mi cerebro se niega a creer lo que mis ojos ven. Trata de interpretar la escena como un muro de muñecas desechadas. Pura ropa y plástico, creado por un fabricante de juguetes con serios problemas de ira. Pero no logro convencerme de la ilusión y me obligo a verlo como lo que es.

Apoyados contra el muro blanco hay montones y montones de niños.

Algunos están parados y tiesos, apoyados contra la pared y contra ellos mismos, deben de ser media docena. Otros están sentados contra la pared y las piernas de los otros niños. Y otros más están recostados boca arriba y boca abajo, apilados uno encima del otro como trozos de leña.

Van desde niños pequeños a niños de unos diez o doce años. Todos están desnudos, desprovistos de cualquier cosa que pudiera protegerlos. Todos tienen las típicas puntadas de autopsia en forma de Y, que comienzan en sus pequeños pechos y terminan en su entrepierna.

La mayoría tiene puntadas adicionales en los brazos, piernas y cuellos. Unos cuantos tienen puntadas en el rostro. Algunos niños tienen los ojos abiertos, otros cerrados. Algunos de los ojos tienen amarillo o rojo en vez de blanco alrededor del iris. Otros tienen agujeros donde solían estar sus ojos, y otros tienen los párpados cosidos con gruesas y torpes puntadas.

Casi pierdo la perpetua pelea contra mi estómago y toda esa comida tan rica que comí hace un rato sube por mi esófago. Tengo que tragar fuerte para que no salga. Mi aliento es muy caliente y el aire se siente demasiado frío en mi piel punzante.

Quiero —necesito— cerrar los ojos para nublar lo que ven. Pero no puedo. Busco algo. Observo a cada niño brutalizado para ver si encuentro el rostro de hada de mi hermana. Comienzo a temblar y no puedo detenerme.

—Paige —mi voz sale como un susurro quebrado.

Apenas puedo susurrar su nombre, pero lo digo una y otra vez, como si eso de alguna manera hiciera que las cosas estuvieran mejor. Me pongo a buscar entre el montón de cuerpos mutilados como un soñador en medio de una pesadilla, incapaz de detenerme e incapaz de apartar la mirada.

Por favor, que no esté aquí. Por favor, por favor. Todo menos eso.

—¿Paige? —se escucha el horror en mi voz así como un hilo de esperanza de que posiblemente no esté aquí.

Algo se mueve entre el montón de cuerpos cosidos.

Doy un tembloroso paso hacia atrás, sintiendo cómo la fuerza de mis piernas se desvanece.

Un niño pequeño sale rodando de la cima de un montón de niños y cae boca abajo.

Dos cuerpos debajo de donde estaba, veo una mano pequeña que se estira ciegamente y se aferra del hombro del niño que cayó. Los cuerpos encima de la mano se mecen para un lado y para el otro, hasta que ruedan para quedar encima del niño caído.

Finalmente puedo ver a la personita a la que le pertenece la mano que hurgaba a tientas. Es una niña pequeña con las piernas desproporcionadamente delgadas. Una cortina de cabello castaño oculta su rostro mientras se arrastra dolorosamente hacia mí.

Tiene un cruel corte en la zona lumbar que se cruza con otro corte que sube hasta su espalda. Unas puntadas grandes y desiguales suben por su columna, sosteniendo su piel herida y destazada. Tiene puntadas en ambos brazos y en ambas piernas. El rojo y azul de sus cortes y heridas contrastan fuertemente con su piel blanca y cadavérica.

Me quedo paralizada, trato de cerrar los ojos para fingir que esto no es real. Pero no puedo dejar de ver el doloroso progreso de la niña mientras se libera del montón de cuerpos. Se empuja hacia delante con sus brazos, sus piernas son como un par de pesos muertos arrastrándose detrás de ella.

Después de una eternidad, la niña finalmente levanta su cabeza. Las mechas de su cabello se mueven hacia atrás.

Y ahí está mi hermana.

Sus ojos atormentados me encuentran. Demasiado grandes para su rostro de hada. Inundados de lágrimas al momento de verme.

Caigo de rodillas, apenas siento el golpe contra el suelo.

El rostro de mi hermana pequeña tiene puntadas que van desde sus orejas hasta sus labios, como si alguien hubiera pelado la parte superior de su cara y luego la hubiera colocado de nuevo. Todo su rostro está hinchado y lleno de heridas de todos los colores.

—Paige —mi voz se quiebra.

Me arrastro hacia ella y la cojo en mis brazos. Está igual de fría que el hormigón.

Se envuelve en mis brazos como solía hacerlo cuando era una bebé. Trato de sostener todo su cuerpo en mi regazo, aunque ya es demasiado grande para eso. Su aliento en mi mejilla es igual de frío que una brisa en el ártico. Se me ocurre que quizás le drenaron toda la sangre para que jamás volviera a sentir calidez en su cuerpo.

Mis lágrimas se derraman en sus mejillas, nuestra angustia se mezcla sobre su rostro.

38

—Conmovedor —dice una voz fría detrás de mí.

El ángel camina hacia nosotras con una expresión tan indiferente que nada humano podría detectarse detrás de ella. Es el tipo de expresión que un tiburón esbozaría frente a dos niñas que lloran.

—Esta es la primera vez que uno de vosotros entra a la fuerza en vez de intentar salir.

Detrás de él, el sirviente de las entregas se abre paso por las puertas dobles con otra carga de cajones metálicos. Su expresión es completamente humana. Sorpresa, preocupación, miedo.

Antes de que pueda responder, el ángel mira agitadamente hacia el techo y luego inclina la cabeza. Me recuerda a los perros que escuchan algo a lo lejos que sólo ellos pueden oír.

Me aferro al cuerpo roto de mi hermana, como si pudiera protegerla de esta monstruosidad. Es todo lo que puedo hacer para mantener mi voz funcionando, si no controlada.

—¿Por qué harían algo así? —susurro forzadamente.

Detrás del ángel, el hombre sacude la cabeza hacia mí, como si quisiera advertirme. Parece como si ansiara encogerse dentro de uno de los cajones.

—No necesito explicarle nada a un mono —dice el ángel—. Pon el espécimen de vuelta en donde estaba.

¿El espécimen?

Una explosión de coraje corre por mis venas y mis manos tiemblan por la necesidad de apretarle el pescuezo.

Sorprendentemente, me controlo.

Lo miro enfurecida, con ganas de hacerle mucho daño.

La meta es sacar a mi hermana de aquí, no obtener una satisfacción momentánea. Levanto a Paige con mis brazos y me tambaleo hacia él.

—Nos vamos de aquí —en cuanto salen las palabras, reconozco que no será tan fácil.

Deja su libreta y se para entre nosotras y la puerta.

—¿Con permiso de quién? —su voz es baja, profunda y amenazadora. Totalmente segura de sí misma.

Nuevamente inclina la cabeza mientras escucha algo que yo no puedo oír. El ceño fruncido arruina su piel lisa.

Respiro profundamente dos veces, trato de sacar toda la rabia y el miedo de mi cuerpo. Cuidadosamente pongo a Paige debajo de una mesa.

Luego me lanzo hacia él.

Lo golpeo con todas mis fuerzas. Sin cálculos, sin pensarlo, sin plan. Sólo una furia enloquecida, épica.

No es mucho, comparado con la fuerza del ángel, incluso de un ángel pequeño como él. Pero tengo la ventaja de la sorpresa.

Mi golpe lo derriba en la mesa de exploración y me pregunto cómo es que sus huesos huecos no se rompen.

Desenfundo la espada. Los ángeles son mucho más fuertes que los humanos, pero pueden ser vulnerables en tierra. No existe ni un solo ángel que sea bueno para volar y que trabaje en un sótano, donde no hay ventanas por las cuales pueda entrar volando. Existe una buena posibilidad de que éste no pueda subir a los cielos muy rápidamente.

Antes de que el ángel pueda recuperarse de su caída, lanzo la espada hacia él con todo mi cuerpo. La dirijo a su cuello.

O por lo menos lo intento.

Es más rápido de lo que pensaba. Me coge de la muñeca y la golpea en el borde de la mesa.

El dolor es insoportable. Mi mano se contrae y se abre, dejando caer la espada. Repiquetea en el suelo lejos de mi alcance.

Se levanta fatigadamente mientras cojo un bisturí de una bandeja. Se siente endeble e inútil. Mido mis posibilidades de ganar, o incluso de herirlo, y veo que no hay ninguna.

Eso me hace enfadar aún más.

Le aviento el bisturí. Corta su cuello, haciendo que la sangre salga a borbotones y manche su bata blanca.

Cojo una silla y se la lanzo antes de que se recupere.

Él la aparta como si yo hubiera lanzado solamente un trozo de papel.

Antes de que me dé cuenta de que viene directamente hacia mí, me aplasta contra el suelo y comienza a estrangularme. No sólo me está asfixiando, no está dejando pasar sangre a mi cerebro.

Cinco segundos. Ese es todo el tiempo que tengo antes de perder el conocimiento porque la sangre deja de fluir hacia mi cabeza.

Levanto mis brazos y los meto entre los suyos, como para hacer una cuña. Luego los golpeo fuertemente contra sus antebrazos.

Debió funcionar. Siempre funcionaba en mi entrenamiento.

Pero ni siquiera siento que disminuya la presión. En mi pánico no tuve en cuenta su fuerza sobrehumana.

En un desesperado intento final, junto mis manos, entrelazando los dedos. Me hago para atrás y golpeo su antebrazo con mis puños con todas mis fuerzas.

Su codo se dobla hacia atrás.

Pero luego vuelve a ponerse en su sitio.

Se acabó el tiempo.

Como una amateur, instintivamente clavo mis uñas en sus manos. Pero sus garras de hierro bien pudieran estar soldadas en mi garganta.

Mi corazón retumba en mis oídos, se vuelve cada vez más frenético. Mi cabeza está a punto de salir flotando.

El rostro del ángel es frío, indiferente. Unas manchas oscuras brotan en su cara. Mi corazón se detiene mientras me doy cuenta de que mi visión se desvanece.

Se nubla.

Los contornos se vuelven más oscuros.

39

Algo golpea al ángel. Reconozco una visión de pelos y dientes, un animal que gruñe.

Algo cálido y húmedo salpica mi blusa.

La presión en mi garganta de pronto desaparece. Lo mismo el peso del ángel.

Doy un enorme y ardiente respiro. Me enrosco hasta quedar como una pelota, trato de no toser mucho mientras el aire fresco fluye hacia mis pulmones.

Escucho gruñidos salvajes. También el sonido de alguien que vomita.

El tipo de las entregas regurgita detrás de sus cajones para cadáveres. A pesar de eso, sus ojos siguen fijos en un rincón detrás de mí. Son tan grandes que parecen más blancos que castaños. Mira hacia el lugar de donde provienen los sonidos. El origen de toda la sangre en mi ropa.

Siento una extraña resistencia de girarme hacia atrás, aunque sé que debo hacerlo.

Cuando finalmente me doy la vuelta, tengo dificultades para comprender lo que está frente a mí. No sé cuál de las imágenes me debería conmocionar más, y mi pobre cerebro salta entre una y la otra.

La bata de laboratorio del ángel está empapada en sangre. Alrededor de él hay unos trozos de carne trémula, como pedazos de hígado arrancados y arrojados al suelo.

Un trozo de carne fue arrancado de su mejilla.

Se revuelca en el suelo de tal manera que parece como si estuviera a merced de una terrible pesadilla. Probablemente lo está. Probablemente yo también.

Paige se arrastra por encima de él. Sus manos pequeñas se aferran a su camisa para poder sostener mejor su cuerpo tembloroso. Tiene el cabello y la ropa cubiertos de sangre. También gotea de su cara.

Abre la boca y muestra hileras de dientes brillantes. Al principio, parece como si alguien le hubiera puesto frenos en los dientes. Pero no son frenos.

Son navajas.

Muerde la garganta del ángel. La sacude como lo haría un perro con un juguete. Se echa para atrás y estira la carne roída y sangrienta.

Escupe un pedazo de garganta. Aterriza con un golpe mojado al lado de otros pedazos de carne.

Escupe, nauseabunda. Es obvio que siente mucho asco, aunque no puedo identificar si la repulsión es por sus acciones o por el sabor. El recuerdo de la manera en que los pequeños demonios escupieron después de haber mordido a Raffe me viene a la cabeza.

«No deben comer carne de ángel». La idea cruza por las grietas de mi mente e instantáneamente la reprimo.

—¡Paige! —mi voz sale débil, llena de pánico, elevándose al final como si preguntara algo.

La niña que solía ser mi hermana se detiene frente al ángel moribundo y se vuelve hacia mí.

Sus ojos castaños se muestran amplios e inocentes. Unas gotas de sangre están suspendidas en sus largas pestañas. Me mira, atenta y dócil como siempre ha sido. No hay orgullo en su expresión, ni agresividad, ni horror por sus acciones. Me mira como si la hubiera llamado mientras ella desayuna un plato de cereales.

Mi garganta está adolorida por el estrangulamiento, y sigo conteniéndome las ganas de toser, lo cual es bueno porque así también trago mi cena de regreso. Los sonidos del vómito que suelta el tipo de las entregas no me ayudan mucho.

Paige deja tirado al ángel. Se pone de pie con sus propias piernas, sin apoyarse en nada.

Luego da dos milagrosos pasos hacia mí.

Se detiene, como si de repente recordara que está lisiada.

No me atrevo a respirar. La miro atentamente, resisto el deseo de correr y atraparla en caso de que caiga.

Abre sus brazos hacia mí como si quisiera que la levantara, como solía hacer cuando era una bebé. Si no fuera por la sangre escurriendo por su cara y su cuerpo lleno de costuras, pensaría que su expresión es tan dulce e inocente como siempre ha sido.

—Ryn-Ryn —su voz está al borde del llanto. Es el sonido de una niña asustada, segura de que su hermana mayor podrá ahuyentar a los monstruos que están debajo de la cama. Paige no me había llamado Ryn-Ryn desde que era bebé.

Veo las puntadas formando cruces en su cara y en su cuerpo. Veo los moretones, rojos, morados y azules en todo su cuerpo golpeado.

No es su culpa. Lo que sea que le hayan hecho, ella es la víctima, no el monstruo.

¿Dónde escuché eso antes?

La idea me dispara la imagen de las niñas devoradas que colgaban del árbol. ¿Acaso no dijo algo similar esa pareja enloquecida? ¿Comienza a cobrar sentido esa conversación de locos?

Otro pensamiento infecta mi cabeza como gas venenoso. Si Paige sólo puede alimentarse de carne humana, ¿qué voy a hacer? ¿Llegaré al extremo de usar seres humanos como carnada para atraerla, pensando que podré ayudarla?

Demasiado horrendo para imaginarlo.

Y totalmente irrelevante.

No hay razón para pensar que Paige tenga que comer algo en específico. Paige no es un pequeño demonio. Es una niña. Vegetariana. Humanitaria desde su nacimiento. Una aspirante a Dalai Lama. Atacó al ángel para defenderme. Eso es todo.

Además, no se lo comió, nada más... lo mordió un poco.

Los trozos de carne tiemblan en el suelo. Mi estómago se revuelve.

Paige me mira con sus cálidos ojos castaños, enmarcados por unas pestañas de cervatillo. Me concentro en eso e ignoro a propósito la sangre que gotea de su barbilla y las enormes y crueles puntadas que corren de sus labios a sus orejas.

Detrás de ella, el ángel se convulsiona. Sus ojos dan vueltas, ahora completamente blancos, y su cabeza golpea el suelo de hormigón. Está sufriendo un ataque. Me pregunto si podrá sobrevivir, con algunos trozos de carne arrancados y gran parte de su sangre en el suelo. Su cuerpo quizá intenta repararse frenéticamente. ¿Hay alguna posibilidad de que este monstruo se recupere del ataque?

Me empujo para levantarme, trato de ignorar los fluidos pegajosos en las palmas de mis manos. Mi garganta arde y me siento entumecida y llena de golpes.

—Ryn-Ryn —Paige todavía tiene sus brazos extendidos en un gesto desesperado, pero no me animo a abrazarla. En cambio, me arrastro hasta donde está la espada de ángel y la cojo. Retrocedo un poco más suavemente, acostumbrándome de nuevo a mi cuerpo.

Veo los ojos blancos del ángel, su boca sangrante. Su cabeza tiembla, golpeándose en el suelo.

Entierro la espada en su corazón.

Nunca antes había matado. Lo que me aterra no es que le he quitado la vida a alguien, sino lo sencillo que me resulta hacerlo.

La hoja de la espada se clava como si ese cuerpo no fuera más que un trozo de fruta podrida. No siento ninguna compasión, como se siente cuando un alma o la esencia de una vida se desvanece. No hay culpa ni conmoción ni tristeza por la vida que fue y por la persona en la que me he convertido. Sólo siento la quietud de la carne trémula y el lento agotamiento de su último suspiro.

—Por todos los ángeles.

Levanto la mirada al escuchar la nueva voz. Es otro ángel vestido con bata de laboratorio. Miro su bata empapada en sangre fresca y sus manos ensangrentadas antes de que dos ángeles más entren por la puerta detrás de él. Estos dos también tienen sangre en sus batas y guantes.

Casi no reconozco a Laylah con el cabello dorado recogido en un moño apretado. ¿Qué hace aquí? ¿No se supone que debería estar operando a Raffe?

Todos me miran. Me pregunto por qué me miran a mí en vez de a mi hermana salpicada de sangre, hasta que me doy cuenta de que todavía sostengo el puño de la espada que está clavada en el ángel de laboratorio. Estoy segura de que no tendrán problemas en reconocer la espada como lo que es. Tiene que haber por lo menos una docena de reglas en contra de que los humanos porten espadas de ángel.

Mi cerebro busca angustiosamente el camino para salir de esto con vida. Pero antes de que cualquiera de ellos pueda comenzar a hacer acusaciones, todos levantan su mirada al techo al mismo tiempo. Como el ángel de laboratorio, escuchan algo que yo no puedo oír. Sus miradas nerviosas no me reconfortan.

Luego, yo lo siento también. Primero, un estruendo; después, un temblor.

¿Ya pasó una hora?

Los ángeles se giran hacia mí otra vez, luego se dan la vuelta y salen disparados por las puertas dobles que utilizó el tipo de las entregas.

No pensaba que podría sentirme más desconcertada de lo que ya estaba.

La resistencia ha comenzado su ataque.

40

Tenemos que salir antes de que el hotel se derrumbe. Pero no puedo dejar a esas personas ser consumidas por los ángeles escorpiones. Poner la escalera en cada tanque y sacar lentamente a cada una podría llevarme horas.

Extraigo la espada del cuerpo del ángel. Corro hacia los cilindros llenos de fetos horrendos, frustrada, sosteniendo la espada como si fuera un bate.

Golpeo con la espada uno de los tanques. Sólo quiero liberar mi frustración, ya que no espero que haga otra cosa más que rebotar en el cristal.

Antes de que pueda registrar el impacto, el grueso tanque se hace añicos. Líquido y cristal explotan y caen en el suelo.

Podría acostumbrarme a esta espada.

El feto de escorpión se desprende de su víctima. Lanza un chillido al caer. Se desploma y se retuerce encima de los cristales rotos, cubriéndose de sangre. La mujer demacrada se desmorona y cae en el fondo del tanque. Sus ojos vidriosos miran hacia la nada.

No tengo idea de si está viva, o si estará en mejores condiciones una vez que se diluya el veneno. Esto es lo más que puedo hacer por ella. Lo más que puedo hacer por cualquiera de ellos. Sólo puedo esperar que, de alguna manera, se recuperen lo más pronto posible, para que puedan salir de ahí antes de que las cosas se pongan demasiado feas, porque yo no puedo cargarlos por las escaleras.

Corro hacia los otros tanques y los destrozo, uno tras otro. Esquirlas de agua y cristal se esparcen por todo el laboratorio subterráneo. El ambiente se llena de los chillidos de los fetos de escorpión.

La mayoría de los monstruos en los tanques de alrededor despiertan y se retuercen. Algunos reaccionan violentamente y se azotan contra sus prisiones de cristal. Son los que están más desarrollados. Me miran a través de las membranas venosas de sus párpados; saben que son mi presa.

Mientras rompo los tanques, una pequeña parte de mí considera salir huyendo sin Paige. En realidad ya no es mi hermana, ¿o sí? Ciertamente, ya no es una niña indefensa.

—¿Ryn-Ryn? —Paige llora.

Me llama como si dudara de que la voy a cuidar. Mi corazón se constriñe como si una mano de hierro lo apretara como castigo por pensar en traicionarla.

—Sí, preciosa —le digo, con la voz más firme posible—. Tenemos que salir de aquí, ¿de acuerdo?

El edificio tiembla de nuevo y uno de los niños cosidos cae. Su boca se abre cuando su cabeza golpea el suelo, revelando sus dientes de metal.

Paige estaba así de muerta antes de comenzar a moverse. ¿Existe la posibilidad de que este niño también esté vivo?

Una idea extraña surge en mi mente. ¿No dijo Raffe que los nombres tienen poder?

¿Acaso Paige despertó porque la llamé? Reviso los cuerpos apoyados en la pared, noto sus dientes brillantes y sus largas uñas, sus ojos sin color. Si están vivos, ¿los despertaría si pudiera hacerlo?

Me doy la vuelta y lanzo mi espada hacia otro tanque. No puedo más que agradecer que no conozco los nombres de estos niños.

—¿Paige? —mi madre se acerca a nosotras, como en medio de un sueño. Se tambalea y camina sobre los cristales rotos, esquivando a los monstruos que se revuelcan en el suelo. Lo hace como si viera este tipo de cosas todo el tiempo. Quizá así sea. Quizá, en su mundo, esto es normal. Ve a los monstruos y los evita, pero no la sorprenden. Sus ojos son claros, su expresión es cautelosa.

—¿Bebé? —corre hacia Paige y la abraza sin pensarlo ni un segundo, a pesar de toda la sangre que la cubre.

Mi madre llora, un lamento enorme y lleno de angustia. Por primera vez, me doy cuenta de que ella estaba igual de preocupada por Paige que yo. No fue casualidad que ella terminara aquí, en el mismo lugar peligroso que yo. Aun cuando su amor se manifiesta muchas veces de maneras que una persona mentalmente sana no podría entender —o que incluso llamaría abusivas— eso no podría disminuir el hecho de que le importa.

Me trago las lágrimas que amenazan con ahogarme mientras miro cómo mima a Paige.

Mi madre la mira atentamente. La sangre. Las puntadas. Los golpes. No dice nada. Canta una canción de arrullo mientras acaricia el cabello y la piel de Paige.

Luego se vuelve observa mí. En sus ojos encuentro una fuerte acusación. Me culpa por lo que le ha ocurrido a Paige. Quiero decirle que yo no hice nada de eso. ¿Cómo podría mi madre pensar eso?

Pero no digo nada. No puedo. Sólo puedo devolverle la mirada con culpa y remordimiento. La miro del mismo modo en que ella me miró a mí cuando mi padre y yo encontramos a Paige con la espalda rota hace muchos años. Quizá yo no le hice todos esos cortes a Paige, pero esto le pasó mientras yo la cuidaba.

Por primera vez, me pregunto si mi madre en realidad fue responsable de la fractura de la espalda de Paige.

—Tenemos que salir de aquí —dice mi madre, abrazando a Paige con actitud protectora. Su voz es clara y está llena de propósito.

La miro con sorpresa. Antes de que pueda detenerla, un atisbo de esperanza brota en mí. Ella suena llena de autoridad y seguridad. Suena como una madre lista y con la determinación para llevar a sus hijas a un lugar seguro.

Suena como una persona cuerda.

Luego agrega:

—Ellos nos persiguen.

La esperanza se marchita y muere dentro de mí, dejando un bulto donde antes estaba mi corazón. No necesito preguntar quiénes son «ellos». Según mi madre, «ellos» han estado persiguiéndonos desde que tengo memoria. Su declaración protectora no la llevará a hacerse responsable de sus hijas.

Asiento mientras vuelvo a colocar sobre mis hombros todas las responsabilidades de esta familia.

41

Mi madre guía a Paige hacia la salida, cuando un estruendo detrás de las puertas dobles las detiene en seco. Viene del cuarto del cual salieron los ángeles. Me detengo a mitad de un espadazo y me pregunto si debo ir a inspeccionar.

No puedo pensar en ninguna razón por la que deba perder tiempo asomándome por esas puertas, pero algo me incomoda. Se engancha en mi cerebro como una aguja insertándose en un tejido, tratando de abrirlo para ver qué hay detrás. Han ocurrido tantas cosas que no he tenido tiempo de darle seguimiento a ninguno de mis pensamientos. Algo que pudiera ser importante, algo…

La sangre.

Los ángeles estaban cubiertos de sangre, en sus guantes, y en sus batas.

Y Laylah. Se supone que estaría operando a Raffe.

Otro estruendo se escucha a través de las puertas. Metal sobre metal, como un carrito que se vuelca y cae encima de otro.

Corro antes de darme cuenta siquiera.

Mientras me acerco a las puertas, un cuerpo las atraviesa, estrellándose con ellas en su trayecto. Tengo un escaso segundo para reconocer a Raffe.

Un ángel gigantesco pasa chocando contra las puertas detrás de él.

Algo en la manera en que se mueve me resulta conocido. Su rostro pudo haber sido hermoso en un tiempo, pero ahora una expresión agresiva lo domina.

Tiene unas hermosas alas blancas extendidas detrás. Las bases de sus alas están cubiertas de sangre seca, donde unas puntadas frescas las sostienen en su espalda. Extrañamente, aunque hay sangre en su espalda, es su abdomen el que está vendado.

Algo me resulta conocido de esas alas.

Una de ellas tiene un trozo recortado con tijeras. Un recorte exactamente donde yo había cortado las alas de Raffe.

Mi cerebro intenta rechazar esa conclusión tan obvia.

El ángel gigante está parado entre mi familia y la puerta por donde entramos. Mi madre está paralizada de terror mientras lo observa. Su picana tiembla en su mano, mientras la levanta en dirección al gigante. Parece más una ofrenda que una amenaza.

Se escucha un fuerte estallido que atraviesa el techo, seguido por otro, luego otro. Cada estallido se escucha más fuerte. Esto debió ser lo que los ángeles escuchaban. Ahora no me cabe la menor duda de que los ataques han comenzado.

Llamo frenéticamente a mi madre para que salga por las puertas que utilizó el tipo de las entregas. Finalmente lo entiende y sale deprisa con Paige.

Muero de terror ante la posibilidad de que el ángel gigante las siga, pero no les presta atención. Toda su atención es para Raffe.

Raffe está tirado en el suelo, su rostro y sus músculos retorcidos de dolor. Su espalda se arquea para evitar tocar el hormigón. Debajo de él, tendidas como una capa oscura sobre el suelo, hay un par de alas de murciélago.

Tienen una fina capa de cuero extendida sobre una estructura esquelética que parece más un arma mortal que el marco de unas alas. Las orillas son afiladas, con una serie de ganchos crecientes; el más pequeño parece un anzuelo. Los ganchos más grandes están en las puntas de las alas. Son como guadañas.

La espalda de Raffe escurre sangre fresca, mientras se gira dolorosamente y se pone de pie. Sus nuevas alas languidecen mientras se mueve, como si aún no estuvieran bajo su control. Empuja un ala hacia atrás con su brazo, de la manera en que empujaría un mechón de cabello hacia atrás. Su brazo regresa ensangrentado, con unos cortes frescos en el antebrazo y una herida más grande donde uno de los ganchos se encajó en su piel.

—Cuidado con eso, arcángel —dice el gigante mientras se acerca a Raffe. La palabra «arcángel» escurre veneno en su boca.

Reconozco su voz. Es la voz del ángel Nocturno que cortó las alas de Raffe la noche que nos conocimos. Pasa a mi lado sin mirarme, como si fuera parte del mobiliario.

—¿A qué estás jugando, Beliel? ¿Por qué no matarme en la mesa de operación? ¿Por qué molestarse en coserme estas cosas al cuerpo? —Raffe se tambalea un poco. Debieron haber concluido la operación recientemente, momentos antes de que los ángeles doctores se fueran.

A juzgar por la sangre seca en la espalda del gigante, no se necesita ser un genio para advertir que trabajaron primero en él. Ha tenido más tiempo para recuperarse que Raffe, aunque podría apostar a que no se encuentra al cien por cien de su fuerza.

Levanto la espada, trato de ser lo más discreta posible.

—Matarte hubiera sido mi opción —dice Beliel—. Pero todas esas insignificantes políticas de los ángeles... Ya sabes cómo son.

—Ha pasado mucho tiempo —Raffe se tambalea de nuevo.

—Pasará más tiempo ahora que tienes esas alas —Beliel sonríe, pero su expresión sigue siendo cruel—. Las mujeres y los niños saldrán despavoridos cuando te vean. Los ángeles también.

Se dirige hacia la puerta, acariciando sus nuevas plumas.

—Lárgate ahora, mientras yo presumo mi nueva adquisición. Nadie tiene plumas allí abajo. Seré la envidia del infierno.

Raffe baja la cabeza como un toro y carga contra Beliel.

Con toda esa pérdida de sangre, me sorprende que Raffe pueda caminar, mucho menos correr. Serpentea un poco mientras corre hacia Beliel, el cual lo atrapa con uno de sus enormes brazos y lo lanza contra una mesa.

Raffe se estrella en la mesa. Unos cortes aparecen en sus mejillas, cuello y brazos, mientras sus alas revolotean descontroladas tras su caída.

Corro hacia él y le paso su espada.

Una cierta incertidumbre se dibuja en el rostro de Beliel y sus movimientos se vuelven de pronto cautelosos.

En cuanto suelto la empuñadura en la mano de Raffe, la punta de la espada cae en el suelo como una tonelada de plomo.

Él sostiene la espada como si necesitara cada gramo de fuerza para impedir que la empuñadura caiga también. Había sido ligera como el aire en mis manos.

Raffe parece alguien a quien le acaban de romper el corazón.

Mira su espada, incrédulo, sintiéndose traicionado. Trata de levantarla de nuevo, pero no puede. La incredulidad y el dolor se mezclan en su expresión. Nunca lo había visto tan sensible, y verlo así me hace querer matar a alguien.

Beliel es el primero en recuperarse del shock de ver a Raffe incapaz de levantar su espada.

—Tu propia espada te rechaza. Puede sentir mis alas. Ya no eres Rafael.

Ríe con un sonido oscuro que es más perturbador por la alegría genuina que contiene.

—Qué triste. Un líder despojado de sus seguidores. Un ángel sin alas. Un guerrero sin su espada —camina en círculos alrededor de Raffe, como un tiburón al acecho—. No tienes nada más.

—Me tiene a mí —digo. De reojo puedo ver cómo Raffe hace una mueca de dolor.

Beliel me mira. Es la primera vez que realmente me ve.

—Conseguiste una mascota, arcángel. ¿Cuándo sucedió esto? —hay algo de confusión en su voz, como si fuera normal que Beliel conociera a los acompañantes de Raffe.

—No soy la mascota de nadie.

—La conocí esta noche en el nido —dice Raffe—. Me ha estado siguiendo. No significa nada.

Beliel suelta una risita.

—Qué gracioso, no te he preguntado si ella significaba algo para ti —me mira de pies a cabeza, absorbe cada detalle—. Delgada. Pero útil —camina lentamente hacia mí.

Raffe me pasa el mango de la espada de nuevo.

—Corre.

Titubeo un poco y me pregunto cuántos golpes puede soportar en el estado en el que se encuentra.

—¡Corre! —Raffe se coloca entre Beliel y yo.

Corro y me escondo detrás de una de las columnas para observar.

—¿Así que estás haciendo nuevos amigos? —pregunta Beliel—. Y con una Hija del Hombre. Qué deliciosamente irónico. ¿Cuándo terminarán las sorpresas? —suena realmente encantado—. Muy pronto terminarás siendo un miembro de mi clan. Siempre lo supe. Serías un excelente archidemonio —su sonrisa se apaga—. Qué mal que no me gustaría tenerte como jefe.

Toma a Raffe en un fuerte abrazo de oso pero lo suelta rápidamente. Sus brazos y pecho sangran por los cortes frescos. Aparentemente, Raffe no es el único que no está acostumbrado a sus nuevas alas.

Esta vez, toma a Raffe del cuello, levantándolo del suelo. El rostro de Raffe enrojece, las venas brotan de sus sienes mientras Beliel aplasta su garganta.

Una fuerte explosión sacude el edificio. Unos pedazos de hormigón chocan contra la puerta que da al aparcamiento. Varias de las columnas de cristal se rompen, ocasionando que sus ocupantes comiencen a dar vueltas, agitados.

Corro hacia Beliel.

La espada se siente sólida y bien equilibrada en mis manos. La levanto hacia atrás y recibo otra sorpresa.

La espada se mueve sola, ajustando su trayectoria.

Modifica su ángulo para elevar mis codos. Está lista para la pelea y tiene sed de sangre. Parpadeo, sorprendida, casi pierdo el ritmo. Pero no lo hago, porque a pesar de que mis pies están paralizados, mi brazo hace un suave movimiento en arco, dirigido por la espada.

Yo no empuño la espada. Ella me empuña a mí.

Golpeo con la espada al mismo tiempo que Raffe azota sus alas mortíferas sobre Beliel. La espada corta la carne en su espalda, abriéndola hasta la columna.

Las alas de Raffe cortan las mejillas del demonio y abren sus antebrazos. El demonio grita y suelta la garganta de Raffe.

Raffe se desmorona en el suelo, jadeando para intentar tomar aire.

Beliel se aleja de nosotros, tambaleándose. Quizá si no acabara de pasar por la cirugía, sería lo suficientemente fuerte como para resistirnos. Quizás no. Las vendas en su abdomen deben ser por la herida que Raffe le hizo hace apenas unos días durante la pelea. La herida de Beliel no se curará pronto, si es que Raffe tiene razón acerca de las heridas hechas con espadas de ángel.

Mi espada vuelve a blandirse, claramente quiere que yo reanude el ataque. Beliel me mira con ojos desconcertados, no menos sorprendido que los ángeles que me vieron matar a su colega. Se supone que la espada de un ángel no debe estar en manos de una humana. Simplemente no puede ser.

Raffe se levanta y carga contra Beliel.

Veo atónita cómo Raffe golpea a Beliel, con golpes tan rápidos que parecen invisibles. La fuerza de la emoción detrás de esos golpes es inmensa. Por primera vez, no se molesta en ocultar su frustración y coraje, o su tristeza por las alas que acaba de perder.

Mientras Beliel se tambalea por los golpes, Raffe toma una de sus viejas alas y tira de ella. Las puntadas comienzan a desprenderse de la espalda de Beliel, la sangre fresca mancha las alas que una vez fueron blancas. Raffe parece decidido a recuperar sus alas, aunque tenga que arrancarlas de la carne de Beliel puntada por puntada.

Empuño la espada de Raffe. Supongo que ahora es mi espada. Si la espada lo rechaza mientras tenga esas nuevas alas, entonces soy la única que puede usarla.

Me acerco a Raffe y a Beliel, lista para cortarle las alas.

Algo me agarra del tobillo y tira de mí. Algo viscoso y con manos de hierro. Mis pies resbalan en el suelo mojado y caigo en el hormigón. La espada sale volando. Mis pulmones sufren un espasmo tan fuerte que siento que perderé la conciencia.

Logro girar la cabeza para ver qué me ha atacado.

Hubiera deseado no hacerlo.

42

Detrás de mí, un musculoso feto de escorpión abre sus fauces para chillarme, mostrando hileras de dientes de piraña.

Su piel subdesarrollada muestra sus venas y las sombras de sus músculos. Está boca abajo, como si se hubiera arrastrado desde su tanque para alcanzarme.

Su mortífero aguijón se eleva por los aires y se dirige a mi cara.

Una imagen de Paige y de mi madre corriendo en la noche destella en mi cabeza. Solas. Muertas de miedo. Preguntándose si las he abandonado.

—¡No! —el grito sale con fuerza de mi garganta mientras me giro a un lado para esquivar el ataque. El aguijón pasa rozando mi cara.

Antes de que pueda respirar de nuevo, el aguijón se levanta y vuelve a lanzarse hacia mí. Esta vez, ni siquiera tengo tiempo de reaccionar mientras desciende sobre mí.

—¡No! —ruge Raffe.

Mi cuerpo se sacude cuando el aguijón perfora mi cuello.

Se siente como una aguja imposiblemente larga que se entierra en mi carne.

Luego comienza el dolor de verdad.

Una agonía ardiente se extiende por un lado de mi cuello. Se siente como si me estuvieran triturando de adentro hacia fuera. Jadeo fuertemente para intentar respirar y mi piel comienza a transpirar.

Un grito atormentado brota de mi garganta y mis piernas dan patadas al aire.

Nada detiene al escorpión que se arrastra hacia mí. Su boca se abre conforme se aproxima, listo para darme su beso mortal.

Nuestros ojos se encuentran mientras me arrastra hacia él. Supongo que piensa que si me absorbe tendrá energía para sobrevivir fuera de su útero artificial. Muestra su desesperación en la manera en que aprieta sus manos al aferrarse a mí; abre y cierra su boca, igual que un pez tratando de respirar, entrecierra los párpados venosos, como si la luz fuera demasiado fuerte para sus ojos subdesarrollados.

Su veneno esparce una franja de tormento en mi cara y mi pecho. Trato de apartar al ángel escorpión, pero lo más que puedo hacer es darle un débil empujón.

Mis músculos comienzan a congelarse.

El aguijón de pronto se arranca de mi cuello. Siento como si tuviera púas, como si tiraran de mi carne de adentro hacia fuera.

Otro alarido se origina en mi interior, pero no puedo sacarlo. Mi boca sólo se abre. Los músculos de mi cara apenas se mueven, sin mostrar mi agonía. Mi grito se escucha como un débil gorjeo.

No puedo mover la cara.

Raffe toma la cola del escorpión en sus manos y me quita la abominación de encima. Ruge enfurecido. Me doy cuenta de que ha estado gritando todo este tiempo.

Agarra el feto de escorpión, lo hace girar como un bate y lo lanza contra los tanques.

Tres columnas se quiebran cuando el feto choca contra ellas, una tras otra. El cuarto se llena de los chillidos de los monstruos abortados.

Raffe cae de rodillas junto a mí. Parece perplejo, extrañamente asustado. Me mira como si no creyera lo que ve. Como si se negara a creer lo que ve.

¿Tan mal me veo?

¿Me estoy muriendo?

Trato de tocar mi cuello para ver cuánta sangre fluye, pero no logro estirar mi brazo lo suficiente. Noto cómo llega a la mitad del camino, tiembla por el esfuerzo y luego se cae. Raffe parece afligido al ver mi intento fallido por moverme.

Trato de decirle que el veneno del aguijón te paraliza y disminuye tu respiración, pero lo que sale de mi boca es un balbuceo que ni yo puedo entender. Mi lengua se siente enorme y mis labios demasiado hinchados para moverse. Ninguna de las otras víctimas estaban hinchadas, así que supongo que yo tampoco, pero se siente así. Como si mi lengua se hubiera vuelto grande y torpe, demasiado pesada.

—Shhh —susurra, delicadamente—. Estoy aquí.

Me abraza y yo trato de concentrarme en sentir su calidez. En mi interior, siento como si temblara por el dolor, pero por fuera, estoy completamente rígida, mientras la parálisis se extiende a mi espalda y mis piernas. Requiere toda mi fuerza de voluntad mantener mi cabeza erguida sin que se desplome sobre su brazo.

La mirada en su rostro me asusta más que la parálisis. Por primera vez, su semblante está completamente abierto. Como si ya no le importara lo que yo viera en él.

Conmoción y tristeza inundan su cara. Trato de comprender el hecho de que está triste. Triste por mí.

—Ni siquiera te gusto, ¿recuerdas? —es lo que trato de decir. Pero lo que sale de mi boca es más cercano al primer intento de un bebé por balbucear algo.

—Shhh —pasa sus dedos por mi mejilla, acariciando mi cara—. Tranquila, estoy aquí —me mira con una angustia profunda en sus ojos. Como si hubiera tanto que quisiera decirme pero es demasiado tarde.

Quiero acariciar su rostro y decirle que estaré bien. Que todo estará bien.

Y deseo tanto que así sea.

43

—Shhh —murmura Raffe, meciéndome en sus brazos. La luz alrededor de su cabeza se oculta de pronto bajo una sombra.

Detrás de él, la forma oscura de Beliel entra en mi campo de visión.

Una de sus nuevas alas esta casi completamente arrancada y cuelga de un par de puntadas. Su rostro se retuerce de rabia mientras levanta lo que parece ser una nevera por encima de Raffe, del mismo modo en que Caín dejó caer la roca sobre la cabeza de Abel.

Trato de gritar. Trato de advertir a Raffe con mi expresión.

Pero sólo sale una leve exhalación.

—¡Beliel!

Beliel se da la vuelta para ver quién le grita. Raffe también para apreciar la escena, aunque sigue sosteniéndome entre sus brazos.

Parado en la entrada está el Político. Lo reconozco incluso sin las aterrorizadas mujeres trofeo que lo escoltaban.

—¡Deja eso ahora mismo! —el rostro amigable del Político se convierte en un ceño fruncido, mientras observa al ángel gigante.

Beliel respira pesadamente, con la nevera encima de su cabeza. No me queda muy claro si obedecerá.

—Tuviste oportunidad de matarlo en la calle —dice el Político al entrar en el cuarto—. Pero te distrajeron ese par de hermosas alas, ¿no es así? Y ahora que ha sido visto y corren rumores de que ha vuelto, ¿ahora quieres matarlo? ¿Estás loco?

Beliel lanza la nevera al otro lado de la estancia. Parece como si quisiera arrojárselo al Político. Se estrella fuera de nuestra vista.

—¡Él me atacó! —Beliel apunta con el dedo a Raffe como un niño enloquecido con esteroides.

—No me importa si derramó ácido en tus pantalones. Te dije que no lo tocaras. Si muere ahora, sus hombres lo convertirán en un mártir. ¿Tienes idea de lo difícil que es organizar una campaña en contra de un mártir angelical? Estarán siempre inventando historias sobre cómo él se hubiera opuesto a esta o aquella política.

—¿Y qué me importan a mí tus políticas de ángel?

—Te importan porque yo te lo digo —el Político ajusta los puños de su traje—. Ah, ¿para qué me molesto? Nunca serás más que un demonio mediocre. Simplemente no tienes la facultad de comprender la estrategia política.

—Oh, pero sí lo entiendo, Uriel —Beliel enrosca su labio como un perro que gruñe—. Lo has convertido en un paria. Todo en lo que ha creído, todo lo que haya dicho no serán más que los desvaríos de un ángel caído con alas de demonio. Lo comprendo mucho más de lo que tú puedas concebir. He pasado por ello, ¿recuerdas? Simplemente no me importa si eso te da ventaja.

Uriel se coloca frente a Beliel, aunque tiene que elevar la vista para mirarlo enfurecidamente.

—Sólo haz lo que te digo. Ya tienes tus alas como pago por sus servicios. Ahora, lárgate.

El edificio tiembla al sentirse una explosión arriba.

Escapa de mí el último gramo de voluntad y simplemente ya no puedo mantener la cabeza erguida. Caigo como una flor marchita en los brazos de Raffe. Mi cabeza cuelga, mis ojos están abiertos pero desenfocados, mi respiración es imperceptible.

Como un cadáver.

—¡No! —Raffe se aferra a mí como si pudiera amarrar mi alma a su cuerpo.

Una vista invertida de la entrada se muestra en mi campo visual. Puedo ver cómo flota una nube de humo que viene de afuera.

Aunque el dolor oscurece la calidez de Raffe, siento la presión de su abrazo, cómo se mecen nuestros cuerpos mientras él repite «No».

Su abrazo me reconforta y el miedo se desvanece un poco.

—¿Por qué está tan afligido? —pregunta Uriel.

—Su Hija del Hombre —dice Beliel—. Una de tus mascotas la mató.

—No —Uriel suena gozosamente escandalizado—. ¿Podría ser? ¿Una humana? ¿Después de todas sus advertencias de que nos mantuviéramos alejados de ellas? ¿Después de todas sus cruzadas en contra de sus maléficos engendros híbridos?

Uriel rodea a Raffe como un tiburón.

—Mírate, Raffe. El gran arcángel, de rodillas y con un par de alas de demonio colgando a tu alrededor. ¿Y sosteniendo a una Hija del Hombre en tus brazos? —comienza a reír—. Vaya, Dios sí me ama después de todo. ¿Qué ocurrió, Raffe?

¿La vida en la Tierra se volvió muy solitaria para ti? ¿Siglo tras siglo, sin ningún acompañante salvo los Nephilim que tan noblemente cazaste?

Raffe lo ignora y sigue acariciando mi cabello y meciéndome delicadamente, como si pusiera a un niño a dormir.

—¿Cuánto resististe? —pregunta Uriel—. ¿La alejaste de ti? ¿Le dijiste que no significaba más que cualquier otro animal? Ay, Raffe, ¿acaso murió pensando que no te importaba? Qué trágico. Debes estar destrozado por dentro.

Raffe se da la vuelta hacia arriba, con la muerte en los ojos.

—No. Hables. De. Ella.

Uriel da un paso involuntario hacia atrás.

El edificio se estremece de nuevo. Cae polvo sobre los escorpiones moribundos. Raffe me suelta y me pone cuidadosamente en el suelo.

—Ya terminamos aquí —dice Uriel a Beliel—. Puedes matarlo después de que sea conocido como Rafael el Ángel Caído —sus hombros están rígidos, mostrando autoridad, pero sus piernas muestran la necesidad de salir apresuradamente. Beliel lo sigue con su ala rota arrastrándose en el polvo. En serio, me parte el corazón ver las alas blancas de Raffe en ese estado.

Raffe se toma unos momentos para apartar mi cabello, para que no se jale debajo de mi cabeza, como si ello importara.

Luego, sale corriendo tras ellos. Lanza un rugido de furia mientras abre las puertas a golpes y sube las escaleras como un ciclón.

Dos pares de pies suben los escalones delante de Raffe.

Una puerta se cierra de golpe al final de las escaleras.

Se escucha el eco de impactos en las puertas y paredes. Algo se estrella, luego cae por las escaleras. Raffe brama su furia y suena como si estuviera atravesando las paredes con sus golpes; enfurecido como un perro amarrado. ¿A qué está atado? ¿Por qué no va tras ellos?

Baja a tumbos las escaleras y se para en la entrada, con la respiración pesada. Se da la vuelta para mirarme, tirada en el suelo de cemento, y se lanza contra un tanque con un escorpión dentro.

Prácticamente aúlla de cólera. Arremete contra otro tanque. El cristal se hace añicos. El agua se derrama.

Los engendros de escorpión revolotean y chillan en el suelo mientras son separados de sus víctimas. No puedo distinguir entre las explosiones y gritos que vienen desde arriba y los que vienen de la locura de Raffe mientras desmantela el laboratorio.

Finalmente, cuando no queda nada más por destruir, se queda parado sobre los escombros que lo rodean, con el pecho jadeante, mientras busca a su alrededor si hay más cosas que destrozar.

Patea los trozos de cristal y algunos objetos de laboratorio, los aparta y observa algo en el suelo. Se agacha para recogerlo. En vez de levantarlo, lo arrastra hasta donde yo estoy.

Es su espada. Me mueve para poder colocarla en su funda, que todavía está a mis espaldas. Espero que el peso de la espada recaiga en mi cuerpo, pero es casi imperceptible mientras se desliza en la funda.

Luego, me coge en sus brazos. El dolor se ha estabilizado, pero estoy completamente paralizada. Mi cabeza y mis brazos cuelgan de los suyos, como un cadáver fresco.

Se abre paso empujando la puerta que da a las escaleras y nos dirigimos hacia las explosiones.

44

Al principio, Raffe se tambalea un poco, siempre a punto de derrumbarse. No puedo distinguir si se tambalea porque se recupera de la cirugía o por la falta de adrenalina después de su ataque de furia.

Los cortes en su cuello y orejas han dejado de sangrar. Se cura prácticamente frente a mis ojos. Debería incrementar su fuerza con cada paso, pero su respiración se siente cargada y desigual.

En un punto, se apoya en el pasamanos de la escalera y me agarra para abrazarme.

—¿Por qué no corriste como te pedí? —susurra contra mi cabello—. Sabía desde el principio que tu lealtad te mataría. Es sólo que nunca pensé que sería tu lealtad hacia mí.

Otra explosión agita las escaleras y seguimos nuestro camino. Pasa por encima de un barandal que está tirado en los escalones. Ha sido arrancado de la pared. Los muros en ambos lados tienen grietas, golpes y trozos desmoronados.

Finalmente llegamos arriba. Raffe se apoya en la puerta y salimos de un empujón al primer piso.

Es una zona de guerra.

Todos los que no están disparando esquivan las balas.

Hay ángeles que se arrancan las americanas en una salida del vestíbulo, corren desde la puerta de entrada y saltan por los aires en cuanto están afuera. Pero uno de cada tres sale con las alas ensangrentadas, ya que las balas dan con sus blancos. Es como dispararle a los ángeles dentro de un barril, pues sólo hay una salida.

Trozos de mármol y cableado eléctrico caen al suelo después de una explosión.

Polvo y escombros nos bañan mientras el edificio queda completamente acribillado.

La gente corre en todas direcciones. Muchas de las mujeres con tacones altos resbalan y tropiezan con los cristales rotos. Podría jurar que algunas de las personas que hace un minuto corrían para un lado ahora corren para el otro. Tienen que pasar por encima de humanos y de ángeles que yacen inmóviles en el suelo.

Raffe es mucho más perceptible ahora. Sus nuevas alas están abiertas, para evitar que nos hagan trizas. Incluso en medio del pánico, todos se nos quedan mirando mientras huyen.

Más de unos cuantos ángeles se detienen para mirarnos, particularmente los guerreros. Veo la luz de reconocimiento y de asombro en algunas de sus caras. Sea cual sea la campaña que Uriel emprendió en contra de Raffe, le está dando un fuerte impulso en las encuestas ahora mismo. Raffe y yo somos como un cartel demoníaco andante. Me preocupo por lo que le pueda pasar a él, por cómo será tratado cuando salgamos de esta locura.

Trato de buscar a mi familia, pero es difícil ver en medio de este caos, sobre todo cuando ni siquiera puedo mover los ojos.

Algunos ángeles deciden arriesgarse a ser atrapados dentro y se alejan de las entradas. Probablemente se dirigen a la zona de los ascensores, para intentar salir desde una parte más alta del edificio. Me causa satisfacción que la fiesta se haya desintegrado y ver a estos seres extraños quitarse sus ropas finas y correr por sus vidas.

Lo que queda de las puertas de entrada termina destrozado por una nueva explosión.

Todo queda apagado después de eso. El suelo está cubierto de cristales rotos, y a las personas que corren con los pies descalzos les cuesta trabajo desplazarse.

Quiero correr hacia las puertas y gritar que somos humanos. Decirles que dejen de disparar, para que podamos salir de ahí, como hacen los rehenes en la televisión. Pero aunque pudiera, no hay una sola célula en mi cuerpo que piense que la resistencia va a pausar su ataque sólo para que podamos escapar. Los días de hacer hasta lo imposible por preservar la vida humana terminaron hace unas semanas. La vida humana es ahora la mercancía más barata, con una sola excepción. Los ángeles yacen al lado de los humanos, como muñecos de trapo esparcidos en el suelo.

Nos movemos hacia las entrañas del edificio. Todos nos evitan al pasar.

En el vestíbulo del ascensor hay una alfombra de americanas y vestidos convertidos en harapos. Sin duda pueden volar mejor sin ropa, aun si ésta fue confeccionada para sus cuerpos.

Encima nuestro, el cielo está plagado de ángeles. Las majestuosas espirales aéreas de gracia angelical no son más que aleteos desesperados ahora.

Veo nuestros reflejos quebradizos en una pared llena de espejos rotos. Hacen que el entorno resulte aún más caótico. Raffe, con sus alas de demonio y una chica muerta en sus brazos, domina el vestíbulo mientras se desliza en medio del pandemonio.

Observo mi reflejo en los espejos. Aunque siento que me han arrancado la garganta, apenas puedo ver la marca roja donde el aguijón me perforó. Supuse que habría jirones de carne ensangrentada donde el escorpión dio el pinchazo, pero no parece peor que cualquier picadura de mosquito.

A pesar del caos, comienzo a ver un patrón a mi alrededor. Los ángeles corren generalmente en una dirección, mientras que la mayoría de los humanos se dirigen a otra parte. Seguimos el flujo de los humanos. Como una cremallera, la multitud se aparta a nuestro paso.

Entramos con un empujón por unas puertas batientes en una enorme cocina llena de acero inoxidable y aparatos industriales. Un humo oscuro revolotea en el aire. Las paredes cerca de las estufas están en llamas.

El humo daña a mi garganta y hace llorar mis ojos. No poder toser y parpadear es una tortura en estos momentos. Pero lo tomo como una señal de que el veneno del pinchazo debe estar disminuyendo.

Al fondo de la cocina, un grupo de personas se abre paso a la fuerza por la puerta de entregas. Algunos se pegan a la pared para dejarnos pasar.

Raffe se mantiene en silencio. No puedo ver su expresión, pero los humanos lo miran como si fuera el diablo en persona.

Otro estallido cae sobre el edificio y los muros se mueven. La gente grita detrás de nosotros.

—¡Salid! ¡Salid! ¡El gas va a explotar!

Salimos por la puerta hacia la noche fresca.

Los gritos y las explosiones son más fuertes conforme nos acercamos a la zona de combate. Todos mis sentidos se llenan con el ruido de los disparos. Los olores acres de la maquinaria sobrecalentada y el humo de las armas invaden mis pulmones.

Delante de nosotros, hay una caravana de camiones rodeada de una multitud de civiles y soldados. Más allá, puedo ver el verdadero Apocalipsis.

Ahora que los ángeles han emprendido el vuelo, la batalla ha dado un giro. Los soldados siguen arrojando granadas desde los camiones, pero el edificio ya está en llamas y las granadas sólo añaden ruido al tumulto.

También disparan sus metralletas hacia los enemigos que vuelan, pero al hacerlo corren el riesgo de ser blanco de sus ataques. Un grupo de ángeles levanta dos de los camiones militares en el aire y los lanzan contra otros dos que tratan de escapar a toda velocidad.

Los humanos están esparcidos por los callejones, tanto a pie como dentro de los coches. Los ángeles descienden, aparentemente al azar, y despedazan a soldados y civiles por igual.

Raffe no disminuye su paso conforme se aleja del edificio y se dirige hacia el grupo de personas que se amontonan alrededor de los camiones.

¿Qué hace? Lo último que necesitamos es que algún enloquecido soldado o civil nos dispare con su metralleta porque ve algo que lo pone nervioso.

Los soldados meten a los civiles en las partes traseras de los camiones militares. Soldados de la resistencia, con sus uniformes camuflajeados, están de rodillas en las cajas de los vehículos con sus armas apuntando hacia arriba. Disparan al aire, hacia los ángeles que vuelan en círculos. Uno de los soldados ha dejado de gritar órdenes y nos mira. Las luces de otro camión pasan y lo iluminan, lo que me permite reconocer su cara. Es Obi, el líder de la resistencia.

Los disparos y los gritos cesan de la misma manera en que una conversación se detiene en una fiesta cuando alguien llega con un oficial de policía. Todos nos miran fijamente. Sus caras reflejan el brillo del fuego mientras la cocina detrás de nosotros arroja llamas por la puerta y las ventanas.

—¿Qué demonios es eso? —pregunta uno de los soldados. Hay un temor profundo en su voz. Otro soldado se persigna, completamente inconsciente de la ironía de un gesto como ese, pues es un humano peleando contra ángeles.

Un tercer hombre levanta su arma y la apunta hacia Raffe y yo.

Los soldados en las cajas de las camionetas, aparentemente asustados y nerviosos, mueven sus metralletas para dirigirlas hacia nosotros.

—Alto el fuego —dice Obi. Las luces de otro camión pasan por su rostro y puedo ver su curiosidad luchando contra su adrenalina. Hasta ahora, la curiosidad nos mantiene con vida, pero sólo detendrá las balas un momento más.

Raffe sigue caminando hacia ellos. Quiero gritarle que se detenga, que hará que nos maten, pero no puedo. Él piensa que estoy muerta, y en cuanto a su seguridad, es como si ya no le importara.

Una mujer grita, completamente histérica. Algo en su alarido me hace pensar en mi madre.

Luego veo a la mujer que grita. Y claro, es mi madre. Su rostro brilla enrojecido por la luz del fuego y me muestra toda la fuerza de su horror. Grita y grita y parece que no se detendrá.

Casi puedo imaginar lo que parecemos ante sus ojos. Las alas de Raffe están desplegadas como un murciélago demoníaco que viene del infierno. Estoy segura de que la luz del fuego enfatiza los ganchos afilados en sus puntas. Detrás de él, el edificio arde con llamas malévolas contra el cielo negro y humeante, ocultando su rostro con sombras titilantes. No dudo que parece oscuro y amenazador, con la figura clásica de un demonio.

Mi madre no sabe que tiene las alas extendidas de ese modo para evitar que nos cortemos. Para ella, debe parecerse al demonio que la acecha. Su peor pesadilla se volvió realidad esta noche. Aquí está el diablo, que sale de las llamas, llevando a su hija muerta en sus brazos.

Mamá debe haberme reconocido por mi ropa, pues comenzó a gritar antes de poder ver mi rostro. O quizá ha imaginado esta escena tantas veces que simplemente no tiene duda de que soy yo la que está en los brazos de este demonio. Su horror es tan genuino y tan profundo que me estremezco en mi interior al escucharlo.

Un soldado se crispa con su arma apuntando hacia nosotros. No sé cuánto tiempo más se contendrán. Sé que si ellos disparan, ni siquiera podré cerrar los ojos.

Raffe se arrodilla y me coloca en el asfalto. Me levanta el cabello de un lado y lo deja correr por sus dedos para caer sobre mi hombro.

Su cabeza tiene un halo de fuego, su rostro está lleno de sombras. Pasa sus dedos sobre mis labios con una caricia lenta y delicada.

Luego se aparta rígidamente, como si cada músculo de su cuerpo peleara con él.

Quiero rogarle que no me deje. Decirle que todavía estoy aquí. Pero me quedo ahí, inmóvil. Todo lo que puedo hacer es mirarlo mientras se pone de pie.

Y desaparece de mi vista.

Luego, no veo más que el cielo vacío reflejando las luces del fuego.

45

En alguna parte de la ciudad, un perro aúlla. El sonido hueco debió perderse en el clamor de la batalla, ahogado por mi miedo y mi dolor. En cambio, mi mente lo distingue hasta que eclipsa todo lo demás.

Mientras estoy recostada y paralizada sobre el frío pavimento, lo único que puedo pensar es que se trata del sonido más solitario que jamás haya escuchado.

Mi madre, quien sigue gritando, corre hacia mí. Se lanza sobre mi cuerpo y llora histéricamente. Cree que estoy muerta, pero todavía teme por mí. Teme por mi alma. Después de todo, acaba de ver cómo un demonio entregó mi cuerpo.

Alrededor de nosotras, la gente explota en expresiones atemorizadas.

—¿Qué demonios fue eso?

—¿Está muerta?

—¿Él la mató?

—¡Debiste dispararle!

—No sabía si estaba muerta.

—¿Acabamos de ver al diablo?

—¿Qué demonios estaba haciendo?

Estaba entregando mi cuerpo a mi gente.

Pudieron haberle disparado. Pudo haber sido atacado por otros ángeles. Si en realidad estaba muerta, me pudo haber dejado en el sótano, para ser sepultada por los escombros. Raffe pudo haber perseguido a Beliel para recuperar sus alas. Debió haber frustrado los planes de Uriel y no dejarse ver por los otros ángeles.

En vez de eso, me entregó de vuelta a mi familia.

—Es ella. Es Penryn —Dee-Dum me mira. Está cubierto de hollín, parece agotado y triste.

Luego puedo ver a Obi. Me mira solemnemente durante un momento.

—Vamos —dice Obi, cansado—. ¡Moveos! —le grita al grupo—. ¡Saquemos a estas personas de aquí!

La gente camina deprisa a mi lado y sube a los camiones. Todos me miran al pasar.

Mi madre me aprieta más fuerte y sigue llorando.

—Por favor, ayúdenme a subirla al camión —dice en medio del llanto.

Obi se detiene y le ofrece una mirada compasiva.

—Lo siento por su hija, señora. Pero me temo que no hay lugar para... me temo que tendrá que dejarla —se da la vuelta y llama a sus soldados—. Que alguien ayude a esta señora a subir al camión.

Un soldado se acerca y la levanta, alejándola de mí.

—¡No! —mi madre grita y gime y se retuerce en los brazos del soldado.

Justo cuando parece que el soldado está a punto de darse por vencido y soltarla, siento que algo me levanta. Que alguien me carga. Mi cabeza cae hacia atrás y puedo ver quién es la persona que me sostiene.

Es la pequeña Paige.

Desde mi perspectiva, puedo ver las feas marcas de las costuras en la línea de su mandíbula y hasta sus orejas. Las mangas del alegre suéter amarillo de mi madre cuelgan de las costuras de su cuello y sus hombros. Yo la he llevado así miles de veces. Nunca pensé que un día cambiaríamos de posición. Camina con paso firme sin tambalearse por mi peso.

La gente guarda silencio. Todos nos miran atentamente.

Me coloca en la caja de una camioneta sin que nadie se ofrezca a ayudarla. El soldado que está parado encima de la caja coge su rifle, lo levanta y retrocede a nuestro paso. Las personas que están arriba se echan hacia atrás, recolocándose como lo haría un rebaño.

Puedo escuchar cómo Paige gime por el esfuerzo. Nadie la ayuda. Se agacha para cogerme de nuevo.

Sonríe un poco cuando me ve, pero su sonrisa se convierte en una mueca cuando sus mejillas se estiran con las puntadas. Puedo ver algunos rastros de carne fibrosa atrapados en sus hileras de dientes-navajas.

Cómo quisiera poder cerrar los ojos.

Mi hermana pequeña me coloca en un banco, empotrado en uno de los lados de la caja de la camioneta. Las personas se mueven para abrirnos espacio. Mi madre surge de entre la gente y se sienta junto a mi cabeza, colocándola en su regazo. Su llanto sigue pero la histeria se ha disipado. Paige se sienta junto a mis pies.

Obi debe estar cerca, porque todos los que estaban en la caja de la camioneta miran hacia fuera, como si esperaran el veredicto. ¿Me dejarán quedarme?

—Vámonos de aquí —dice Obi—. Ya hemos perdido mucho tiempo. ¡Subid a esta gente a las camionetas! ¡Huyamos antes de que todo vuele en pedazos!

¿Qué volará en pedazos? ¿El nido?

La camioneta se llena de gente, pero de alguna manera, logran dejar un espacio libre alrededor de nosotras.

Se escuchan disparos entre los gritos. Todos se aferran a alguna parte de la caja, preparándose para un viaje brusco. La camioneta avanza hacia delante, serpenteando entre los coches muertos mientras toma velocidad y se aleja del nido.

Mi cabeza rebota en el muslo de mi madre cuando pasamos por encima de algo. ¿Un cuerpo? El sonido de las ametralladoras que disparan al aire no cesa. Sólo puedo esperar que las balas no golpeen a Raffe, donde sea que esté.

Poco después de retirarnos, un camión grande se estrella contra el edificio, bajo el falso amanecer de la luz del fuego.

El primer piso del nido explota en una bola de fuego. A través de las llamas, el humo y los escombros, personas y ángeles corren y vuelan del nido como insectos desperdigados.

El majestuoso edificio se tambalea, como si estuviera en estado de shock.

El fuego asoma por las ventanas. Mi corazón se comprime, me pregunto si Raffe estaba dentro del nido. No vi hacia dónde se fue cuando me dejó. Espero que esté a salvo.

Entonces, el nido se desploma, lentamente.

Se derrumba hasta formar un montículo en el suelo y una nube de humo se inflama en cámara lenta. El estruendo que acompaña la caída es como un terremoto interminable. Todos contemplan el espectáculo, atónitos.

Hordas de ángeles circulan arriba, observando la masacre.

Cuando el polvo forma un enorme hongo que se eleva hasta donde están, retroceden, abriéndose hacia los lados, dispersándose. La fachada principal del nido cae encima de la montaña de escombros y hay un silencio igualmente atónito.

En seguida, en pares o en tríos, los ángeles se dispersan y desaparecen en el cielo gris.

Todos a mi alrededor lo celebran. Algunos están llorando. Otros gritan. La gente salta, aplaude. Personas desconocidas que en un momento se apuntaban con sus armas ahora se abrazan.

Los humanos contraatacaron.

Hemos declarado la guerra a cualquier ser que se atreva a pensar que puede aniquilarnos sin una pelea. No importa lo celestiales o poderosos que sean, este es nuestro hogar y lucharemos por él.

La victoria está lejos de ser perfecta. Sé que muchos de los ángeles han escapado sólo con unas cuantas heridas. Quizá algunos hayan muerto, pero el resto sanará rápidamente.

Pero al ver a las personas en plena celebración, podrías imaginar que ganamos la guerra. Ahora entiendo lo que Obi quiso decir cuando afirmó que este ataque no era para derrotar a los ángeles. Era para ganarse a los humanos.

Hasta ahora, nadie creía que hubiera posibilidad de defendernos. Ni yo misma lo creía. Pensamos que la guerra había terminado. Obi y sus luchadores de la resistencia nos han demostrado que esto apenas comienza.

Nunca lo pensé antes, pero estoy orgullosa de ser humana. Tenemos tantos fallos. Somos frágiles, seres confundidos, violentos, y luchamos contra tantos problemas. Pero al final, estoy orgullosa de ser una Hija del Hombre.

46

El cielo brilla con una mezcla de rojo sangriento y negro hollín. La luz otorga un resplandor irreal a la ciudad en ruinas. Los soldados han dejado de disparar, aunque siguen inspeccionando el cielo, a la espera de que un ejército de demonios descienda sobre nosotros. En alguna parte, en la distancia, el sonido de las metralletas retumba en las calles.

Seguimos nuestro camino esquivando coches abandonados. Las personas en nuestra camioneta hablan emocionadas en susurros. Están tan animados que cada uno suena preparado para atacar una legión entera de ángeles por sí mismo.

Se mantienen alejados de nosotras en un extremo de la camioneta. Es bueno que estén felices y emocionados; de lo contrario, me temo que nos quemarían en una hoguera. Entre charla y charla, se vuelven hacia donde estamos. Es difícil saber si es mi madre, enfrascada en uno de sus trances en una lengua desconocida, o mi hermana con sus grotescas costuras y su mirada vacua, o mi cadáver lo que hace que nos observen a cada rato.

El dolor se desvanece poco a poco. Comienza a sentirse más como si me hubiera atropellado un coche pequeño cuando atravesaba la calle, que un enorme camión de carga atravesando la carretera a toda velocidad. Comienzo a asumir poco a poco el control de mis ojos. Sospecho que algunos de mis otros músculos se están descongelando, pero mis ojos son los más fáciles de mover, si es que podemos llamarle movimiento a un leve giro de una fracción de milímetro. Pero es suficiente como para saber que los efectos del veneno se están disipando y que probablemente estaré bien.

Las calles están desoladas, ausentes de personas. Estamos fuera del distrito del nido y en la zona derruida. Kilómetros de coches incendiados y edificios derrumbados se encuentran a nuestro paso. El viento azota levemente mi cabello contra mi cara mientras transitamos a través del esqueleto de nuestro mundo, quebrado y en ruinas.

Ocasionalmente nos detenemos, mezclándonos con los otros coches muertos. De repente, Obi nos hace callar a todos. Aguantamos la respiración, con la esperanza de que nada nos encuentre. Supongo que han detectado unos ángeles en el cielo y nos hemos camuflado.

Cuando pienso que todo ha terminado, alguien grita:

—¡Cuidado!

Apunta hacia el cielo. Todos levantan la mirada.

En medio del firmamento herido, un ángel solitario circula encima de nosotros.

No, no es un ángel.

La luz arroja destellos de los ganchos metálicos en los bordes de sus alas. No tienen la forma de las alas de un pájaro. Tienen la forma de alas gigantes de murciélago.

Mi corazón se acelera con el deseo de gritarle. ¿Podría ser él?

Vuela en círculos encima nuestro. Con cada vuelta desciende lentamente en espiral. Las espirales son amplias, lentas, casi titubeantes.

Para mí, se trata de una visita que no representa una amenaza. Pero para los otros, especialmente en sus estados llenos de adrenalina, es el ataque de un enemigo.

Preparan sus rifles y apuntan hacia el cielo.

Quiero gritarles que se detengan. Quiero decirles que no todos nos persiguen. Quiero chocar contra ellos para que fallen sus disparos. Pero lo único que puedo hacer es observar mientras ellos apuntan y disparan contra el aire.

Los círculos perezosos se convierten en maniobras evasivas. Está lo suficientemente cerca para que yo vea que tiene el cabello oscuro, y ahora que está haciendo algo más que planear, el modo en que se mueve me resulta extraño. Como si apenas aprendiera a volar con sus nuevas alas.

Es Raffe. Está vivo.

¡Y está volando!

Quiero saltar de júbilo, quiero alzar los brazos y gritarle. Quiero animarlo. Mi corazón vuela con él, aunque también tiene miedo de que caiga del cielo.

Los soldados no son lo suficientemente expertos para acertar a un blanco móvil a esa distancia. Raffe se aleja volando sin daño alguno.

Los músculos en mi cara se tuercen un poco en respuesta a mi felicidad interior.

47

Tardo una hora más en descongelarme por completo. Durante todo este tiempo, mi madre aprieta sus manos y reza desesperadamente sobre mi cuerpo, emitiendo los sonidos guturales de las lenguas que sólo ella conoce. Sus singulares aberraciones de palabras indudablemente resultan perturbadoras al oído, pero las canta con una cadencia que casi se siente como un arrullo. Mamá es la única que puede producir miedo y tranquilidad al mismo tiempo, como sólo una madre demente podría lograrlo.

Sé que estoy recuperando mi cuerpo, pero prefiero quedarme acostada hasta que pueda sentarme. Ocasionalmente parpadeo y respiro con normalidad antes de moverme, pero nadie lo nota. Entre la presencia autómata de mi hermana a mis pies y los rezos de mi madre sobre mi cabeza, supongo que mi cuerpo inmóvil es lo menos interesante.

Empieza a amanecer.

No me había dado cuenta del triunfo que significa estar viva. Mi hermana está con nosotras. Raffe está volando. Todo lo demás es secundario.

Y, por ahora, es suficiente.

AGRADECIMIENTOS

Un agradecimiento muy especial a mis primeros lectores, Nyla Adams, Jessica Lynch Alfaro, Eric Schaible, Adrian Khactu y Travis Heermann, por su extraordinaria y profunda retroalimentación, que llevó a la historia al siguiente nivel. A mi primer revisor de textos, Robert Gryphon, cuya dedicación a la obra me inspiró; a John Skotnik, por hallar aquellos detalles de último minuto; y a Peter Adams, fotógrafo excepcional, por sus magníficos retratos.

También agradezco a mi agente, Steven Axelrod, y a mi equipo editorial, Larry Kirshbaum, Tim Ditlow, Amy Hosford, Margery Cuyler, Anahid Hamparian, Diana Blough y Deborah Bass, por su arduo trabajo, su apoyo y el enorme entusiasmo por *Ángeles caídos* al acercar la obra a un mayor número de lectores. Abrazos y gracias a Lee, por no permitir que mi cabeza se infle demasiado. Y no podrían faltar abrazos y gracias a Aaron, cuya enseñanza artística y apoyo me ayudaron a encontrar el camino. Finalmente, un enorme agradecimiento a los primeros lectores y seguidores de *Ángeles caídos*, quienes iniciaron el boca a boca sobre el libro. Son maravillosos, increíbles, y estaré eternamente agradecida.